CLEÓPATRA

CamelotEditora

DEDICATION

E. BARRINGTON

CLEÓPATRA

TRADUÇÃO DE MONTEIRO LOBATO

Camelot
EDITORA

ENCONTRE MAIS
LIVROS COMO ESTE

Copyright desta tradução © IBC - Instituto Brasileiro De Cultura, 2023

Título original: The laughing queen: a novel of Cleopatra
Reservados todos os direitos desta tradução e produção, pela lei 9.610 de 19.2.1998.

1ª Impressão 2024

Presidente: Paulo Roberto Houch
MTB 0083982/SP

Coordenação Editorial: Priscilla Sipans
Coordenação de Arte: Rubens Martim
Produção Editorial: Eliana Nogueira
Tradução: Monteiro Lobato
Revisão: Mirella Moreno Verzola
Apoio de Revisão: Lilian Rozati

Vendas: Tel.: (11) 3393-7727 (comercial2@editoraonline.com.br)

Foi feito o depósito legal.
Impresso na China

	Dados Internacionais de Catalogação na Publicação (CIP) de acordo com ISBD	
C181c	Camelot Editora	
	Cleópatra / Camelot Editora. – Barueri : Camelot Editora, 2024. 160 p. ; 15,1cm x 23cm.	
	ISBN: 978-65-6095-082-5	
	1. Cleópatra. 2. Rainha do Egito. 3. Egito. I. Título.	
2024-403		CDD 932 CDU 94(32)
	Elaborado por Odilio Hilario Moreira Junior - CRB-8/9949	

IBC — Instituto Brasileiro de Cultura LTDA
CNPJ 04.207.648/0001-94
Avenida Juruá, 762 — Alphaville Industrial
CEP. 06455-010 — Barueri/SP
www.editoraonline.com.br

SUMÁRIO

I	A RAINHA RISONHA	7
II	O FARDO	13
III	A RECOMPENSA DA RAINHA	21
IV	A RECONCILIAÇÃO	27
V	O CONSELHO DE APOLODORO	33
VI	A PERVERSIDADE DE ALEXANDRIA	41
VII	A CRIANÇA DIVINA	46
VIII	NO TEMPLO DE OSÍRIS	49
IX	CESARION	56
X	A VOLTA DE CÉSAR	61
XI	CALPÚRNIA	68
XII	AS DUAS ESPOSAS DE CÉSAR	75
XIII	CÍCERO E ANTÔNIO	83
XIV	AS LUPERCAIS	91
XV	PRESSENTIMENTOS DE CALPÚRNIA	98
XVI	A TENTAÇÃO DE MARCO ANTÔNIO	105
XVII	NO ACAMPAMENTO DE TARSUS	111
XVIII	A RECEPÇÃO DE CLEÓPATRA	116
XIX	AS DELÍCIAS DE ALEXANDRIA	122
XX	TRAIÇÃO DE ANTÔNIO	129
XXI	O RETORNO DO INFIEL	135
XXII	A OPALA NEGRA	140
XXIII	A ASTÚCIA DE OTÁVIO	143
XXIV	EXPLOSÃO DE AMANTES	148
XXV	O FIM DUMA RAINHA	153

CAPÍTULO 1
A RAINHA RISONHA

A pequena rainha exclamou com orgulho:

— Se a mais gloriosa cidade do mundo me pertence, que importa César? Que possuem os romanos que valha Alexandria? Roma... uma cidade suja, de ruas estreitas, enladeiradas, com as febres e a miséria rodando-a qual lobos — eu a detesto! Oh, a minha Alexandria, pura qual níveo[1] cisne! César tem de saber que Roma não se tornará senhora do mundo enquanto as chaves do Oriente estiverem em minhas mãos.

A uma janela do palácio Pelusium a jovem Cleópatra esquecia por um momento que estava exilada longe da sua capital — e seu corpo pequeno dilatava-se de orgulho.

— Que importa César? — repetiu. — Que permaneça em Alexandria até enfarar-se, ou até que alguém lhe crave um punhal no coração, como o fizeram àquele outro Romano Pompeu. O que não conseguirá nunca é escravizar-me.

Essas palavras fizeram que lhe caíssem de joelhos aos pés uma formosa criatura de sua idade, vinte anos, e um homem maduro, ambos aterrorizados com aquele desafio à onipotente República Romana.

— Vossa Divina Majestade queira reconsiderar o que disse e nunca falar precipitadamente. Quando nossos inimigos disputam, ganhamos nós. Poucas semanas atrás, quem poderia dizer se o ditador de Roma seria Pompeu ou Júlio César? A República Romana fez de Pompeu o guardião de Vossa Majestade do menino-rei e, portanto, só tínhamos de considerar a Pompeu. Hoje está ele apodrecendo em Alexandria, e Júlio César, bem instalado no palácio real, deplora-o com lágrimas de crocodilo. Se pudéssemos acomodar-nos com César, Vossa Majestade reinaria novamente no Egito. Por que não há de a Es-

---

1 Da cor da neve; relativo à neve. (N. do R.)

trela do Nilo brilhar lado a lado com a Estrela Romana e não como simples satélite?

Cleópatra riu-se — o mais belo riso do mundo, álacre e límpido como um regorjeio de pássaro.

— Grandes coisas pode fazer uma refugiada em Pelusium! Se meu pai, o rei do Egito, deixou um testamento de louco, casando-me, eu, a herdeira do Egito, menina de dezoito anos de idade, com meu irmão, um idiotazinho de nove, para que governássemos juntos — posso ser a responsável de todos os absurdos acontecidos? O menino esteve sob a guarda do tutor e dos eunucos — e que caterva de violões eram eles! E depois quiseram escravizar-me para benefício de minha irmã Arsinoe — a mais odiosa criatura que já floresceu aqui, sempre pretendendo adorar os deuses, mas realmente trocando olhadelas com todos os oficiais da guarda. E como não desejo transformar-me em múmia antes do tempo, fugi — e foste tu, e aqui a Charmion, os que primeiro me aconselharam tal passo.

Cleópatra roçou com o pé, delicadamente calçado de sandália, o ombro da linda rapariga de joelhos à sua frente. Charmion ergueu os olhos, num sorriso. Apesar da distância hierárquica, via-se que eram amigas íntimas.

— Eu aconselhei a Vossa Divindade que fugisse, porque quem escapa em fuga pode voltar, mas quem vira múmia, múmia fica para sempre. O que o sábio Apolodoro ignora é se o bom momento para reaparecer em Alexandria é este.

— Tudo depende de muitas coisas que não sei! — disse a jovem rainha, atirando-se a uma cadeira de marfim. — Digam-me o que pensam,e então eu, Charmion e o sapientíssimo Apolodoro, constituiremos um conselho de Estado. Ergue-te, Apolodoro, fala e sê eloquente!

Apolodoro, um alentado siciliano, ergueu-se em pé diante da rainha, que ao mesmo tempo representava a Majestade do Egito e era uma divindade humana, como sucessora dos Divinos Faraós. Cleópatra valia pela encarnação da Vênus egípcia, deusa Ísis em carne, e seus fiéis súditos honestamente a tinham como tal. Ergueu-se, pois, da poltrona de marfim com os olhos fixos no siciliano, na atitude que a própria Vênus, escravizadora de corações masculinos e semeadora de ciúmes nos peitos femininos, assumiria em igual emergência.

Mais grega que os gregos, o seu sangue ardente falava em todos os seus gestos felinos, na sedução do sorriso, na graça mimosa do corpo pequeno. Mãos e pés tinha-os infantis; os seios boleavam adolescentes. A moça emergia da criança como a manhã emerge da madrugada. Tinha o intrépido ardor grego da sua linhagem real e o pompeava com graça e humor, entressachados de arrufos de temperamento, ora atormentado, ora acarinhando, rápida na passagem do amor ao ódio — a mais mulher das mulheres. A primeira impressão que dava o seu rosto era a pureza das linhas helênicas — nariz reto, de narinas delicadas; lábios finos; olhos de âmbar dourado, levemente estreitos; cabelos sombrios, com reflexos de bronze nas curvas ondeantes. Mas palavras não dirão nunca o jogo de luz e sombra dos olhos e lábios — o Sol na paisagem. Estava ali a sua cintura mágica de Vênus — com que eclipsava todas as mulheres e traspassava o peito de todos os homens.

Foi a consideração de tais encantos que preluziu a Apolodoro, secretário da rainha exilada, aquela ideia — a ideia de que o advento de Júlio César a Alexandria era de molde a repô-la no trono — a despeito do seu irmão imbecil, o rei Ptolomeu, de Poteinos, o infame eunuco[2], e ainda de Teodotos, o infamíssimo tutor.

O siciliano falou com o respeito devido à divindade, com Charmion morreria pela sua senhora e por aquele amigo — e para ver Cleópatra outra vez no trono de Ramsés, o Grande, empenharia a alma a todos os infernos. Mas Apolodoro falava:

— A real dinastia de Vossa Divindade teve o infortúnio de não ser nativa do Egito. Uma grega não goza da mesma aceitação que as antigas rainhas de estirpe egípcia; e para além de Alexandria, Nilo acima...

Cleópatra riu-se alegre.

— Para além de Alexandria! De que valem os bárbaros de Nilo acima, dessas áridas dunas de areia? Não, Apolodoro; Alexandria é o Egito e a chave do Oriente, e o que eu decreto em Alexandria é lei até onde se estendam os desertos da Líbia e da Arábia.

Aqui recordou-se da sua situação e o risco alegre lhe morreu um soluço.

— Sim... é Poteinos, o eunuco infame, quem hoje governa Alexandria, enquanto eu, eu breve poderei estar dançando em um palco de Roma para ganhar meu pão. Seja. Dançarei lindamente e será isso o meu consolo...

— Os deuses imortais nos defendam de semelhante horror! Divindade, atendei-me. Poteinos e menino-rei, vosso irmão, cometeram não somente a loucura de fazer matar a Pompeu, vosso tutor, quando procurou refúgio em Alexandria, como ainda se deixaram enlear nas teias de César, recebendo-o no palácio e deixando-o agir como entende. César quer ver as águias romanas de unhas presas na carne do Egito. Cobiça a imensa riqueza de nossos reis. Deseja também a posse da nossa rainha — e temos de ver se a astúcia grega é tão viva em vosso cérebro como se mostra em vossos olhos.

---

2 Um eunuco é um homem que teve seus órgãos reprodutores removidos. Historicamente, essa prática era comum em várias culturas ao redor do mundo, frequentemente realizada em jovens para que, ao atingirem a idade adulta, desempenhassem funções específicas nas sociedades. (N. do R.)

Cleópatra encarou-o com um sorriso melancólico.

— Índia — ouro, diamantes, mirra e especiarias, essa riqueza indizível ele anseia por levá-la a Roma num triunfo que alivie o tédio da velha república e faça dele o rei. Estou certa, Apolodoro?

— Certa, onisciente Ísis — respondeu o siciliano — que se aventurava a tais ousadias para com a jovem soberana. Todavia há mais, acrescentou. Muito mais. Há César em pessoa.

— Que haja César! — exclamou Cleópatra com indiferença. — Um romano velho e tedioso. Um da igualha de Pompeu, que só vimos quando fugiu para aqui. Tutor! Meu tutor! Nunca lhe pus a vista em cima. Que os deuses façam César envenenar Ptolomeu e Arsinoe e Poteinos e Teodotos, de modo que, varridos os ladrões, uma mulher honesta possa reaver seu lugar.

— Uma mulher honesta em Pelusium jamais será lembrada em Alexandria, onde os reinos mudam de donos. Longe dos olhos, longe da consideração — e quem falará em prol de Cleópatra? A dificuldade é que não podeis lá chegar. Punhais aguçados barram-vos o caminho. Poteinos está alerta — o bruto insexuado. Mas César — Júlio César —, não é um romano velho e tedioso. Ele...

— Cinquenta e quatro anos! Serápis nos valha! A razão dum homem dessa idade ainda viver é mistério que me escapa. Mas confesso que ele foi um grande homem.

Apolodoro ergueu as mãos súplices.

— Minha rainha, nada sabeis do homem César, e sim apenas do guerreiro e do político. Ouvi-me. Este é César! Doido pela mulher — e as mulheres doidas por ele. Tem brilho e fogo. Se fosse possível o milagre de Cleópatra transfazer-se em homem, teríamos Júlio César. Tem vosso ar de alta origem — esse ar porcelana que nos rebaixa todos à argila grosseira. Não existe esporte em que não prime. Galopa de mãos na cintura. Possui ascendência divina, como vós. Sua origem entronca em Vênus. César é a própria aventura — é a alegria, o esplendor, a extravagância. Deu uma pérola de sessenta mil libras em troca do abraço de uma mulher — e depois do contato, a mulher restituiu a pérola e o amou para sempre — e tinha ele cinquenta anos. E César a deixou! Mulher nenhuma o prendeu nunca — e por isso tão loucamente o adoram.

— Ah! Se eu pudesse vê-lo! — suspirou Charmion.

— Cinquenta e quatro anos! — repetiu Cleópatra, mas já sem convicção.

Apolodoro continuou:

— César é o terror dos amantes e dos maridos. Quando de volta das Galias penetrou em Roma, seus soldados em marcha cantavam: "Cuidado com vossas mulheres, cidadãos! Trazemos conosco o adúltero".

Houve uma pausa, ao termo da qual o siciliano prosseguiu:

— É poeta, é artista, é um grande romântico, e de nenhum modo um bom homem. Longe disso...

Outra pausa. As ondas azuis do Mediterrâneo batiam rítmicas de encontro aos alicerces do palácio; brisas borboleteavam nos cabelos da rainha, cujas mãos aneladas de esmeraldas reais descansavam pequeninas no regaço.

— Mas não possui coração romano? — aventurou a morena Charmion. Por que lhe dão mulheres, tudo em troca de nada?

— Recebem em troca a honra duma conquista sem igual no mundo — e os deuses sabem se isto não é grato às mulheres.

— Fraca honra, se está ao alcance de todas! — retorquiu Charmion.

— Menina que nada sabe: estás verde em semelhante matéria — estás ainda no alfabeto. Os mais sabidos juram que esse homem possui um coração — e que o revelará quando a mulher do destino enfrentar. César é dissoluto porque procura entre mil a única. Podemos censurar a quem procura? César está certo, mil vezes certo, de conservar seu coração para a Única, para a Sem Par. E essa mulher existe — respira...

No silêncio que se fez, só murmuravam as brisas.

Cleópatra suspirou:

— Quem me dera estar em Alexandria...

Apolo ocultou o sorriso.

— Isso é uma impossibilidade. Significaria morte, e foi para escapar da morte que Vossa Divindade fugiu para a Síria e está agora em Pelusium.

Nova pausa. A rainha rompeu-a:

— Pobre homem! Como poderá arrumar os negócios do Egito sem minha presença? Ptolomeu só é rei por ser meu esposo — e Arsione, uma carinha de massa malcozida. Nada a fazer sem mim.

— Nada, assentiu Apolodoro. Mas de que vale se Vossa Divindade entra em Alexandria transfeita em cadáver?...

— Cadáver! Eu jamais morrerei. Sinto em minhas veias a vida eterna — de Vênus, de Ísis. Não me descobriu, Apolodoro, como a reencarnação dessas deusas?

Agora uma pausa bem longa. Cleópatra cairá em meditação profunda, fazendo suspeitar que sua alegria risonha não passava de máscara. Sim; aquela criatura era tudo para todos os homens, tal a sua extrema maleabilidade de perfeita comediante — com a honestidade, porém, de, no momento sentir o que representava. Assim, chorava e sorria com igual perfeição, tremia ante os mistérios de Ísis e ria-se a morrer das "Divagações das Deidades Decadentes" que os moços escandalosos de Alexandria cantavam em festins, na companhia das mais alegres damas daquele extremo do Mediterrâneo.

— Apolodoro, disse ela severizando o rosto, eu declarei desejar ver-me em Alexandria e não podes mal interpretar-me. Quero encadear César ou qualquer outro homem à minha cintura — e se o fizer, fá-lo-ei bem. Mas jamais o será pelas razões que brilham nos olhos de todos os homens quando encaram uma jovem como eu, tenho mais alma que corpo. Procuro, imploro o que chamam amor, e nunca a menor sensação de amor me estremeceu — nem me estremecera jamais.

Um suspiro fechou a confissão.

Apolodoro sorriu com seu sorriso másculo.

— Não desanimeis, onisciente Ísis. César vos ensinará o amor.

— César! O velho! Ele me ensinará a representar magnificamente bem, e só. Por isso que as mulheres de cérebro como o meu parecem amantes mais apaixonadas que as rudes mulheres comuns — tipo Rodópis! Representamos nossa parte pateticamente, sem nunca penetrar na zona onde a paixão realmente impera. Fugimos do amor possível por amor a um amor que não existe deste lado das estrelas. Não — eu sou fria! Fria! Tirito dentro de mim mesma. Sou virgem, Charmion — e tu não és donzela. Estou falando tontamente?

Charmion curvou-se e beijou-lhe o pé desnudo, levemente resguardado pela sandália.

— Minha rainha falou a verdade, embora eu não saiba como a descobriu. Temo os homens e temo que minha Rainha um dia se esqueça por um homem — por um momento só que seja. Os homens lhe trarão sofrimentos — e alegria nenhuma.

— E tu? Apolodoro?

O siciliano sacudiu os ombros, dizendo:

— A vida é a vida, a sina é a sina e uma rainha não se iguala às demais mulheres. Repito o que disse: César vos ensinará! Ele é tutor de prática longa.

Cleópatra nada retorquiu; um sorriso brincou com seus lábios, traindo os pensamentos intangíveis como raios de luar nas profundezas do oceano. Nenhum dos seus amigos lhe perturbou o curso das ideias.

Passados alguns instantes, emergiu do sonho.

— Apolodoro, poderás erguer-me?

Disse e pôs-se na ponta dos pés, espichando os braços para o ar, como para sentir a sua própria leveza. O siciano mirou-a com espanto.

— Podes erguer-me? — repetiu Cleópatra.

Apolodoro mediu-a de alto a baixo. Sua veste de seda finíssima, deixava entrever as formas perfeitas de dríade em noite de luar.

— Já alguma vez ergueste uma mulher? — continuou a rainha sorrindo. — Não num simples abraço, mas ergueste-a do chão e a carregaste por alguma distância?

— Sim, Majestade. Sou um homem forte — respondeu Apolodoro, baixando discretamente os olhos, sem saber onde sua senhora queria chegar.

— Então carrega Charmion para eu ver. Ela é incorpadazinha. Gosta de petiscos que criam carnes, a preguiçosa. Vamos, Charmion, aproxima-te.

Apolodoro enlaçou a rapariga pelos joelhos e ergueu-a, e passeou-a pela sala.

— Assim não — disse Cleópatra. — Ela segurou-se em teu ombro. Isso diminui o peso. Tens que carregá-la como se estivesse inerte, como se fosse um tronco de árvore.

Assim foi feito, e depois de nova volta pelo aposento, Apolodoro mostrou-se levemente ofegante.

— Agora eu! — exclamou a rainha. — E, olha, nada de respeito! Esquece a filha dos deuses e a divina Ísis e a coroa real, e carrega-me como se fosse um saco de trigo.

Apolodoro tomou fôlego e adiantou-se.

— Braços para cima, Majestade.

Ergueu-a aos ombros como se fosse almofadão de plumas e, esquecido da sua divindade, deu duas voltas pelo recinto.

— Está bem — disse Cleópatra, descendo junto à poltrona de marfim. — Excelente criatura és tu, Apolodoro. Vem sentar-se aos meus pés, Charmion. Meus filhos, enquanto estive brincando, estive também pensando. Tudo está assentado. Volto para Alexandria esta noite.

Ambos encararam-na, perplexos. Apolodoro apavorou-se com a responsabilidade.

— Como, real Senhora?

Cleópatra passou com o braço pelo seu pescoço e outro pelo de Charmion, aproximando as duas cabeças de modo que pudesse falar no meio para os dois a um tempo.

— Os deuses se limitam a demonstrar sua vontade. Vamos, Apolodoro, faze teu testamento, e tu, Charmion, prepara os perfumes e o linho para mumificação.

Ambos puseram-se a mirá-la, atônitos.

CAPÍTULO II
O FARDO

Nos reais aposentos do palácio que se erguia no promontório de Loquias, em Alexandria, Júlio César meditava sobre um problema difícil.

Sulcara o Mediterrâneo com as suas galeras em perseguição de Pompeu, o rival, o único homem que lhe disputava hegemonia do comando supremo; e ao alcançar Alexandria, em vez de encontrá-lo pronto para a batalha decisiva, recebeu das mãos do risonho e servil tutor de Ptolomeu, o menino-rei, a cabeça e o anel-sinete do general romano, assassinado por sabujos covardes, indignos de lhe lamber os pés.

Foi então que o sinuoso grego teve a surpresa máxima da sua vida: que poderia esperar, a não ser a gratidão de Júlio César — e recompensas, promoções e todas as vantagens da venda do Egito à poderosa Roma?

Mas, com assombro de Teodotos, quando César viu a cabeça de seu nobre inimigo, chorou. Lágrimas a fio correram pelas faces do grande guerreiro. Sim, Pompeu era inimigo, mas também era romano, um grande romano, um leão que os chacais haviam chacinado. E seus olhos terríveis caíram coléricos sobre o rafeiro infame.

— Escravo e covarde! Some-te de minha presença enquanto é tempo — e Teodotos sumiu-se da sua presença, indo acabar na Síria de morte horrível.

César reconhecia que o desaparecimento de Pompeu afastava do seu caminho um obstáculo. Não há sentimentalismo em política, e ele sentia que o destino acabava de apresentar a grande oportunidade de sua vida. Mas o que faria daquele menino-rei e de Poteinos, o eunuco-ministro? E o que fazer da princesa Arsinoe! E o que havia sucedido a rainha Cleópatra? O que lhe bacorejava melhor era fazer-se rei do Egito — rei sem coroa. Desde que sua intenção secreta era destruir a República Romana e dar a Roma o imperador, que seria ele, a riqueza, a importância, a magnificência do Egito, porta do Oriente, aplanariam mais maravilhosamente a sua ascensão ao trono. Sim, o Egito era um presente dos deuses.

Mas os egípcios não queriam um ditador romano, afeitos que estavam à dinastia grega, longamente estabelecida. Apesar disso, queixavam-se e murmuravam da rainha. Onde andava essa mulher? Desaparecera completamente, e esse fato aborrecia César, que tinha o palácio sempre rodeado da multidão rosnante. Houvera já uma tentativa para envenenar a água dos soldados romanos.

Seu primeiro ato foi convidar o jovem Ptolomeu, sua irmã Arsinoe e o eunuco Poteinos a que viessem residir com ele no palácio — e nenhum se atreveu a recusar, embora cientes de que lá ficariam como reféns. A cena da chegada foi uma das mais impressionantes.

À frente, conduzindo a criança-rei pela mão, vinha a princesa Arsinoe, pálida menina de dezesseis anos, de feições delicadas e alguma beleza, apenas estragada pelo orgulho impertinente. Atrás deslizava Poteinos, com olhos de raposa na cara, balofa, fofa, mão pendente carregada de joias, vestido de púrpura.

O olhar agudo de César notou aquela púrpura, mas nada disse. Era assunto que ficaria para depois.

Feitas as saudações, César conduziu a princesa para a poltrona de marfim embutida de ouro, e deixou o Poteinos de pé, a despeito da fúria que lhe via nos olhos. Depois, dirigiu-se a ele, visto como Ptolomeu era muito criança para ser conversado.

— Não deveis ignorar que, pelo testamento do falecido rei do Egito, a República Romana ficou a guardiã deste menino e também a executora do testamento.

— Saiba o grande César que estou informado disso.

— Nesse caso, pergunto por que o jovem rei Ptolomeu está rompido com a rainha Cleópatra, sua irmã e esposa na forma dos costumes egípcios, e por que nada foi comunicado a Roma, havendo ainda Ptolomeu mobilizado contra Cleópatra um exército? Vós, conselheiro do rei, não podeis ignorar que a matéria da disputa tinha de ser comunicada a República Romana, para ser decidida.

O menino-rei deu um pulo.

— Decidida? — repetiu colérico. — Eu sou o rei do Egito e o Egito não é província da República Romana. Por que motivo tinha eu de levar uma disputa de família ou julgamento de Roma?

César lançou um olhar frio e severo como a morte.

— Sente-se, senhor. As crianças nada têm com esse assunto. A culpa foi da rainha Cleópatra, que devia ter apelado para a justiça de Roma. Onde ela está?

O general principiava a perceber que naquele dissídio da família real estava uma boa oportunidade para Roma.

— Onde está ela? — repetiu o menino atrevidamente. — Lá sei? Lá me importa isso? Cleópatra não passa duma serpente, duma gata assanhada, e quanto mais longe de mim, melhor. Faço votos a todos os deuses para que alguém a tenha matado, como o fizeram a Pompeu — e então me casaria com Arsinoe, se é que tenho de desposar uma irmã — raça que detesto...

César observava-o friamente.

— Sabe onde está a rainha escondida?

— Se eu soubesse... — começou Poteinos e o fulgor de ira dos seus olhos completou a frase. Mudando de tom, porém, continuou: — Tudo quanto sei é que armou um exército e pretende disputar com Sua Majestade o trono, a tola. Se eu a apanhasse...

— A propósito de que foi a disputa? — indagou César; e antes de ouvir a resposta, já percebeu pelo rosto do eunuco que a rainha lhe afrontara o orgulho.

— Queria governar seu irmão-rei (governar a ti, pensou César). Queria virar este reino de pernas para o ar e não atendia o conselho de ninguém...

— Basta. Compreendo — murmurou César secamente, e, dirigindo-se a Arsinoe — Princesa, deve haver alguma simpatia entre vós e a vossa irmã. Nada vos confidenciou ela a respeito?

— A mim? — exclamou Arsinoe, e o tom do "mim" valeu como resposta.

César observava aquilo com desgosto, imaginando que a rainha ausente fosse daquele mesmo naipe. Mas negócios são negócios e ele volveu o olhar para Poteinos.

— Devo dizer que nenhum passo nesse reino poderá ser dado sem o assentimento da rainha. Sua ausência suspende tudo. É o que em nome da República Romana recomendo. O rei deve licenciar o exército e a rainha será convidada a aparecer. Providenciai para isso.

— O rei opõe-se! — rompeu o menino com um olhar de desafio. — Por que motivo licenciarei o meu exército? Quero apanhar Cleópatra. Se o general soubesse que serpente ela é...

César não lhe deu atenção, sempre com os olhos fixos em Poteinos.

— Providenciai para isso, repetiu.

O eunuco ergueu as mãos em protesto...

— Nobre César, vossa grandeza pede demais. Isso é impossível. Não sabemos onde Cleópatra se oculta — e muito o lamentamos... Quanto ao exército do rei, já recebeu ordem de marchar para Alexandria.

Estava por demais clara a ameaça. César tinha consigo poucos soldados e enquanto suas galeras estivessem ancoradas junto aos muros do palácio, a força das galeras egípcias não podia ser desprezada.

Poteinos imediatamente mudou de tom. A guerra em todas as partes do mundo endurecera os soldados de César e o exército de Ptolomeu não passava duma horda. Além disso, atrás do punhado de homens de que César dispunha estava o poderio imenso da República Romana. O melhor seria contemporizar até que Cleópatra já não existisse; depois tudo correria a contento. Roma aceitaria o menino-rei, do qual o dono da vontade seria ele.

Poteinos abriu-se em cumprimentos a César. Falou de tesouros fabulosos, escondidos em sítios que ele conhecia (nada como ouro para aplanar dificuldades, pensou consigo). César ouvia e sorria repugnado, vendo que toda a política tinha de ser feita com aquele escravo traidor. O que fazer no Egito empolgado por tais mãos? Seria construir uma ponte de paus podres. Um passo — e o abismo estaria aberto diante de si.

Uma semana passou-se em que, cumulado de presentes que não podia recusar, César ainda não via claro na situação. Roma o chamava clamorosamente. Tinha de retornar. O Egito que ficasse entregue a sua sorte. Poteinos poderia ser crucificado mais tarde, se lhe trouxesse aborrecimentos. E os dias passavam-se em vacilações.

César trabalhava certa noite na pequena sala de mármore que dava para o porto e de onde se avistava o farol, uma das sete maravilhas do mundo. Seu secretário escrevia um despacho para Roma, que o general ditava passando e repassando pela janela. Sua situação era delicada em Roma, onde Sextus, filho de Pompeu, formava contra suas ambições um poderoso partido: e no Egito, ele sentia, as coisas lhe escapavam das mãos. O eunuco intrigava e mentia; o jovem rei, cuidadosamente manipulado, e mal escondia seu ódio. Arsinoe era uma silenciosa estátua de olhos baixos. Por meio de quem governar o Egito? César não percebia nada tangível sob suas mãos, e tinha a certeza de que, mal suas galeras se afastassem, o Egito lhe escaparia da dominação.

— Escreva que em dez dias estarei de volta, porque não vejo o que fazer aqui: o governo está nas mãos duma criança e dum canalha. Escreva também ao Senado que se alguma coisa me suceder durante o retorno, ficam sendo estas as minhas últimas palavras: desconfiar de Poteinos. Não esquecer que juntamente com Teodotos foi ele o assassino do nobre Pompeu. Também acho que se algum romano for enviado a Alexandria, Marco Antônio, por exemplo...

Nesse momento o pesado reposteiro do aposento abriu-se e um vulto se apresentou. A mão de César foi ao cabo do punhal, porque na situação um general está sempre de atalaia contra os assassinos. O secretário, de um salto, havia se posto rente ao amo.

— Chame a guarda!

O desconhecido deixou cair o reposteiro e adiantou-se. Trazia ao ombro um fardo pesado.

— Alto! Gritou-lhe César. Que é que o traz aqui, com esse fardo? Explique-se, antes de dar mais um passo.

O homem parou, sorridente, e arriou o fardo.

Nenhum perigo ou alarma quebrava, de leve que fosse, a tranquilidade de César e ali ficou ele, o mais nobre dos romanos, sereno, sorrindo curioso.

O desconhecido ajoelhara-se para abrir o fardo.

— Um presente para vossa grandeza, nobre César. Um grande presente, disse o homem com simplicidade que desarmou tanto César como o seu secretário.

Aberto o fardo, o que apareceu?

Uma rapariga que, leve como o ar, pôs-se de pé, com as mãos a ajeitar os cabelos. César só podia pensar uma coisa — que aquele homem lhe havia trazido uma impudente beleza desejosa de abrir na vida um caminho fácil. Possivelmente a mulher de nobre estirpe, vinda daquele modo enfardada para que os soldados do palácio não a vissem — mais um capítulo na história dos seus amores de ocasião. Certo disso, César adiantou-se para jovem, depois de jogar umas tantas moedas de ouro ao carregador, que não fez gestos de apanhá-las.

— Beldade — disse César —, mereces um beijo pela audácia. Mas deixa-me primeiramente concluir uma carta que não pode atrasar-se. Uma galera vai partir para Roma. Queres alguma coisa de lá?

A rapariga se colocara junto à lâmpada, de modo que César pôde ver que se tratava de um realmente maravilhoso tipo de beleza. Vestia túnica de seda e um dos pés se mostrava nu porque a sandália se perdera pelo caminho. Pequena, graciosa, seios em botão, curvas de adolescente. As faces estavam coradas como a maçã, mas seus olhos dançavam de incontida alegria. Nada indicava a criatura vulgar das ruas. Tinha ares de deusa; tinha a distinção das criaturas de grande raça. Esse conjunto de qualidades impressionou César e fê-lo entreparar. Como deixar que tal criatura esperasse por uma carta? E a carta passou para segundo plano.

A rapariga estendeu-lhe as mãos, numa das quais brilhava um escaravelho de esmeralda que valeria uma fortuna e noutra, um maravilhoso diamante. Entre os seios pendia a fivela de Ísis — amuleto preciosíssimo, todo de diamantes.

Seus olhos, porém, ofuscavam aquelas gemas, e foi com os olhos a irradiarem que explicou:

— É um perfeito absurdo, general, mas sou Cleópatra, a rainha. Não espero que me creia, porque a mim mesma me parece fantástico tudo isso.

César, entretanto, não duvidou um só momento. Aquela criatura, toda beleza, toda audácia, esguia e tensa como lâmina de aço, quem havia de ser senão Cleópatra?

Seus olhos de conhecedor avaliaram-na de relance. Criaturas formosíssimas ele conhecera na Germânia, onde a mulher é ouro e marfim tonalizado de rosa; nas Gálias, onde a pele é mate; na Hispânia, onde o moreno e o negro dos cabelos as fazem suntuosas como rosas de Damasco, e na Britânia onde são alvas de neve, e também frias como a neve — mas em nenhuma beldade vira ainda o brilho e o quê de extrema sedução daquela rapariga adolescente. Era na realidade uma espada fora de bainha, emblema de honra, a cintilar perigosa. Por um momento, apesar de toda a sua experiência, César vacilou. Não sabia como tomar aquela espada, como ligar a Senhora de dois países à rapariga que viera enfardada. Acolhê-la com cerimônia? Com desconfiança? Deliberou por fim aceitá-la ao natural — como apenas uma jovem que sorria nervosa para aparentar destemor, mas que se encarapuçaria ao mais rígido do orgulho se ele não a tratasse como rainha. E o mais nobre dos romanos adequou-se à situação.

A magnificência da curvatura com que se dobrou diante dela! Parecia tocar o chão com o joelho, só não fazendo porque a república não se ajoelhava diante de ninguém.

Conduziu-a a uma poltrona.

— Foi um terrível passo para a Vossa Majestade — murmurou gravemente —, e não encontro palavras que expressem a minha imorredoura gratidão. A vossa presença salva-me dos mais sérios dos dilemas. Permita-me que recompense o galante carregador que trouxe sobre os ombros uma carga mais preciosa que o mundo?

Cleópatra que por momento deixou transparecer fadiga, embora nunca se sentisse mais cheia de energias, sentiu-se imediatamente senhora de si, respirando um ambiente de segurança. César podia tê-la entregue a Poteinos e não fez. Tudo, portanto, corria bem. Cleópatra assumiu seus ares majestáticos e disse:

— Nobre César, este homem é o meu secretário Apolodoro. Quis morrer por mim. Que recompensa poderíeis oferecer-lhe, que ele aceitasse? Nenhuma. Eu vim por pressentir que, sem minha pessoa, nada pode César fazer no Egito.

Cleópatra falava o mais belo latim, dando às vogais a maciez do creme. E César sabia que muitas outras línguas ela jogava com idêntica segurança. Sim, Cleópatra era realmente uma rainha e o seduziu instantaneamente, como um belo cavalo ou um valente cão de raça seduz de chofre um homem.

— Nada pode ser feito sem a rainha, sim — respondeu ele. — Isso o sabia eu. Só agora, porém, vejo o muito que pode ser feito com o concurso da rainha.

E voltando-se para o secretário:

— Rasga essa carta e providencia para que a galera não parta amanhã. E não tenho mais necessidade de ti esta noite. Vossa Majestade necessita, por acaso, da presença de Apolodoro? Temos muito que discutir.

— Preciso de Apolodoro — balbuciou Cleópatra olhando de soslaio para o fiel servidor, como que indecisa de haver cometido deslize. — Depois, talvez...

— Então, diante de Apolodoro, direi o seguinte: que Vossa Majestade arriscou excessivamente por amor à sua pátria, mas que venceu. Se não tivesse aparecido no momento oportuno, o mais certo seria entrar neste reino para o rol das províncias romanas. Já agora...

Seu olhar completou a frase.

— Mas como fez isto, Senhora? Como chegou até cá?

Cleópatra ergueu-se da poltrona e foi até a janela, onde seu rosto recebeu em cheio a luz do luar.

— Eu sabia, eu sentia que precisava vir, mas o que me embaraçava era um convite de Poteinos para que viesse morrer apunhalada ou envenenada antes de conseguir apresentar-me a César. Mas eu precisava vir. Nada mais claro, nobre César. Como poderei tratar com duas crianças como a Arsinoe e Ptolomeu, e aquela alma danada de Poteinos? Mas como poderia eu vir? Se Poteinos me descobrisse, adeus vida! Uma ideia. Tomei um navio em Pelusium, onde me achava oculta, e ao aproximar-me deste porto, abandonei o navio num bote, sozinha com Apolodoro. Chegando sob as muralhas do palácio, fi-lo embrulhar-me qual fardo de cama. A gente de Alexandria anda sempre de cama às costas, é sabido. E assim viemos, havendo ele iludido aos guardas. E como conhecemos muito bem os caminhos deste palácio...

Enquanto falava, seus olhos procuravam vazar o imo do romano, estudar o que fazer com ele, utilizando-o como instrumento dos seus planos sem lhe cair nas garras. Cleópatra era ainda virgem, tanto de corpo como de coração. Mas não virgem no conhecimento do mundo, longe disso. Uma rapariga não poderia viver naquele vasto palácio de Loquias, fervilhante das intrigas e dos segredos duma corte oriental — porque ali tudo era oriental a despeito dos soberanos gregos — e conservar sua inocência. Cleópatra conhecia a fundo o íntimo dos homens e das mulheres, e se se mantinha alto e distante era devido à repugnância que os homens reunidos em redor de si lhe causavam. E, como em Pelusium dissera a Apolodoro, era fria de coração. A corte dos homens tocava-lhe apenas a curiosidade — dava-lhe sempre fastio. Seus olhares amorosos, os contatos das mãos quentes só encontravam nela friezas que perdurariam até que o sol desconhecido difundisse as neves. Ali em Alexandria, só bonifrates, mas em Roma existiam homens cujos nomes davam volta ao mundo. Pompeu, Júlio César, Marco Antônio... Todo um rol de varões gloriosos.

E agora que se achava diante do maior de todos, analisava-o minuciosamente.

Verificou, primeiro, que em companhia de César, ficava inteiramente senhora de si. E era um verdadeiro grande homem — o maior daquele momento histórico — e, ao que diziam rumores, o maior que aparecera depois de Alexandre, o Grande. E ela percebera que a sua audácia tinha assombrado aquele homem. E em seus olhos lia mais que assombro — lia esta exclamação: "Maravilha das maravilhas! Se um homem houvesse ousado tal, teria ousado muito, mas quem o esperaria duma mulher, duma adolescente? Ó, Maravilha das maravilhas!" E ele de nenhum modo a considerava louca — via-se isso. Tratava-a como uma rapariga encantadora, mas que era rainha e tinha de ser ouvida, consultada e satisfeita. Oh, Júlio César é um encanto de homem, dizia Cleópatra lá em seu coração. Que vale a simples mocidade comparada àquele incoercível domínio de si próprio? O grande realizador! Ela o via à frente das legiões romanas, guerreando intrépido, manejando raios. Se conseguisse pô-lo em seu lado, ser-lhe-ia então fácil arrostar Poteinos, anular a Arsinoe e Ptolomeu e reinar no Egito como os poderosos Faraós no passado. Encantava-se com a distinção daquele homem, com o orgulho frio do seu rosto sereno, e pressentiu que César se poria ao seu lado — como não ser assim? Um tão esplêndido soldado, um tão alto nobre sabe conhecer e tratar as mulheres. Não amor, mas uma atração, uma amizade — amizade paternal — anulava o abismo que a diferença de anos criava. E ela poderia até mostrar-se cariciosa se... se Apolodoro não estivesse presente.

Nobre César, disse Cleópatra no seu precioso latim — e ele inclinou-se, vendo que a rainha vacilava. — Nobre César, acho que podemos conversar a sós, sem a presença de Apolodoro.

O arguto siciliano, a sorrir por dentro, curvou-se e retirou-se gravemente, levando dali cobertores e as cordas, e transposto o reposteiro, riu-se gozosamente à lembrança do que Poteinos poderia pensar se soubesse da conferência entre César e a rainha naquele aposentado do palácio. Esplêndido ambiente para uma discussão política! A rainha risonha! — e lá ficava ela a sorrir para César. Poteinos também riria muito brevemente — mas de outra cor...

A Rainha risonha! Que encanto ela era! Onde no mundo outra igual?

CAPÍTULO III
A RECOMPENSA DA RAINHA

Deixa-me ter os olhos no luar enquanto conversamos, disse Cleópatra. Não achais este meu porto do Feliz Retorno belo, e bela esta minha cidade? As grandes ruas largas — conheceis as ruas de Canopus, perto de Serapeum e o glorioso museu, e os salões de leitura? Alexandria é na realidade uma urbe de palácios dignos de Alexandre, o Grande. Os deuses são aqui honrados — a imortal Serápis, o deus Pã, que possui um templo onde César poderá dar-se conta de toda a minha majestade.

Estavam ambos a medir forças. César via-o bem e deleitava-se em acompanhar os torneios da jovem rainha. Assentiu nos louvores a Alexandria e gabou-lhe os palácios e o porto que fazia dela o maior empório do mundo.

Inclinada com a cabeça de encontro ao mármore de parede e um dos pés numa banqueta de marfim, Cleópatra tinha o braço em descanso sobre a mesa embrechada de ouro interposta entre ambos. Subitamente empertigou-se.

— Estamos a devanear e temos muito que trabalhar, grande César. Dizei-me com franqueza o que pensais de Poteinos e quais são as vossas intenções. Sou franca como esta brisa do mar e se confiardes em mim, nunca vos arrependereis.

César não tinha escrúpulos e a ambição era o segredo da sua alma, um fogo sagrado ao qual tudo sacrificou. E ela falava a essa ambição. César conhecia as vastas riquezas, os domínios, tudo quanto por intermédio de tal criatura poderia agregar ao Império Romano dos seus sonhos. Os navios de Cleópatra dominavam o Mediterrâneo. Havia aquele titerezinho Ptolomeu, sim; mas César vira logo que era Cleópatra quem deveria reinar. Era ela o ser que até então inutilmente procurara no Egito, a coisa tangível, o alicerce sobre o qual podia-se construir. Mas seria possível conquistá-la pelo cérebro ou pelo coração? Conquistará, capturá-la...

— Real Senhora, eu confio em vós. Pela maneira de pôr-se em contato comigo, já que vi que possui uma coragem de aço e um cérebro capaz de emparelhar-se com o meu. Aqui ando às cegas, sem encontrar um humano com quem possa tratar — e Vossa Majestade acaba de aparecer qual deusa descida das nuvens. Por que não seria eu franco? Interesse e real prazer induzem-me a isso. Vou falar da situação. Pese minhas palavras, porque o futuro do mundo depende da vossa vontade.

César inclinou-se para Cleópatra e contemplou-a a fito.

— Jovem sois, em pleno viço da juventude, mas vejo em Vossa Majestade a futura senhora do mundo, se vos deixardes guiar pelos conselhos da experiência e não pelos clamores do povo desta cidade. Estais na porta do Oriente. Vosso país contém inigualáveis riquezas. Aqui no delta do Nilo, vejo campos de cereais tão extensos e produtivos como Roma os desejaria ter. E há ainda todo vale do Nilo e as mais cidades dos antigos faraós.

Cleópatra franziu a testa.

— Quanto aos vales do Nilo, confesso que os desconheço. Nunca saí para muito distante de Alexandria. Os egípcios são um povo específico, que obedece às minhas leis como se eu fora uma vera descendente dos antigos faraós. Sei que no alto do Nilo três produções são colhidas por ano, nos ricos depósitos do rio. As taxas são pagas em produtos — as taxas que cobro nesse imenso celeiro. Assim tem sido desde os tempos em que os deuses moravam na Terra. Depois duma pausa, continuou:

— E os templos e os palácios! Ó, isto é uma gloriosa terra, este velho Egito. Tenho de visitá-lo inteiro, porque sou uma divindade que reina, sabeis?

E ela riu-se alto, acrescentando: Mas não gosto do Egito neste momento...

Cleópatra desceu os olhos para a túnica de seda e o pé que ainda conservava desnudo. César estava encantado, embora não deixasse de memorizar as informações políticas que a rainha ia dando.

— Sei disso — declarou ele. — Mas desejo que me expliqueis o porquê.

— Eu sou Hator, a Vênus do Egito. Tenho o meu templo, onde os meus adoradores seguem ritos especiais. Frequentemente aqui em Alexandria o povo me sauda como Vênus-Hator, e se estou longe de ser o que devia ser, imaginai a figura que faria Arsinoe nesse papel! Sou também a encarnação da divina Ísis.

César viu os olhos de Cleópatra procurarem os seus para conhecimento da impressão causada por aquelas palavras. Não fora má a impressão. Era crença da época que a divindade se escondia nos reis, e uma crença dessas de nenhum modo deve ser destruída. Além disso, quem poderia afirmar que não fosse verdade? Os deuses haviam outrora convivido com os homens e deixado traços tangíveis desse contato na prole que sobreviera. Em certos momentos, também César sentia em seu imo as inspirações da divindade e o mesmo devia dar-se com aquela rapariga egípcia.

— Sou filha do Sol e irmã da Lua — prosseguiu Cleópatra —, e adorada como imortal em todos os templos do Nilo. Apesar disso, devo com espanto confessar que aqui cheguei enfardada e que muito provavelmente Poteinos dará cabo de mim amanhã. Se isso suceder, aconselharei às deusas a não encarnarem na estúpida Arsinoe. Arsinoe nasceu uma virgem e velha.

César riu-se alto. A Hator-Vênus egípcia era positivamente encantadora. Ao fazer aquelas observações a sua boca entreabria-se, mostrando, com uma graça indescritível, a fieira de dentes de pérola.

Mas poderia manter-se sempre com a dignidade de deusa-rainha? César quis assegurar-se.

— E Vossa Majestade não nasceu virgem velha. Não respondais. Sei — vejo que não. Vossa Majestade em nada se assemelha ao que há de mais desprezível sobre a Terra — uma virgem fanada.

— Bem o sabeis, César, que devo ter um filho. O trono o exige de mim — disse Cleópatra gravemente —, mas voltando atrás, adivinho que se tiver o vosso apoio poderei trinfar sobre Arsinoe, Ptolomeu e Poteinos, reinando como a rainha única do Egito. É a paga que darei! Não podereis compreender isso — e como o compreendereis tendo-me visto chegar enfardada aos vossos pés, qual um saco de trigo? Mas se vísseis em trajes majestáticos, vestida de Ísis... Tenho um defeito, ser muito pequena! Poderia fazer muito mais se fosse alta como os obeliscos.

César ouvia em silêncio, mas encorajando-lhe as confissões com o olhar — desejoso de ver até aonde a astúcia daquela jovem a levaria. Estava a provar o fio da espada.

— Falai, deusa. Continuai.

— O mais poderoso dos romanos vai conhecer meus sonhos. Vós, ditador em Roma, eu, rainha do Egito, escolherei um marido romano ou vós o escolhereis por mim. Nossos exércitos e nossas esquadras agirão de acordo e conquistarão a Índia, cujos reis comparecerão encadeados em nosso triunfo. E desde que não tendes nenhum filho de Calpúrnia, nenhum filho que possa casar-se comigo, meu filho herdará o poder de Roma e do Egito e será maior que Alexandre. Que me dizeis desse sonho?

César segurou-lhe as mãos e forçou-a a encará-lo.

— Digo, *O dea certe!* — à deusa se confessou. — Um sonho imenso com umas poucas falhas que não mencionarei. Eu, digo, eu o descendente da Vênus romana por via de Eneias seu filho, digo que outra coisa não desejo se não fazer-me o companheiro e o servo da Vênus egípcia. Roma e Egito juntos, estrelas gêmeas no céu imutável! Não, não tenho filho nenhum, pelo menos que conte, pois há seres que saíram de mim e estou impedido de impelir para a frente. Mas preciso ter um que possa erguer no meu escudo à vista do mundo, gritando para minhas legiões: "este nasceu da Divindade. Saudai-o e ponde-o sobre o trono de Alexandre".

Seu entusiasmo, em parte calculado, acendeu Cleópatra.

— Magnífico! — murmurou ela em voz comovida.

— Compreendo tudo. Mas o meu filho — o meu! — ficará lado a lado do vosso, no dia dos deuses?

César não aventurou mais no momento e fugiu do assunto.

— A primeira coisa a fazer é deixar Cleópatra sozinha no trono. Nada mais ridículo que essa tradição egípcia que uniu uma linda rapariga a um miserável menino — sua irmã, inda mais.

— Sempre foi assim — advertiu Cleópatra com gravidade. — Era o meio de concentrar os interesses e conservar puro o sangue divino. Ptolomeu é em absoluto impossível — menino mau que grita pela Lua e se mostra venenoso como as áspides. Que pensais dele, César?

— Isso mesmo, e pelo testemunho dos meus olhos. Mas temos de ir por partes, sem perder de vista os preconceitos que nos envolvem. Antes de mais nada tendes que reconciliar com Ptolomeu...

A rainha arregalou os olhos.

— Esperai — disse César, vendo que a rainha não alcançara suas intenções.
— Como representante da República Romana devo promover essa reconciliação. E tens de ser amável para com o eunuco, dando-lhe a crer que eu consegui chamar-vos à ordem. Também farei um grande donativo em territórios para conciliar a boa vontade dos vossos suditos. Que presente apreciarão eles mais?

— A Ilha de Chipre! — respondeu de pronto Cleópatra com vivo interesse.
— Sempre desejamos essa ilha, que já foi nossa.

— Pois assim seja. Dando-lhes esse ópio, senhorearemos esta cidade e o porto. E depois...

— Depois? — gritou a rainha, ansiosa batendo as mãos.

— Depois não enforcaremos o eunuco, nem o rei, mas poremos a corda de modo que ambos nela se enforquem e a Vênus-Hator reinará sozinha no Egito e será generosa para com este pobre general e adorador.

— É verdade isso, César? Não me estais arrastando para a ruína?
— É verdade, divina Ísis. Os deuses protegem as suas encarnações terrenas. Se eu vos der isto, que me dareis vós? Qual a recompensa?

Cleópatra olhou para César dubitativa — qual donzela —, toda hesitação. Que poderia ele querer ou pedir? Algo que estivesse fora do alcance das suas riquezas? Alguma derrogação do seu poder real que a deixasse diminuída?

— Eu desejava que Apolodoro estivesse aqui — murmurou Cleópatra. Não sei deliberar só. Vossos olhos, vossa sabedoria tonteiam-me. Poderei empenhar qualquer coisa que venha a tornar o Egito escravo de Roma. Vós vedes longe, vedes coisas que me escapam. Não posso... Não posso...

César estava agindo ainda a meia sinceridade, mas Cleópatra o ia vencendo, e realmente as suas riquezas e o seu poder vinham completar-lhe os sonhos de grandeza. A paixão da posse recrescia dentro dele e com Cleópatra o mundo lhe viria até as mãos. Sem ela, a dúvida, a possibilidade de um jogo perdido. Estaria acaso muito velho? Ou poderia reacender seu fogo naquela mágica mocidade? De novo, segurou-lhe as mãos.

— Vênus-Hator, sois velha como o Tempo e tem de toda a sabedoria do vosso sexo, mas sois também divinamente jovem. Que necessidade tendes de Apolodoro? O vosso instinto é mais sábio que toda a sabedoria desse homem. Compreendei que as nossas estrelas são irmãs. Comigo vencereis e convosco eu vencerei. Um sem o outro, ambos falharemos. Só peço uma coisa: a vossa amizade. Nada mais.

— Compreendo, compreendo — arquejou Cleópatra, e César notou o arfar do seu seio sob a túnica de seda. Mas meu filho e o vosso filho! — assunto louco na boca de uma rapariga louca. — Levarão os deuses em conta a mocidade e a velhice quando um deus e uma deusa conferenciam como agora?

César largou-lhe as mãos com dignidade.

— Deveis ter a liberdade de escolher, rainha.

Tenho possuído muitas mulheres; muitas me têm amado — mas em nenhuma tive a amiga que procuro — uma que pense altos pensamentos, liberta da ciumeira atroz que as desfigura todas. Esta noite, imaginei encontrar essa amiga. Teria acertado?

Cleópatra prendeu a cabeça sobre os braços cruzados, extremamente confusa. Jamais havia pensado naquilo. Ela, quase uma menina e ele, o maior dos romanos! Mas a sua idade, a sua terrível reputação de adúltero... Um homem com aqueles anos não será todo cinza? Os interesses de Roma opostos aos do Egito — a magnificência e o poder de César! Como poderia existir união entre elementos assim díspares? Oh, Apolodoro! Cleópatra começara a recear que César a dominasse e a fizesse empenhar todo o seu futuro de realeza. Mas amizade, amizade com um grande homem que a compreendesse — isso era o maior dos seus sonhos.

Enquanto tais pensamentos a trabalhavam, César ergueu-se e foi para junto da janela, onde seus olhos pousaram sobre as águas do porto cheio de luzes. Era uma hora de divino silêncio, propícia a todos os êxtases. A Lua cheia fronteava a janela. Cleópatra a enfitou entre os dedos como a lhe pedir socorro naquele lance. César tinha uma beleza severa que a alma da jovem rainha, adoradora do belo, compreendia perfeitamente. Seus vícios não lhe haviam desfigurado as linhas do rosto, e naquele momento dava a impressão de um sacerdote a serviço da divindade. Do seu poder, ninguém podia duvidar; o mundo o conhecia e tremia diante dos seus gestos. Seu refinamento, sua distinção de maneiras tocava-na estranhamente. Mas, verdade, fidelidade — qual havia no passado de César que fosse garantia de tais sentimentos?

Cleópatra ergueu a cabeça e encarou-o com desespero

— César — nobilíssimo César —, nada posso responder. Se fosseis meu verdadeiro amigo, eu pagaria na mesma espécie, sei disso. Mas não sou apenas Cleópatra, a jovem. Sou o Egito, a rainha — e Roma é uma devoradora insaciável que nunca foi nossa amiga. Não vos encolerizeis de ver-me assim confusa. Quero a vossa amizade, mas necessito saber ao que ela me obriga. E, se vos dou a minha amizade, que dom me dareis em retorno? Pergunto-o porque é voz corrente que César compele todos os homens e mulheres a dobrarem-se à sua vontade — e eu sou a livre rainha do Egito.

César replicou calmamente: — Serei vosso amigo, amigo verdadeiro e firme.

Não somos ambos descendentes de deuses? Devemos naturalmente confiança um ao outro. Dar-vos-ei de presente o cérebro e a espada de César, que pensará e pelejará por vós, estejamos juntos ou afastados. E mais: escolherei o vosso marido entre os romanos — o mais nobre dos romanos, o qual vos trará o poder de Roma como presente de núpcias e mais, sereis a rainha da Ásia tão bem como a de Roma e do Egito, e ainda mais, o vosso filho...

Cleópatra ergueu-se. Seus olhos nadavam em êxtase.

— Será o Rei do Mundo! Juro-o! Eu, Júlio César, o juro!

O general romano apertou-lhe as mãos fraternalmente, pensando lá consigo: "Não devo amedrontá-la. É muito jovem. Tenho que ir devagar".

Depois:

— Temos que considerar muitas matérias, rainha. Sentai-vos e dai-me atenção. Amanhã a vossa vida será decidida, mas daqui por diante eu e Roma estaremos do vosso lado.

Longamente conversaram até que o mar se colorisse dos tons róseos da madrugada. Negócios e diplomacias unicamente, sob a Lua protetora dos amantes.

No dia seguinte, César anunciou ao rei Ptolomeu e ao eunuco Poteinos que a rainha regressara e estava no palácio. Disse também que ela viera como suplicante, admitindo suas transgressões contra a República Romana e contra seu irmão e comonarca. Deviam todos reunir-se, concluiu César gravemente, para uma reconciliação pública que a sabedoria de Poteinos devia impedir que jamais se rompesse. Só assim a liberdade do Egito seria preservada e o assassino de Pompeu perdoado.

Grandemente maravilhado, Poteinos assentiu. Se na realidade a endemoniada rapariga estava domesticada pelo temor à República Romana, ele faria dela um instrumento de domínio mais maneiro que a detestável Arsinoe ou o petulante reizinho. Pessoalmente, não sentia inclinação por nenhum dos três. Desejava apenas senhorear-se de um instrumento que lhe fosse dócil às manobras de dominação.

CAPÍTULO IV
A RECONCILIAÇÃO

No próximo dia deu-se a reconciliação. A jovem rainha, na pequena câmara de audiência com César numa poltrona ao seu lado, recebeu um menino-rei, seguido de Arsinoe e Poteinos — tudo calculado de modo que esses dois se sentissem em posição de inferioridade.

Cleópatra soube representar a sua parte. Compareceu vestida de deusa Hator, numa túnica de maravilhoso tecido que lhe realçava a beleza de cisne. Ao peito trazia o símbolo da deusa-mãe, Nout, asas de abutre distendidas de esmeraldas, e na cabeça a coroa com o disco lunar.

Estava sentada quando César entrou e sua majestade impressionou o general romano. Era aquela então a rapariga risonha que vira sair de dentro de um fardo? Parecia agora, realmente, uma divindade encarnada.

Quando o jovem Ptolomeu entrou e viu-a sentada junto ao ditador, a altivez que havia ensaiado lhe morreu instantaneamente. Deteve-se, irresoluto, e consultou o Poteinos com os olhos. Já Arsinoe, soube conservar a sua coragem. Passando à frente dos outros postou-se diante da rainha, dizendo:

— Então voltaste afinal, depois de teres fugido, hein? E como viestes? Certamente que não nas galeras reais, como o convém a uma rainha, mas num saco, às costas de Apolodoro, ao que dizem no palácio. Sagrado Serápis! Por que isso?

O veneno que seus olhos pálidos emanavam! César seguia a cena intimamente divertido, curioso de ver como Cleópatra reagiria à provocação. Como impelida por uma mola de aço, ela ergueu-se em fúria.

— Comporta-te diante de César, coisinha insignificante! Senta-te e fecha essa boca. Quem és tu? Nada. Vem, Ptolomeu, senta-te em teu trono. Não és nenhum ratinho para teres medo que alguém te coma.

O menino achegou-se a Poteinos, que o empurrou para a frente. Seu rosto refletia a lividez do medo. Ver de volta a sua irmã detestada e temida, e ao lado de César, era prodígio que varria com todos os seus sonhos de grandeza. Sentou-se automaticamente no trono gêmeo, a tremer.

César ergueu-se; sua mão fez o gesto de paz, enquanto a rainha assumia uma sublimidade de estátua.

— Rei do Egito, disse ele falando em nome da República Romana, Vossa Majestade lançou a vossa irmã ao exílio e imobilizou contra ela um exército. Como explica isso para Roma, a executora do testamento de vosso pai, o falecido rei do Egito? Ele transmitiu o trono aos dois juntos.

— Como explico? — respondeu o menino num misto de raiva e medo. — Não sou acaso o rei e...

— E não é ela acaso a rainha? — interrompeu a voz inexorável de Roma.

— É a rainha, mas nenhum homem pode governar com ela. Não passa duma mentirosa, de uma víbora que afasta de mim todos os corações. Quando sai pelas ruas, o povo a aclama aos gritos e curva-se e adora-a. Ela enfeitiça a todos, de modo que quando deixo o palácio ninguém olha para mim. Isso não é direito.

César sorriu no íntimo. O rapaz realmente tinha muito poucas chances de popularidade, comparado a sua extraordinária irmã. Bem visível que num trago ela o engoliria e o admirável era que não o estivesse engolido ainda. A sobrevivência daquele reizinho só podia ser obra da astúcia de Poteinos... César replicou friamente:

— Vossa Majestade deve usar em proveito próprio os encantos da rainha, o que só conseguirá com uma reconciliação perfeita. Ouça as últimas palavras do falecido rei e respeite-as.

Tirou duma caixa um rolo de papiro e leu alto a parte concernente aos príncipes herdeiros. Palavras claras e definidas. Deviam casar-se e reinar juntos, com poderes iguais. Cleópatra ergueu-se durante a leitura em sinal de respeito e curvou a cabeça, submissa. Ptolomeu conservou-se sentado e amuado, com Poteinos atrás de si, de carranca fechada. Que podia o eunuco augurar do calmo desprezo da rainha e da sua evidente satisfação recalcada? Não fora inutilmente que ele tanto lhe estudara a mobilidade de expressão e a quis transfazer na mobilidade da morte. Poteinos não se apercebera devidamente da beleza de Cleópatra; via-a diretamente, mas nunca sobre aspectos amáveis, de modo que não distinguia entre ela e Arsinoe, exceto em admitir em Cleópatra tinha maior inteligência e tenacidade, mas agora conhecendo a crônica dos amores de César que circulava por todas as costas do Mediterrâneo, uma possibilidade terrível veio apavorar sua alma.

César enrolou o papiro e guardou na caixa.

A rainha sentou-se.

— O dilema é simples. Ou a imediata reconciliação, ou a cólera de Roma. Vossa Majestade tem que licenciar o exército e jurar em minha presença um alto e honroso tratamento para a companheira de trono. É vós — continuou dirigindo-se à rainha — jurareis o mesmo. Em todas as coisas honrareis o rei, vosso esposo e irmão, e o tratareis com a máxima deferência.

Cleópatra ergueu-se, com a mão estendida sobre a caixa do testamento.

— Pela grande deusa Serápis, que esta cidade honra, e pelas deusas Ísis e Hator, das quais sou a encarnação, juro reinar juntamente com meu irmão, o rei do Egito, em igualdade de condições e com amor e confiança.

— Assim seja —, murmurou César serenamente.

Na sua toga branca, listada de púrpura, o seu ar real casava-se com o frio desdém da expressão. Isto secretamente encantava a rainha, afeita desde o berço às sabujices da lisonja, com as exceções únicas do despeito dos dois irmãos e do ódio virulento de Poteinos.

César voltou-se para o rei.

— Vossa Majestade, agora. Jurai que licenciará o exército e reinará conjuntamente com a rainha, em obediência à vontade de vosso pai, de cuja vontade a República Romana é a fiadora.

O pobre menino, com os sonhos de grandeza despedaçados, ergueu-se num acesso histérico.

— Estou perdido! Estou perdido! — gritou femininamente. — A bruxa ganhou esse homem, como ganha a todos! Não sou mais rei do Egito. Jura? Nunca! Antes morrer. Ei-la! Tomai-a e dai-a à feiticeira, como dareis minha cabeça se ela a pedir! E com lágrimas de ódio arrancou de si a coroa, arremessando-a ao chão; depois fugiu da sala a soluçar, acolhendo-se à turba de sicofantas e soldados que enchiam as antecâmaras. Poteinos o seguiu sem olhar para trás.

— Tu venceste, irmã querida — murmurou Arsinoe mordendo os lábios e erguendo-se não de todo sem dignidade para também retirar-se.

Ao abrir o reposteiro, entreparou e disse:

— Ganhaste mais uma vez, como ganha sempre, mas veremos em que dará a tua vitória. Em vosso rosto digo, César, que o homem que confia em Cleópatra é um louco, por mais que se tenha em conta de sábio.

O reposteiro fechou-se; Cleópatra pôs timidamente os olhos em César.

— Fiz como recomendastes?

— Maravilhosamente — respondeu o romano, mas sem entusiasmo. O rumor exaltado que vinha de fora o alarmava. Uma voz violenta arengava de uma das janelas do palácio. Tumulto, correrias na rua. César estava sem seus soldados e a população de Alexandria tinha fama de feroz. Rápida como sempre, Cleópatra compreendeu seus sentimentos e disse-lhe com a decisão duma verdadeira filha dos deuses:

— Ide, nobre César, e mostrai a esses loucos a tua loucura. Ficarei aqui. Quem ousará tocar em Cleópatra, a rainha?

Mas como a deixaria César entre inimigos? Os seus partidários entre o povo ainda ignoravam a sua volta, e dariam o apoio ao rei enquanto não a vissem em pessoa. Num relance, ambos compreenderam o perigo. Cleópatra deu a mão a César.

— Depressa! Irei convosco. Falarei à turba da janela. Vinde!

César e a rainha romperam pela ampla sala de audiências, já quase vazia depois que os partidários de Ptolomeu correram para a rua a fim de agitar o povo.

CLEÓPATRA

Sem um instante de hesitação, Cleópatra afastou da janela os que a ocupavam e apresentou-se à multidão.

— Povo de Alexandria, aqui estou eu, Cleópatra, a rainha! Rejubilai-vos do meu retorno!

Centenas de cabeças voltaram-se e profundo silêncio se fez. Ptolomeu e Poteinos colaram-se às muralhas. Iria ela incitar contra eles os seus adoradores? A voz da rainha ressoou de novo, no timbre penetrante de clarim.

— Povo de Alexandria, o nobre César está ao meu lado e traz para os meus felizes súditos os mais ricos presentes da República Romana: a Ilha de Chipre, esse velho sonho nosso. Traz a remissão das dívidas que meu pai contraiu com a República. Feliz dia! Feliz povo!

Uma tempestade de aplausos reboou, indo ecoar ao longe de encontro ao portentoso farol.

Os dons a que ela se referia sempre foram os grandes objetivos da política nacional e vinham remover a hostilidade que o povo demonstrava pela República Romana. A arguta rainha, que o sabia, atreveu-se a apresentar César.

— Eis o poderoso César, ao qual devemos tanta generosidade. E ainda há mais, povo de Alexandria! Ele reconciliou-me com o rei meu irmão e doravante reinaremos em harmonia. Vem a mim, meu irmão e esposo, para que todos nos vejam unidos e saibam que não há mais guerra e sim uma paz de ouro e felicidades.

— Ave César! Ave César! — tonitruou a multidão voltada para o rosto severo, de medalha, que surgira junto à rainha. E os aplausos à divina Cleópatra-Ísis recomeçaram, prolongando-se por longo tempo.

Que poderiam fazer o débil reizinho e o miserável Poteinos? Ninguém tinha olhos para eles, tanto a estranha visão de Cleópatra ao lado de César os empolgava. Os partidários de Ptolomeu agarraram-no e levaram-no para dentro, a fim de que fizesse ato de presença junto A Cleópatra — e Poteinos teve de segui-los, mordendo os lábios. A Bruxa — a demônia! Que não conseguiria ela! Quem lhe poderia resistir? A Ilha de Chipre! A remissão das dívidas! Ó Júpiter Amen! Ó Serápis! O romano estava enliçado nos amavios de Cleópatra e pusera as suas legiões a seu serviço...

Escada acima, lá foram todos de roldão, e Ptolomeu viu-se empurrado para a janela onde sua irmã pompeava ao lado de César. Pálido e soturno, ainda com os olhos vermelhos das lágrimas, "Rei do Norte e do Sul, Senhor das Duas Terras", deixou-se manejar qual um autômato.

— A coruja! — murmurou uma voz próxima, enquanto a rainha tomava a mão de Ptolomeu e o apresentava ao povo. Era a voz de Arsinoe, trêmula de cólera e ciúmes. — Venceste, minha irmã, mas a vitória te conduzirá à caverna dos lobos romanos.

Cleópatra olhou-a com sorridente desdém.

— Louca Arsinoe! Não sabes ainda, filha, que quem vai reinar em Chipre és tu? Tenho a promessa de César. E apesar disso, cospes em mim como uma gata selvagem. Tolinha. Quando criarás cabeça?

O seu tom de imensa superioridade fez César sorrir de novo. Cleópatra saíra-lhe a mais encantadora das soberanas, toda ela uma joia de vivacidade e agudeza. Deixando a janela, a rainha dirigiu-se à sala das audiências, seguida de César ao qual havia entregado o Egito naquele momento. Quando o pesado reposteiro se fechou e ambos ficaram a sós, Cleópatra voltou-se radiante para o grande romano.

— Representei bem o meu papel, nobre César?

Como resposta, ele tomou-lhe a mão cheia de joias e beijou-a apaixonado.

A voz de Cleópatra fez-se um cicio[3].

— Estás satisfeito?

César não pôde responder. Sua força invencível parecia tê-lo abandonado. Cleópatra balbuciou súplice:

— Nobre César... — e vacilou em prosseguir. Por fim: — César, se vos retirais do Egito, serei morta. Poteinos não perdoa nunca.

Houve uma pausa. César ergueu para ela os olhos. "Poderia eu deixar-vos?" Seu olhar dizia isto. Política e paixão conjugavam-se nesse olhar, mas naquele momento, Cleópatra só falava à paixão.

Ciciante, murmurou:

— Sou quase uma criança. Se vós tivesse para guiar-me... E de novo ides deixar-me? Ó, Deuses! Se César pudesse ficar...

Era o momento decisivo.

— A rainha o deseja? — inquiriu o romano encarando-a nos olhos.

— Sim, a rainha o deseja.

César tomou-lhe as mãos e comprimiu-as contra o peito.

— A mulher também?

A mulher! A mulher, ela, uma quase menina inexperiente! A mulher! Isso dito pelo maior homem dos tempos a uma rapariga de coração de neve! Cleópatra ergueu os olhos que brilhavam de luz ambarina.

— Nobre César eu... Ficai, ficai...

---

3   Rumor brando e contínuo. (N. do R.)

Houve um grito. César apertava-a contra o peito e esmagava-lhe nos lábios um beijo de homem sequioso pela ambrósia do Olimpo.

Cleópatra recuou, de olhos no chão.

— Poderoso César: meu irmão ainda não apresentou o juramento. Eu e ele somos casados. E vós... Não existe Calpúrnia?

Os homens de idade são rápidos no incêndio e no arrefecimento. Aquelas palavras serenaram o ímpeto de César.

Dez minutos depois, o rei prestava o juramento — mas à última pergunta de Cleópatra, o romano esquivou-se da resposta.

CAPÍTULO V
O CONSELHO DE APOLODORO

Aquela noite, Cleópatra deixou-se ficar no aposento mais adequado ao seu estado de espírito. Não muito grande, mas todo de pórfiro cor-de-rosa, contra o qual a beleza da rainha brilhava com vivido destaque. O teto era suportado por pilares também de pórfiro, com capiteis representando a cabeça de Hator, em honra de Vênus-Hator que ali tinha o seu nicho. Desse aposento haviam partido os faraós, com suas esguias rainhas, em procissão de ofertório às deidades hierárquicas, levando flores de lótus nas mãos. Lá estava o pai de Cleópatra, insculpido de mãos estendidas para os deuses, junto a esta inscrição:

"Ptolomeu viverá sempre, amado de Ísis e Ptah".

A imagem de Cleópatra também figurava na decoração do aposento — uma silhueta em vermelho com o lótus numa das mãos e o sistro de Ísis na outra, rodeada de donzelas atendentes. A inscrição dizia:

Neb Taui. Qlapetrat tchettu-nes Trapenet.

"Senhora de Duas Terras. Cleópatra, chamada Trifena."

Qualquer jovem se sentiria deusa num tal ambiente, mas Cleópatra não gostava da arte egípcia, nem dos seus símbolos. A Grécia ainda estava muito recente em seu sangue, e suas inclinações se voltavam para uma Grécia misturada de opulências orientais.

Esse mosaico de gostos transparecia naquele ambiente. Tapetes da Pérsia revestiam um piso de mármore. Panos da Índia, com estranhos deuses de olhos amendoados, pendiam de entre os pilares e, mais incôngruo ainda, largos divãs orientais com montanhas de almofadas mostravam-se por toda a parte, para atender às venetas de repouso e abandono da rainha. Um aposento amestiçado, mas dum estranho encanto exótico.

Cleópatra lá estava, no divã de púrpura e ouro, com Charmion de joelhos a lhe pentear a cabeleira bronzeada. Confidenciava suas impressões da véspera.

— E quando o Ptolomeu jurou, vi uma chispa de ódio soltar dos olhos de Poteinos. Logo que César embarque para Roma, tenho a certeza que eles me matarão...

— Mas, minha rainha, é preciso reter César aqui. É preciso...

— Tocaste no ponto crítico, Charmion. Ouve.

Cleópatra cruzou as mãos na nuca e estirou-se no divã.

— Charmion — disse ela lentamente —, tu que és avisada no amor, pois tem tido muitos amantes, responde-me a isto: pode realmente uma mulher jovem amar a um homem mais idoso que ela — muito mais idoso?

A linda da escrava beijou o níveo braço da senhora e respondeu com cautelas:

— Minha rainha, comigo tal nunca se deu; mas creio que é caso que pode dar-se. Ainda para com homem velho, gordo e calvo, pode haver amor — pela sua bolsa. Podemos amá-lo pelo seu dinheiro. Sim, sim. Note quantas jovens de Alexandria suspiram por César... Sim, uma jovem pode amar um velho — se é ele um homem de armas, belo como um deus, cansado do muito conhecimento da vida...

— Esse é César — concluiu a rainha. — Quer dizer que a resposta de Charmion é que...

Charmion encheu-se de entusiasmo.

— Aos meus olhos, ele ofusca todos os jovens, disse ela. Ó, aquele ar de comando! Fiz relações com um jovem capitão dos seus legionários, belíssimo homem de cabelos loiros e olhos azuis e, ó deuses, tenho-o ouvido falar do seu Comandante Supremo, do seu Imperador, como os romanos dizem! Nada mais maravilhoso. Esta tarde, em vez de louvar meus seios, que são lindos, entreteve-me com as façanhas de César nas Gales, na Britânia e em outros países bárbaros, pintando-o como mais que um homem — como um deus. E de tal modo falou que tive de interrompê-lo dizendo: "Pare, do contrário começarei a amar esse homem".

A rainha sorriu. Ela conhecia sua Charmion.

— E o capitão naturalmente parou...

— Não, Senhora. Continuou a louvar César, até que murmurei: "Oh, quanto eu quisera que a minha rainha te ouvisse! Ela adora os casos heroicos". E meu galã respondeu: "Pois a rainha que os ouça dos próprios lábios de César". Confesso que achei o conselho excelente.

Houve uma pausa. Num cômodo contíguo, uma cerva entoava baixinho, ao compasso do sistro, uma canção acalentadora.

— E o meu capitão louro de olhos azuis também disse do porvir, continuou o Charmion; disse que em Roma ninguém admite dúvidas sobre César como futuro dominador do mundo. O povo está farto da república, que é a corrupção e a mediocridade. O império será a dignidade e a beleza — o ambiente natural dos grandes homens e das grandes mulheres, com o florescimento de todas as artes. Na república, o mais ínfimo publicano aspira a ser ditador. Na monarquia há os dinastas — uma linha certa de governantes. Nós sabemos disso aqui.

Cleópatra ouvia de olhos semicerrados, com ocasionais espiadelas por entre as longas pestanas. Súbito ordenou languidamente:

— Manda Iras chamar Apolodoro — depressa!

Não demorou muito e o siciliano entrou, vindo ajoelhar-se aos pés da soberana.

— Aqui estou, deusa — murmurou lisonjeiramente.

— Apolodoro, eu quero falar sobre César. Charmion acaba de encher meus ouvidos de louvores a esse homem. Qual tua opinião sobre ele, agora que o conheces?

— Minha opinião é que... Acho bom que Charmion se retire. O que vou dizer é confidencial.

— Charmion está dentro do meu coração. Que fique!

— Rainha do Egito, vendo César eu vi o Poder! O Poder está sempre pousado no topo dos seus pendões, como falcão domesticado. Pelo amor de todos os deuses, rainha, capturai esse homem, fazei-o vosso — porque breve ele trocará seu posto de general pelo de imperador — pelo de senhor do mundo!

Cleópatra abriu os olhos e sentou-se, com as mãos enclavinhadas, em apoio de um dos joelhos. Encarava o siciliano de frente.

— Sou bela, Apolodoro? Sabes que nada sei fazer sem o teu concurso — nem por um dia — e quero que não me poupe verdades. Nada de rodeios.

O siciliano avaliou-a num volver de olhos, com a segurança do mercador de joias que julga um punhado de gemas.

— Divina Hator, avaliando-vos pedacinho por pedacinho, confesso que jamais vi mulher mais formosa. Essa é a verdade pura. Há as sensualmente mais sedutoras, porque às vezes a vossa frieza supera a do gelo e a paixão é o que mais prende o homem — e também o que mais o cansa. É vulgar que uma mulher, não repulsiva, encontre na paixão amavios para seduzir qualquer homem. Vós possuis mais beleza — tendes encanto. Os deuses sejam louvados por esse dom supremo. Possuis tudo quanto seduz o homem, e em grau elevadíssimo. Tenho-vos visto avisada como os velhos, alegre como uma criança, franca, imprudente, modesta, carinhosa, tímida, imperiosa — nada existe que não possais ser, e tudo com tal encanto que os olhos dos homens ficam presos de enlevo à espera do que virá depois. A vossa variação é infinita. Rainha, entre os colares dos vossos tesouros existe uma pérola rosa do Oriente. Se se perdesse qualquer pérola desses colares ficariam as outras — mas se se perdesse aquela, o mal seria insanável, porque os deuses necessitariam milhões de anos para colorir outra igual. Criatura de eleição divina — nada há no mundo que vos valha!...

Esse ditirambo teria fundido a própria neve, mas Cleópatra estava tratando de negócios — o negócio da sua beleza, e quando tratava de negócio sabia não embriagar-se com ditirambos.

— Admito isso, Apolodoro. Falemos com franqueza. César quer-me e eu não o quero, mas necessito dele. Nada posso fazer sem ele. Devo entregar-me? É o ponto sobre o qual desejo que me aconselhes. Vejo claro todas as vantagens. Responde-me com candura. Que dirá o povo de Alexandria se souber que a rainha é amante do esposo de Calpúrnia?

Apolodoro carregou o sobrecenho. Ficou a meditar. O divórcio estava em moda em Roma e o próprio César já se divorciara de Pompeia sob pretexto de que a mulher de César não devia sequer ser suspeitada. E embora Calpúrnia fosse casta, a suspeição poderia também atacar essa castidade. O divórcio significaria o retorno de César a Roma — e em Roma existiam muitas belezas e César era César. De nenhum modo a Rainha do Egito poderia prestar-se a ser meramente seu recreio durante uma das expedições militares. Havia ainda o lado político da questão. Sim. O caso era dos mais difíceis de resolver...

O Siciliano respondeu com gravidade:

— Grande senhora, o problema é complexo. Ah, se os deuses levassem Calpúrnia neste momento! Sua vida é um infortúnio, mas desde que está viva, a minha sugestão é que um homem poderoso a ponto de romper a Constituição da República (o que certamente César fará) bem pode permitir-se uma esposa em Roma e outra no Egito. Por que não uma mulher também no livre Egito?

— Uma mulher, sim, mas não exatamente a Rainha do Egito, contraveio Cleópatra com os olhos em fogo. Há momentos em que me parecse o perfeito doido — e eu uma louca. César me quer, e apaixonadamente; mas sei que assim que parta para Roma perderei a minha influência. Todos os homens são assim. Charmion pensa desse modo e ela sabe — sabe mais de amor que um livro. Como amarrar esse homem? Não vejo claro em teu pensamento, Apolodoro. Não estou apaixonada por César. Nem sei o que significa amor. Estou é levemente envenenada pela sua grandeza e poder, visto que não sinto por ele minha usual indiferença para com todos os homens. Penso até que se ele fosse 30 anos mais moço não me conquistaria o coração, como não conquista agora. César é muito frio, muito distante, pensa muito em si. Um busto de mármore. Muito lisonjeiro me seria se, como Pigmalião, eu fizesse esse mármore viver ao contato de um beijo — mas outras criaturas antes de mim já o tentaram. Sinto-me, não obstante, orgulhosa de o haver impressionado. Quando hoje beijou-me as mãos, senti-me maior. Além disso, amor de velho é como fogo de folhas secas — um clarão intenso e cinzas em seguida. Não dura, e eu não devo dar-me em troca de nada. Achas que posso prendê-lo?

Apolodoro encarou-a pensativamente. Depois seus olhos brilharam.

— Numa ruela transversal da Canopus um extraordinário sacerdote do alto Nilo acaba de aparecer. Está jornadeando em busca dos sábios da Índia a quem chamamos ginosofistas e partirá amanhã para Berenice a fim de tomar a galera *Meri-ra*. Dizem-no com mais de cento e cinquenta anos de idade, embora eu não creia, e dizem também que sua sabedoria é sem par. Por que Vossa Divindade não se aconselha com esse sacerdote? Conhece o passado, o presente e o futuro como se os lesse num livro.

— Um egípcio?

— Egípcio sim, o mais avisado dos egípcios.

Cleópatra assentiu. A sabedoria dos egípcios tinha alta fama antes do evento de Cristo. O povo e os soberanos a respeitavam.

— Um sacerdote...

— Um sacerdote do antigo templo de Osíris em Abidos, que vendo aproximar-se o termo da sua carreira na Terra quer verificar se os sábios da Índia possuem mais nítida visão da verdade que a sua. Vai somar a sua a outras sabedorias. O povo o conhece como Luz do Horizonte.

— Traze-o cá, depressa! — ordenou a rainha.

Apolodoro retirou-se.

Enquanto esperava o sacerdote, Cleópatra, ajudada por Charmion, realizou várias cerimônias purificantes de uso entre os reis do Egito quando tinham de enfrentar os mistérios por vir. Banhou-se na água do Nilo, que existia no palácio para aquele fim. Cheirosas resinas foram queimadas na câmara, e flores colocadas nos oratórios, antes de repetidas diante deles as preces propiciatórias. Era a primeira vez que a rainha realizava tais cerimônias, cujos resultados não podia prever. Receberia seu coração tenso algumas respostas dos deuses? Cleópatra esperou, prostrada no mármore, com as mãos nos ouvidos para deles afastar qualquer som terreno. Nenhuma comunicação divina teve; mas assim purificada, levantou-se para aguardar a vinda de Luz do Horizonte.

Quando o velho apareceu conduzido com reverência por Apolodoro, Cleópatra apresentou-se-lhe de rosto velado. O sacerdote entreparou junto aos pilares e, de mãos erguidas, falou:

— Aos quatro deuses haveis rogado e em meu coração todos responderam: "Se o coração está puro, vai! Porque afastamos toda a maldade e todo o pecado que mareava a Rainha". Se vossa alma está limpa, atravessareis as portas secretas e retornareis com sabedoria, tendo realizado a União com o Um.

Emocionada pela estranha e misteriosa resposta, a rainha sentou-se na poltrona de marfim, com o velho diante de si.

Sua prática com Charmion e Apolodoro havia sido mundana. Com aquele sacerdote a aura era outra — e um silêncio religioso encheu o aposento. Fora, pelas janelas, via-se o grande mar batido da Lua, e os rumores da cidade chegavam distantes como um zumbido de abelhas. Apolodoro e Charmion, de joelhos e de cabeça baixa, não viram o sacerdote retirar o planejamento que lhe envolvia o busto emaciado. Um rosto lídimo do mais puro tipo egípcio mostrou-se à rainha, de serena beleza — a beleza austera da ancianidade.

— Real Filha, Real Mãe, favorecida de Amen, que desejais deste humílimo servo?

Cleópatra voltou-se para o siciliano.

— Nada lhe disseste Apolodoro?

— Nada, divina senhora. Nunca me permitiria tal.

— Nesse caso, também nada direi — falou Cleópatra num golpe de audácia. — Se os deuses sabem, que me digam o que é. Se não sabem, que me valem seus conselhos?

O velho sorriu como os velhos sorrirem para as crianças.

— Não é esse o modo de falar dos deuses, Real Filha, mas os deuses que desafiais podem responder a vossa pergunta e estou instruído para isso. Chegou até mim a voz do vosso coração: "Deverei dar o meu corpo a César para que nele se gere um filho que venha a governar o mundo com o poder de César somado ao meu? Aumentar-se-á o meu reino se dou esse passo e, governando César, vier a governar o mundo?

— Sim... É o que desejo saber — balbuciou Cleópatra —, mas penso que...

— Nessas matérias ninguém pensa. O pensamento não é o caminho para aproximação do Um. É ponte que arroja para os abismos. A união é necessária, Real Filha, e se não houver união um grande perigo sobreviverá, porque os olhos veem falso num espelho enganador e uma criatura é infalivelmente arrastada a ruína sempre que não vê o que é.

— Se os deuses enganam — murmurou Cleópatra como em transe —, se iludem como os homens, como posso saber? Eu quero a verdade.

— Um homem ou uma mulher só pode ter a verdade que consegue tomar, e não terá nenhuma se não tomar nenhuma. Os deuses não enganam, mas podem não avisar à criatura. Uma vez mais, e solenemente, eu vos digo que só vereis claro através da janela da vossa própria verdade e pureza. Se a visão é imperfeita, a ação também é imperfeita — daí o perigo da criatura imiscuir-se com essas íntimas e secretas matérias.

Cleópatra olhou desesperançada em redor de si, mas seus dois servos continuavam de joelhos, imóveis como estátuas, com os rostos ocultos. Seu pé tocou Charmion num movimento colérico, sem que a escrava saísse da sua imobilidade rígida. Sua mão tocou de leve Apolodoro, que igualmente não se moveu. Um silêncio mortal apavorava o ambiente. Momento penoso. Poderia ela considerar-se suficiente pura para enfrentar os deuses? Não tinha Cleópatra meios de o saber, mas lembrou-se de que todos os dias o seu povo arrostava o desconhecido por meio de horóscopos e de outras consultas às divindades. Por que não faria também? Ninguém mais que ela necessitava de apoio divino.

— Devo ficar ou retirar-me? — inquiriu o velho.

— Ficai. Quero consultar os deuses.

— Real Filha, já vos avisei. Há perigo na consulta aos deuses. Sinto que o ar já vibra com a presença divina. Permiti que me retire.

— Quero ir até o fim.

— Estamos sós — disse Luz do Horizonte —, porque este homem e esta mulher têm a percepção fechada. Fitai vossos olhos nos meus e atendei à palavra suprema.

Cleópatra ouviu um murmúrio de palavras misteriosas e a seguir sentiu-se longe do palácio de Lóquias, Encontrou-se num monte, em Roma. O Capitólio pompeava à sua frente. Nele penetrando, viu as sete estátuas dos antigos reis de Roma, e viu acrescentar-se uma oitava — a estátua de César, o novo rei de Roma, coroado e entronizado.

Depois se viu no Senado. Uma figura espetral flutuava por ali, desatenta aos negócios tratados no momento. No trono de ouro sentava-se César, com o cetro de marfim na mão, a cabeça cingida da coroa de louros. Vozes aclamavam-no como "Júpiter-Július" e Cleópatra leu na inscrição da sua estátua: "A Júpiter-Július, o deus imortal". Sacerdotes oficiavam diante dessa estátua que fiéis invocavam como a um guardião vivo. O sangue efervesceu nas veias de Cleópatra. O veneno do poder queimou-lhe o sangue qual vinho violento. O deus-rei de Roma, e ela deusa-rainha do Egito!

O quadro passou e Cleópatra se viu no glorioso templo dedicado à Vênus Romana, a ancestral de César — Vênus Genitrix; e lá — lá entre outras estátuas também viu a sua própria, como deusa do Amor e da Beleza. Ela em Roma, deificada como César, o seu imortal consorte...

Um imenso orgulho enfunou o peito da deusa-rainha à medida que seus olhos viam os quadros do futuro. As pálpebras pesavam como chumbo. Abriu-as com esforço. Charmion e Apolodoro, sempre ajoelhados, deram-lhe a sensação do presente, do qual se ausentara. Nada tinham visto. A visão do futuro fora privilégio da rainha. Cleópatra mostrou-se radiante. Podia decidir-se — precipitar-se...

— Onde está o sacerdote? — exclamou interrompendo em meio a deleitação do seu triunfo. — Dar-lhe-ei grandes recompensas e quero tê-lo sempre ao meu lado, como ao mais precioso dos guias. Luz do Horizonte, onde está ele?

O palácio foi revistado em vão — e a cidade também. O velho desaparecera. Uma hora mais tarde, porém, um papiro foi entregue à rainha, traçado de caracteres demóticos.

"Glória e obediência à Senhora das Duas Terras. Sempre que desejardes ver a luz nos horizontes sombrios chamai por Totmes, o Egípcio."

Cleópatra bateu palmas delirantes.

— Eu não trocaria esse homem por todas as esmeraldas da Índia. Hei de detê-lo sempre como meu guia. E agora Apolodoro, vai depressa a César e convide-o a cear comigo na Câmara dos Reis. Temos grandes coisas a tratar. Se César me dá o que quero, como não lhe dar eu o que ele quer?

Nunca em sua vida Cleópatra se sentira mais firme, mais segura de si do que naquele glorioso momento. Os caminhos abriram-se claros à sua frente.

O grande romano aceitou o convite para ceia e entre vinhos dos mais raros, servidos em taças de ouro, no esplendor desconhecido da própria Roma, conheceu a grandeza acumulada da mais velha monarquia do mundo. Não foi espetáculo perdido para seus olhos, pois valeu por azeite no fogo da ambição que lhe queimava o peito. César também adorava a um deus — o Poder, feito à sua imagem e semelhança.

CAPÍTULO VI
A PERVERSIDADE DE ALEXANDRIA

Quando a mesa foi tirada e ficaram ambos a sós, César percebeu que um grande momento da sua vida chegara. À janela que abria sobre o mar, Cleópatra narrou-lhe a visão da mútua grandeza futura.

— Esse sacerdote é um grande profeta, observou César, e digno de todas as recompensas. Alexandre, o Grande, sempre viajou acompanhado de visionários, que o guiavam em suas decisões supremas. Os deuses são generosos para com os que se lhes assemelham em poder e majestade.

— Grandes palavras — pensou consigo a rainha. Se eu pudesse amá-lo! Afinal de contas, o que é amor? Um clarão da primavera, e cinzas frias depois. Há coisas mais interessantes na vida — orgulho, ambição, poder, majestade e o que daí decorre como em um conto oriental. E porque César pode dar-me tudo isso vale ele mais para mim, velho como é, do que todos os jovens da Terra.

E como pensasse assim, a rainha o cortejou, fazendo valer todos os encantos da sua maravilhosa mocidade; e contou-lhe, rindo-se, casos alegres da sua cidade, que o fizeram rir e aplaudir, pensando de si consigo que jamais encontrara criatura de maior sedução que aquela deusa-rainha.

— E entregas-te a mim? — foi a pergunta final e inevitável.

— Tua sou, César — respondeu Cleópatra olhando-o nos olhos —, mas para bem de ambos, meu real César, o donativo que faço não deve marear-se da menor mancha.

Após breve pausa, a rainha desceu ao tom de colóquio.

— Tu sabes que não fica bem às raparigas serem faladas por todo mundo. Isso traz a ruína até de rainhas e deusas. Sei muitas histórias de deusas, só admitidas porque já estão firmes em seus pedestais eternos. Além disso, uma deusa tem geralmente duas personalidades, e o que faz numa não afeta a outra.

Há a Vênus celestial e a Vênus amorosa dos homens. Há a casta Diana e a Diana que beijou Endimião, podendo os mortais adorar uma ou outra. Quanto a mim, porém, tenho uma personalidade só, e se a maculo não posso valer-me de outra. Também tenho de reinar em Alexandria — e se cometo um deslize serei vítima do chasco de todos, e das pasquinadas. A perversidade do meu povo não perdoa nem aos deuses imortais. De modo que a minha pergunta é: Que resguardo podes erguer sobre minha cabeça para defender-me da chuva do escândalo, em Roma e Alexandria?

César enrugou a fronte por um momento. Era de fato uma questão da mais alta importância, que ao seu parecer ainda afetava mais a ele que a ela. Não que o seu mais entusiasta admirador admitisse como possuindo ainda um farrapo de reputação a perder, em matéria amorosa — mas havia Calpúrnia. E para negociar com Calpúrnia tinha de voltar a Roma antes de levar a cabo a intriga com Cleópatra. Se havia de ter dela um filho, era necessário que o nascimento desse filho não viesse com qualquer mancha, mas se ele fosse a Roma naquele momento, a grande oportunidade poderia escapar. Quem pode garantir a fidelidade duma rapariga como aquela, adorada de todos?

A ansiedade de Cleópatra era de outro tipo, e ambos silenciaram, meditativos.

— Pouco sei sobre Roma, mas no Egito a coisa se torna impossível, observou Cleópatra com ironia. Posso ser uma deusa; esse fato, porém, em nada me ajuda quando faço coisas erradas. E na realidade acho que a divindade ainda torna mais cruéis os golpes do destino. Como proceder?

— Inclino-me a desafiar os fados e a confiar na divina Fortuna, a mais fascinante de todas as divindades. Fortuna sempre esteve ao meu lado. Joguemos. Os deuses amam os jogadores alegres.

— Mas preferem os ganhadores calculistas — murmurou Cleópatra. — Tudo me parece tão confuso...

Permitindo que César lhe acariciasse as mãos pequeninas, ela o recompensou com olhares meigos, embora em seu cérebro os pensamentos fossem analíticos: "Se não fosse ele tão velho, talvez o caso se tornasse mais simples. Ainda que eu aceite essa aventura, César pode vir a morrer antes que meu sonho se realizem. E há aquela travanca da Calpúrnia..."

Súbito, como um jato de inspiração, Cleópatra exclamou em voz alta:

— Consultemos Apolodoro. Meu secretário jamais foi vencido por uma dificuldade. É capaz até de desdar o nó górdio, se eu lhe pedir.

Bateu palmas e logo depois Apolodoro surgiu diante deles com a humildade do costume. Um observador como César não podia deixar de perceber a força mental que emanava do siciliano, secretário da rainha. Além da sua ascendência sobre Cleópatra, a quem servia desde menina, era ele em si uma arma de guerra merecedora de ser levada em conta — e César não desprezava arma nenhuma, de guerra ou de paz.

Tirando do dedo um anel precioso, ofereceu-o a Apolodoro, acompanhado de palavras mais preciosas ainda.

O caso foi proposto, embora Apolodoro já o conhecesse a fundo. O siciliano ouviu em profundo silêncio e pôs-se a refletir. Por fim falou, com a imensa modéstia dos verdadeiros sábios:

— Divina Senhora e o Augusto César, grandes são as dificuldades, mas bem considerando tudo, à luz dos costumes do Egito, elas desaparecem, tornando-se uma fonte de força para o sucesso de ambos. Na antiga cidade de Tebas existe a casa de Amen, na qual se vê o magnífico pátio de Amenófis Terceiro; para esse pátio abre-se uma câmara decorada, como a de Cleópatra, com a história do nascimento desse faraó. Na primeira série de pinturas desdobra-se uma conferência de deuses e deusas, a propósito do nascimento do menino que iria reinar no Egito. Na segunda aparece a rainha-mãe em conversa com o deus Amen, que se declara ele próprio o pai da criança a nascer. Ele, o deus, é o pai; não o rei. Na terceira a rainha é informada da graciosa intenção de Amen. Na quarta o deus sopra sobre a rainha e a faz conceber. Na quinta representa-se o nascimento do príncipe e a sua recepção por Amen. Na última a criança, já rei, aparece sentado em seu trono e rodeado dos deuses. Augusto César, vós sois o deus descido às terras egípcias. Esse povo vos conhecerá como o divino consorte da rainha. E como ela também é deusa, tudo se explicará.

O siciliano silenciou, de braços cruzados.

— Admirável, admirável, astuto Apolodoro! — exclamou Cleópatra batendo palmas. Mas logo seu rosto sombreou-se, porque no quadro desenhado pelo siciliano Roma não figurava.

— E Roma? — indagou César, adivinhando o pensamento da rainha.

— Também em Roma, a ideia da ascendência divina é familiar — respondeu Apolodoro —, e se a visão da rainha se realiza e um templo se erige a Júpiter — César e a Cleópatra como Vênus-Genitrix —, suponho que todas as dificuldades desaparecerão. O filho de semelhante enlace, divino será. Nem podia ser de outra maneira.

César meditava. Sim — reinando em Roma como deus-rei e em Alexandria por intermédio da deusa-rainha, o mundo viria às mãos. A união tinha de fazer-se num nimbo de glória. César via claro.

— Ao sábio Apolodoro a minha gratidão e amizade — disse ele lentamente. — À Cleópatra, a minha devoção. E que isso fique em absoluto segredo entre nós. Nem um murmúrio enquanto Ptolomeu, o rei consorte, viver.

Quando Apolodoro partiu, mal seus pés tocarem na terra, César entrou-se novamente em cogitações. Um turbilhão de planos afogava seu cérebro, e ele admitia que Cleópatra viera muito tarde ao seu encontro. Cleópatra igualmente o admitia, mas não se desagradava — a vida era muito interessante em seus largos desenvolvimentos para que ela se amofinasse com despeitos e ciúmes femininos — e quanto mais César refletisse, maior seria o seu futuro. César interessava-a mais profundamente daquele ponto de vista do que do ponto erótico.

Cleópatra sentara-se-lhe ao lado, de mãos dadas, com a cabeça pendida sobre seu ombro poderoso. Tinha o pensamento em Ptolomeu, Arsinoe e Poteinos. Antes que César voltasse para Roma aquela trindade devia ser extinta. O seu consorte Ptolomeu chegava a ser uma obstáculo aos próprios desígnios de César — mas tudo tinha de ser feito com extremo cuidado e ainda durante a estada de César no Egito. Seu lugar-tenente, Marco Antônio, escrevera de Roma que a sua presença se fazia indispensável lá. "Um homem ausente, ainda que grande como César, não tarda a ser esquecido. Vem depressa, ó mais afortunado dos homens!"

Afortunado, realmente — e a sua maior glória estava na conquista daquela pequenina egípcia, cujos encantos lhe teriam transtornado a cabeça em anos mais verdes e que ainda na idade madura o preocupavam fora de conta.

César apertou-a nos braços. Beijou-a. Depois ergueu-se relutantemente.

— Há uma coisa a fazer, minha bem amada. Apolodoro tem razão; é necessário, quando for tempo, que vás Nilo acima em visita às tuas cidades e faças oferendas aos deuses nos templos mais antigos. Iremos juntos.

— Sim — murmurou Cleópatra pensativamente —, tenho de erigir um templo a Ísis, em Hermontis. Já pensei nisso, embora me pareça absurdo que sendo eu Ísis erga um templo a minha própria divindade. Tenho, porém, que o fazer agora que deliberamos ter um filho.

— Ísis também é adorada em Roma — lembrou César, e silenciou, incerto se aprovaria a maneira expedita com que aquela criatura estava manobrando o romance. Cometia ele o erro, aliás muito comum nos homens, de supor que as mulheres são mais românticas que eles, e ressentia vê-la tão prática.

Como se fosse tempo de retirar-se, disse, levantando-se:

— E possam agora os deuses abençoar o dia que me trouxe a esta cidade. Dorme bem, adorada, e sonha com o grandioso do teu futuro. Retiro-me.

CLEÓPATRA

Cleópatra olhou-o com a estranha luz embreada dos seus olhos de longas pestanas.

— Precisas ir, César?

Apanhado de improviso por aquela audácia, seu rosto flamejou como nos bons tempos de mocidade — e por um momento Cleópatra o viu mais jovem e belo que a quantos até ali a haviam cortejado. Seus braços cingiram-na a inocente e heroica rapariga que o arrostava. Não se retiraria. A noite de núpcias era chegada.

....

Duas semanas depois correu pela cidade a notícia da viagem de Cleópatra Nilo acima. Era para isso que, na pessoa de Júlio César, Júpiter-Amen, o grande deus, adorado em Roma e Alexandria sob vários nomes, viera visitar a deusa do Egito, da mesma forma que as antigas divindades desciam à Terra para realizar certos desígnios. Os perversos da cidade poderiam sorrir, e de fato sorriam maliciosamente.

— Horrível, esta gente de Alexandria, mas divertida — murmurou a rainha, misturando risos e lágrimas à medida que devorava um pasquim circulante pela cidade. — Eles apanharam César pelo lado certo. Sempre a aria do "cheguei, vi e venci", atitude que ele conservava até no banho. Ah, a coisa que ninguém pode conquistar é o aticismo! Se fosse possível a César rir-se dessas maldades como me rio... Mas toma-as terrivelmente a sério. Vamos, Charmion, queima este papiro, e tu, Apolodoro, faze de modo que nunca escritos desses caiam sob os olhos de César. Espera. Deixe-me ler mais uma vez — só este pedacinho...

Pobre deusasinha! Quando o deus amoroso desceu na sua divina morada houve que escolher a forma de alguém. A de Hércules? A de Apolo? Não. A dum homem casado, velho e calvo...

Cleópatra riu-se por longo tempo; depois com seriedade:

— Dá um jeito de que acabem com isso, Apolodoro. Se César viesse a saber, os nossos satíricos verificariam que a vespa que ferroa morre — e nem eu os poderia salvar da destruição — eu que nenhuma importância dou ao que dizem de mim. Ah! Frequentemente desejo que César fosse mais jovem. Com a idade que tem há um toque de grotesco em seus amores. Ou que fosse mais velho! Uma grande barba de prata, como a de Nestor, dá certa majestade e esconde muito absurdo. A pior idade é a do meio. Que dirá o povo do alto Nilo quando vir esse Júpiter-Amen ao meu lado? São povos de crenças singelas e dói-me pensar no abalo que possam receber.

— Eles dirão o que podem dizer, que ele é o onipotente César na Terra e um deus no Olimpo, e estou certo de que Vossa Divindade não se esquivará de os confirmar nessa crença.

— De nada te arreceies, Apolodoro. Não nasci ontem. No alto Nilo hei de vencer todos os corações.

O siciliano sorria em silêncio. Ninguém a conhecia melhor, nem sabia como os seus impulsos podiam ser perigosos. De todo o seu coração ele também desejava que César fosse mais jovem e menos cego de confiança em si. César nada cedia à rainha, agora que o conquistara, nem lhe permitia por um só momento supor-se a luz e a estrela da sua vida, e falando dos interesses comuns não falava nunca da comunhão dos corações. Sempre um gentil-homem — mas que só curava de aquecer suas mãos aos fogos da ambição. Também suas dúvidas voltavam. Ele necessitava duma companheira de aço — e por quanto tempo poderia comprazer-se com uma rapariga brilhante, mas que exigia a adoração como um direito imprescindível? Já achava fastidiosas as suas declarações. Suponha-se agora que um dia ele caísse apaixonado de amor, não mais de ambição? Que sucederia?

O mesmo medo torturou mais duma vez Apolodoro, para quem a rainha se permitia o luxo das confissões cândidas. Ele temia vê-la arrastada num vendaval de paixão. E onde ficaria então César e seus projetos ambiciosos? E o Egito? E até aquele momento nenhuma esperança do sonhado filho. Seria que César...

CAPÍTULO VII
A CRIANÇA DIVINA

O amor de duas grandezas como César e Cleópatra não podia transcorrer todo êxtase e rosas sem espinhos.

Poteinos lá estava incessantemente excitando o povo de Alexandria contra Roma e, portanto, contra Cleópatra; estava lá também o jovem Ptolomeu sempre rabujando, e Arsinoe, que não tirava de Cleópatra os olhos lívidos de ódio. Além disso, as forças egípcias levantadas por Poteinos ainda se conservavam em armas e clamando em favor de Ptolomeu.

Por uma bela manhã, ao levantarem-se, uma notícia lhes chegou. Arsinoe, demonstrando audácia gêmea da de sua irmã, refugiara-se no exército, onde provavelmente seria proclamada a rainha sobre pretexto de que Ptolomeu e Cleópatra estavam prisioneiros dos romanos.

— Quem havia de prever semelhante passo da virgenzinha fadada! — comentou César, quando ouviu de Apolodoro a notícia.

— Se eles a proclamarem rainha, pelo menos Vênus-Hator não o há de fazer — disse Cleópatra com azedume. — Isso excede a todas as loucuras e provocaria até a cólera de uma deusa. Nem os deuses gostavam de ser caricaturados. Já te disse a ti, César, e também a Apolodoro, que não haverá paz enquanto Arsinoe viver. Ptolomeu é um asno; mas Arsinoe possui um pouco do espírito da nossa estirpe, apesar do seu corpinho de arenque. Suponde que ela se case com Aquilas, o comandante das forças...

— A princesa já tramou o assassínio do nobre César e a liberação do reizinho e do eunuco — observou Apolodoro. — A mim me parece que um lugar no paraíso deve ir sendo preparado para Ptolomeu.

— E como esses segredos chegaram ao conhecimento do sábio Apolodoro? — indagou César.

— Por intermédio do barbeiro do palácio, criatura excessivamente tímida e de orelhas longas e sensíveis como as do jumento. Está aqui, ali, em toda parte, qual mosca. É ele o meu mais ágil e seguro informante, nobre César.

O general romano refletiu por uns momentos.

— Potenios foi o matador do nobre Pompeu. Por que o tenho tolerado tanto tempo? Isso me fará cair sobre a cabeça a indignação da República. Chame-se o oficial da guarda.

Cleópatra não empalideceu quando o oficial da guarda recebeu as instruções de César.

— Cerque os cômodos do eunuco e faça o matador de Pompeu comparecer à minha presença dentro de uma hora.

Cleópatra estranhou-lhe a voz, cujo tom de segurança era absoluto — e ficou certa de que a ordem seria cumprida. Já falhara César alguma vez?

Antes de decorrida uma hora, as conspirações de Poteinos estavam extintas para sempre, e vastos tesouros mal ganhos vinham juntar-se aos da rainha. Liquidado aquele caso, César dirigiu-se a Cleópatra, falando no mesmo tom.

— Teu irmão, de nenhum modo podemos executá-lo, mas ele já viveu demais. Tenho refletido que os reinos deperecem e morrem quando o governo está em mãos de dois. Isto se aplica ao Egito, que é teu. Vou mandar o rei juntar-se ao exército egípcio.

— Deuses! E por quê? — murmurou Cleópatra. — É o que eles querem. Muito melhor conservá-lo prisioneiro.

Apolodoro fez-lhe um gesto de silêncio. Apolodoro via claro. Apolodoro compreendia.

— Tenho de bater-me com o exército egípcio, e o rei deve estar à frente das forças nacionais. A legião 37 chega dentro de poucos dias e então — e então, se Ptolomeu estiver à frente do exército...

Calou-se. Não era preciso mais.

O miserável reizinho, já de coração partido pela perda de Poteinos, seu único suporte, percebeu os desígnios de César e lutou para ser conservado prisioneiro. A execução de Poteinos fora justa, ele o conhecia; mas ver-se posto fora da proteção de Roma e forçado a bater-se contra César em campo raso...

Ptolomeu ter-se-ia arrojado aos pés de sua irmã; mas Cleópatra tornara-se invisível, e aos seus apelos, ao ditador, a resposta de César era sempre a mesma.

— Nunca se há de dizer que conservei prisioneiro o rei do Egito. Entrego-vos, pois, ao vosso exército.

O que os deuses querem faz-se, tanto no Céu como na Terra.

Dias depois, o exército egípcio era derrotado e fugia diante das legiões romanas. Muitos fugitivos lançaram-se ao Nilo, entre eles o jovem Ptolomeu; e quando o seu bote sobrecarregado afundou, a vida curta daquele reizinho do Egito teve um trágico fim no fundo de lama do rio sagrado.

O triunfo de César! A Alegria Cleópatra! Estava ela só, no trono dos faraós. Arsinoe, prisioneira, não dava-lhe que pensar. Sem dúvida nenhuma os deuses a haviam guiado na sua aliança com o romano.

Coroada de rosas, com a beleza realçada pela vitória, Cleópatra aguardou a chegada de César à frente das suas legiões, todo aço, o elmo reluzente completando a beleza do seu aspecto. "Uma terrível face de guerreiro", murmurava a multidão medrosa quando o cortejo desfilou rumo ao palácio. Talvez não fosse isso para mal, pensava o povo. A rainha iria finalmente ter como consorte, senão um deus, um homem — e o poder de Roma se aliaria ao Egito.

Também assim pensava Cleópatra.

César entrou na câmara da rainha revestido da sua armadura de aço, e nunca a viu tão radiante de formosura. Com surpresa notou que ela vestia os trajes de Ísis, com símbolo da deusa-mãe — duas asas abertas — sobre o peito.

— O caminho está desembaraçado — disse César entreparando. — Os inimigos da rainha, destruídos; Cleópatra reinará só.

A deusa egípcia acolheu-se-lhe aos braços, qual pomba ao refúgio:

— Tive o presságio disso, meu rei dos reis, quando ao partir de Pelusium vi uma pomba salva por poderosa águia. Ó coração do meu coração, ó gratidão, ó amor! Que poderei fazer por ti, que te recompense? Uma coisa, sim! Dar-te o filho das nossas esperanças — o Rei do Mundo! Os deuses ouviram os meus rogos. Partamos para o coração do velho Egito a fim de agradecer-lhes a benção.

Ainda na vida cheia de César foi aquele um dos grandes momentos. Sua estada no Egito, tão impregnado da antiga fé na realeza, radicou em seu poderoso espírito a convicção de que ele não era um homem como os demais. E não admira. Havia vindo inesperadamente para Alexandria com a missão apenas de destruir Pompeu, o rival perigoso, esperando retornar dentro de poucos dias, mas o fascínio do Nilo o capturara. A formosa rainha de sangue macedônio descobriu o seu instrumento — e também a sua sereia, ai! E viu que o mundo lhe viria ter aos pés se conquistasse aquela porta, aquela chave do Oriente. Voltando agora a Roma com aqueles elementos, a capital do mundo se rojaria aos seus pés. E o que negariam os romanos ao invencível César? Quanto a ele pessoalmente... vaidade e cinzas, já que não havia um filho que perpetuasse a dinastia nascente. Agora, porém, agora a rainha do Egito lhe prometera o maior dos presentes — um filho divino que se sentasse no trono de Roma, para governar o Egito e ser o imperador da Ásia. Rei do mundo, portanto. César abraçou Cleópatra no silêncio mais eloquente que qualquer discurso, e viu-a de lágrimas nos olhos, com os lábios em tremura de orações. Todos os óbices estavam destruídos. O irmão-consorte morto, e ela livre para ter como pai de seu filho o maior dos deuses humanos.

Cleópatra exclamou num êxtase, de braços erguidos para o céu:

— A visão, a visão! Ó Luz do Horizonte, ó Sol no Zênite! Enlaça-me, poderoso César, domina-me — ou enlouquecerei de alegria...

CAPÍTULO VIII
NO TEMPLO DE OSÍRIS

A galera real, já pronta, surpreendeu a César com seu esplendor. Um luxo supremo reinava ali — câmaras atoldadas para a rainha e suas servas, salas de audiência, jardins suspensos com as mais raras flores, santuários para a adoração de Vênus-Hator e do romano deus Baco. Nenhuma preparação fora omitida, nem ficava a embarcação na dependência única dos ventos; longos barcos de remadores estendiam-se lado a lado. As câmaras eram revestidas de painéis feitos das mais perfumosas das madeiras asiáticas, com frisos folheados de ouro e pinturas das cenas de triunfos dos grandes reis do Egito.

Acompanhando a rainha e seu já largamente anunciado novo consorte, vinha uma esquadra de quatrocentos navios, com os soldados de César e os da deusa egípcia. Não somente a pompa máxima era desejável, como se fazia mister assegurar a máxima segurança para as duas preciosas vidas itinerantes. Ambos sabiam que do filho divino em projeto ficava dependendo a dominação de Roma. Entrementes, César agiria de modo a tornar a vida da amante tão agradável que o seu amor criasse raízes, e ele pudesse ir sem receio a Roma fechar a abóbada daquela imensa realização.

E César o conseguiu. Ganhou o coração da rainha, como já havia ganhado a sua gratidão. Dias felicíssimos. Cleópatra irradiava de beleza sob o influxo dos amavios do amor. A ternura de esposa, o medo da quase menina que reflete no drama da maternidade — e duma maternidade de que tudo dependia — realçavam-lhe estranhamente os encantos.

— Se ela vier a morrer, se eu vier a perdê-la... — pensava o romano nos rápidos momentos de dúvida.

Cleópatra, certa vez, reclinada em coxins, semienvolta em sedas bordadas a ouro, pareceu-lhe incrivelmente pequenina e pálida, não só em consequência do seu estado como pelo esmagamento que a grandeza do seu reino lhe causava. A galera real seguia à força de remos rumo a Abidos, a cidade de Osíris, consagrada pela devoção dos séculos ao Deus da Luz, que era também o Deus das Sombras do exército infinito dos mortos. Abidos tinha fama do lugar mais apavorante do Egito, porque lá o próprio Osíris fora enterrado.

— Não desembarcarei. Não tenho ânimo — disse Cleópatra, quando o casario de Abidos começou a entremostrar-se na ribanceira. Ao seu lado, César observava-a com profundo interesse, sorrindo.

— Minha pequena rainha desembarcará somente onde quiser — disse ele.
— Nada de pensar em coisas tristes. O sábio é rememorar unicamente a nossa grande aventura, e antever o delírio de Roma quando radiosamente me levares o filho divino.

A palidez de Cleópatra, porém, se acentuava e seus lábios tremiam.

— Quem pode evitar pensamentos tristes, sob um tal céu? Penso em Calpúrnia. Também ela se rejubilará quando Cleópatra surgir em Roma com o filho de Júlio César?

— Calpúrnia! Nada te arreceies dela, minha louquinha. Nada te arreceies nunca de coisa nenhuma. Os deuses já fizeram muito por ti para que duvides dos deuses.

— Mas Calpúrnia? — insistiu Cleópatra num tom de languida melancolia. — Frequentemente me pilho a pensar que ela tem todos os direitos sobre o meu bem-amado. O povo romano tolerará o repúdio de Calpúrnia?

— O povo romano me seguirá. Fará o que for do meu agrado — respondeu César com firmeza. — Calpúrnia é romana e não fugirá ao seu dever. Conheço-a. Sabe suportar todos os transes. Quando passo em revista as dificuldades, nunca vejo entre elas Calpúrnia.

— Dificuldades? Quais são as dificuldades hoje? — murmurou a rainha.

— Não de mulheres, mas de homens. Existem homens em Roma que se enciumam com a minha elevação — e ainda não estou certo de que Marco Antônio, o homem que escolhi para meu braço direito, seja a criatura adequada. Antônio é valente como Aquiles; entretanto...

— Interessa-me esse homem em quem confias tão cegamente, César. Conta-me como ele é. Gosto de ouvir falar dos grandes cabos de guerra — e Cleópatra reclinou-se com um suspiro feliz, a cabeça apoiada nos braços.

César ponderava com orgulho que sua glória não sofreria diminuição quando apresentasse aquela jovem rainha, cativa da sua grandeza, ao juízo crítico de Roma. Como não haviam de discuti-la nos belos palácios das margens do Tibre, onde grandes damas, muitas das quais suas íntimas, se juntavam para o preparo dos escândalos do dia! Seu nome repetido mil vezes nas ruas, nos banhos, nas antecâmaras onde os gladiadores se reúnem para comentário dos amores e ódios dos amos...

Sim, haveria escândalo e murmurações; mas quando Cleópatra aparecesse em toda a sua glória, carregada de riquezas, irradiando encanto, que sentimento poderia subsistir senão o da inveja — inveja de César e admiração pela nova mulher de César? Além da beleza, Cleópatra possuía um ar de distinção irrivalizável, sem parelha em Roma — aquela graça grega que as romanas jamais conseguiam apresentar.

César olhou-a demoradamente. Sua expressão não era deliberadamente altiva — nunca! A deusa trazia sobre si uma aura natural que lhe proclamava a altíssima origem, além daquele, à vontade, seu ar de comando, aquela ausência de atitudes aprendidas... Isso lhe valeria mais que uma procissão de trombeteiros proclamadores dos seus méritos. Aquele ar de Cleópatra dizia a todas as mulheres:

— Sim, sois todas perfeitas. Sois talvez mais belas que eu... mas... não haverá um pouco muito de vós mesmas em todos os vossos gestos? Eu vos distancio a todas porque eu sou eu.

— E Antônio? — insistiu Cleópatra bocejando de leve. — Charmion, abana-me. Por Ísis, como faz calor neste Nilo! É moço o Marco Antônio?

César enrugou de leve os sobrolhos. Com que então era aquilo que para ela tinha mais importância?

— É um homem maduro, respondeu, e de estatura esbelta. Assemelha-se a um gladiador, com todas as virtudes e defeitos dos gladiadores. Bravo ao extremo. O ímpeto dos touros. Sempre bem-humorado, alegre — e um tanto estúpido como em geral as criaturas alegres. Absolutamente incapaz de resistir a tentações, sejam do vinho, sejam da mulher. Um homem que permaneceu rapaz. Julga pois se devo estar descansado de haver posto meus negócios em suas mãos...

— Fiel, suponho...

— Isso depende. Se a formosa cortesã Citéris, entre goles de falerno, empenhar-se em arrancar de Marco Antônio um segredo, adeus segredo, mas... quem é aquele homem venerável que se aproxima de bote?

Cleópatra ergueu-se a meio em seus coxins e olhou alarmada. Agarrou-se a mão de César.

— Oh, dize aos remadores que deem ímpeto à galera! Não tenho coragem. Não desembarcarei...

A ordem foi dada; mas os remos detiveram-se como se tolhidos por um encantamento. Os próprios capatazes que de chicote em punho dirigiam os remadores imobilizaram-se, não sustentando a ordem. Todos os olhos se fixavam no estranho bote.

Um estranho bote, na realidade, decorado de modo a representar o disco do Sol. Dentro, rodeado de jovens sacerdotes, vinha um ancião vestido das magníficas vestes do Sumo Sacerdote de Abidos, já em curvatura reverente aos deuses vivos da galera.

— Alto! — gritou Cleópatra terrificada. — Não ouso deixá-lo atrás. É o Sumo Sacerdote de Osíris — o máximo aos olhos do povo. O que ele diz é lei para mim e para todos.

César ajudou-a a erguer-se, muito ignorante das coisas do Egito para interferir, e momentos depois o visitante era recebido na galera real com profunda reverência dos egípcios e intensa curiosidade dos romanos.

Uma cortina foi baixada e no improvisado recinto o Sumo Sacerdote saudou os soberanos com a dignidade de outro soberano. Era ele um descendente dum rei da Quinta Dinastia, do qual trazia o nome.

— É indispensável que a divina Cleópatra faça oblação a Osíris no templo que seus antecessores erigiram — e o seu Divino Consorte deve acompanhá-la. Esta noite, quando as estrelas cintilarem no céu, a Senhora do Egito será aguardada no templo para oblatas propiciatórias ao novo deus a nascer.

CLEÓPATRA

Aquelas palavras tocaram em nova corda na alma de Cleópatra, sempre acessível a todas as teclas do terror e da beleza. Sua galera parara pela primeira vez próximo ao templo que rememorava o apogeu da grandeza egípcia. O ar se impregnava de algo celeste, com a aura do passado boiando sobre todas as cabeças. Que diferente em Alexandria! Lá, a rainha brincava com os seus íntimos, Charmion e Apolodoro, chasqueando de Hator, a deusa de cabeça de vaca, e de Anúbis, o deus de cabeça de chacal. Como poderia uma criatura moderna tomar a sério essas manifestações da divindade — inda mais numa urbe irreverente como a cidade que recebera o nome de Alexandre? Trezentos anos fazia da morte de Alexandre, e que era isso em comparação da tremenda antiguidade de Abidos? A custo respirava Cleópatra aquele ar pesado dos séculos, impregnado de incontáveis gerações de mortos que quase se tornavam tangíveis.

— Irei, nobilíssimo Sahu-Ra — murmurou ela num balbucio. — Não tenho outro pensamento e devo ser perdoada em virtude da minha condição. E em nome do que dorme em Abidos imploro a vossa intercessão em meu favor e em favor do rei a nascer.

O sacerdote fez um gesto de bênção e retirou-se.

— Não descerás — declarou César com severidade logo que o bote se afastou.

— Se desobedeço, que infortúnios terei de suportar? Não, meu herói, tu descerás comigo e tudo correrá a contento. Não sou nenhuma covarde.

Mas Cleópatra estava mais pálida que o lótus do Nilo.

Quando o alaranjado do sol-posto morreu nas areias do deserto, as estrelas começaram a lucilar.

— As raparigas egípcias dizem que em noites dessas Osíris fulgura nos mundos subterrâneos e que é de medo de Osíris que as estrelas correm a se atropelar nos céus — murmurou Charmion, trêmula, enquanto arranjava na cabeça da rainha os ornatos de uso dos antigos reis em visita ao santuário dos santuários. — Será para bem que a rainha do Egito vai deixar a segurança da galera real pelo templo sombrio?

— Deverá a rainha do Egito negar-se a cumprir seu dever para com os lugares sagrados? E deverá Charmin embaraçá-la? A ti compete dar-me coragem, se eu vacilo — e neste momento vacilo, Charmion. Abidos é uma cidade de apavorantes memórias.

Imediatamente o rosto da serva iluminou-se e ela se desdisse:

— Real Ísis — a deusa Ísis em vós encarnada nada tem a recear de um irmão e esposo — o majestático Osíris. O seu templo será um ninho de bons presságios — dos mais felizes presságios! Todos os dons dos deuses serão derramados em vossas mãos. E mais, não foi Luz do Horizonte, um sacerdote do templo de Abidos, quem previu toda a grandeza de Vossa Majestade?

A vivacidade voltou às faces de Cleópatra, que se havia esquecido daquele fato.

— Minha querida Charmion, que certo falaste. É a verdade pura. Por tão feliz lembrança vem beijar-me.

Cleópatra ergueu-se e foi ter com César, que a encarou com espanto. Estava a rainha vestida com os trajes rituais e com a insígnia da deusa Ísis no peito. Naquele estranho vestuário de eterno esplendor, com as finas feições levemente abatidas pela maternidade próxima, o aspecto de Cleópatra comoveu a César profundamente. A piedade inundou-lhe o coração. A pequena criatura pálida e débil... Que poderia fazer sozinha, quando ele a deixasse naquele reino ingovernável, com um filho no braço? Se ele pudesse ficar! Se ela pudesse acompanhá-lo!

O momento de fraqueza logo passou — mas aquele momento foi em toda a sua vida o seu grande momento emotivo. César cingiu-a nos braços, e juntos sentaram-se no bote que os levaria para terra. Desembarcados, uma procissão os seguiu de archotes incendidos, num murmúrio incessante de monótona adoração.

— A deusa vai adorar Osíris. Silêncio, mundo!

À entrada do templo todos se rojaram por terra e unicamente Cleópatra e César transpuseram os umbrais da vasta nave, onde o Sumo Sacerdote os aguardava hieraticamente.

Curvando-se, pronunciou ele as palavras de saudação.

— Salve a Ísis viva, aceita dos Céus e da Terra. Que se aproxime do altar de Osíris e por ele seja recebida como a esposa o é pelo esposo, e que faça a declaração de pureza.

Os sacerdotes acólitos moveram-se e, cônscia do que fazia, a rainha os seguiu, com César atrás de si, profundamente tomados pela emoção ambiente.

A entrada da segunda nave o Sumo Sacerdote ergueu a mão detendo César.

— Aqui só penetram os sacerdotes e a sagrada Ísis.

César olhou ansioso para Cleópatra, que não o atendeu. Tinha os olhos fixos no altar de mármore negro, um ponto mínimo na imensidade do templo. Uma chama ardia no altar, a única fonte de luz naquela escuridão. As trevas absolutas seriam menos apavorantes.

— Se algum dano sobrevém à rainha... — murmurou César, em atitude ameaçadora.

— Quem faria dano à rainha dentro dos muros do seu próprio templo? Nem mais um passo, romano! Advertiu o Sumo Sacerdote com severidade.

Cleópatra já se ia encaminhando na direção da chama, seguida dos sacerdotes em fileira. Achegou-se do altar onde se erguia a silenciosa imagem de Osíris, de mármore negro também, enfaixado como as múmias, símbolo da vida imortal. Ao lado via-se um trono vazio igual ao do deus.

O Sumo Sacerdote avançou e invocou a divindade.

— Osíris! Deixa que a Mulher Real, a Deusa, te fale.

Cleópatra ergueu os braços e começou:

— Aqui me tens diante de ti, ansiosa de ver-me aceita. Possam meus membros serem renovados pela vista da tua glória. Compareço diante de ti pura, trazendo em meu corpo teu filho Hórus. Dá paz e proteção à tua irmã, Osíris, à tua esposa, Osíris, e põe o teu filho Hórus sobre o trono das Duas Terras. Salve, Osíris, senhor dos mortos e dos vivos!

Prostrada diante do deus, pronunciou ela essas palavras do rito; erguendo-se em seguida, e guiada pela mão do sacerdote, subiu ao trono vago e deixou-se ficar tão imóvel quanto o deus.

Um canto de vozes másculas ressoou lugubremente:

"Ó Senhora da Esmeralda, brilhai diante de nossos olhos!

Tende paz, vós que sois Hator, a Bela!

Tende paz, vós que sois Ísis, a Oculta!

Hator é a Senhora da Turquesa, grande na terra do Egito!

Ísis é a Senhora da Esmeralda, grande no mundo inteiro!

Salve o deus, salve o deus oculto na carne do teu corpo!"

Houve uma pausa de mortal silêncio; depois irrompeu um grito magnificente:

Brilhai, ó Única de Ouro! Salve! Salve! Salve!

A luz débil da chama do altar refletia-se no rosto pálido e tenso da deusa humana que os sacerdotes — sombras confusas na escuridão reinante — adoravam. A Ísis viva ergueu-se para pronunciar as palavras do ritual. Súbito, a chama apagou-se — e um prolongado trovão estrugiu no recinto em trevas.

A voz do Sumo Sacerdote soou como num uivo.

— Em dez mil anos essa luz nunca se apagou. Nunca se apagou desde que a sagrada Ísis a acendeu neste templo. Rainha, retirai-vos! Os deuses repelem-vos, e ao vosso filho. Retirai-vos! Retirai-vos! Retirai-vos!

Fez-se um silêncio terrificante. César, em agonia pela sua amada sem socorro no seio das trevas, avançou instintivamente para a soleira proibida.

O trovão reboou de novo, e luzes brilharam entre as colunas da nave imensa. Uma barreira de sacerdotes opôs-se lhe ao avanço.

— A morte espera quem ousa entrar! Atentai nos trovões dos deuses! — gritaram inúmeras vozes.

Em meio dos reboos e relâmpagos os sacerdotes abandonaram o recinto, quatro deles trazendo nos braços a rainha sem sentidos. O Sumo Sacerdote os seguia, com o rosto mais lívido que a morte. Vinha murmurando:

— É a condenação! É a condenação! Jamais tal coisa sucedeu! Ela não é do nosso sangue. Os deuses repelem-na. Fugi deste templo, ó infeliz! O rosto do Deus mostrou-se contra vós como um ouriçamento de espadas...

Os sacerdotes puseram-se a correr com aquele corpo inerte, como ansiosos de se verem livres de algo maldito — e ao lado deles corria César tomado dum misto de terror e cólera, cônscio da ignomínia que a cena representava para sua esposa.

A liteira que os trouxera foi alcançada e nela reposta a rainha. O veículo afastou-se rápido, enquanto os acólitos à entrada do templo rodeavam o Sumo Sacerdote amaldiçoador.

Noite silente e com muitas estrelas no céu. Os trovões haviam cessado. Unicamente a multidão por terra ainda dizia da cena pavorosa transcorrida no templo. Furioso e envergonhado, César gritou:

— Se esse caso for sabido na galera, nenhum de vós conservará a cabeça no pescoço. Esmagarei este ninho de morcegos, não deixando pedra sobre pedra, nem nada que conte aos pósteros a infâmia dos sacerdotes.

Lá ao longe o vulto venerando de Sahu-Ra dominava a multidão.

— Ide-vos! Ide-vos! — objurgava ele.

O silêncio tumular era a resposta única daquela multidão de espetros consternados.

CAPÍTULO IX
CESARION

Quando a bordo da galera Cleópatra voltou a si, seu primeiro movimento foi apartar da testa os cabelos em desordem e, pálida como morta, de olhos arregalados, chamou por Apolodoro.

— Vai imediatamente ao Sumo Sacerdote Sahu-Ra e sabe em que pequei. Leva contigo minha coroa de esmeraldas e oferece-lha. Dá jeito que ele me venha abençoar a mim e ao meu filho. Oh, César, não embaraces Apolodoro!

César retivera o mensageiro para indagar se não seria aquilo uma conspiração dos sacerdotes contra a rainha. E tal era o poder dos sacerdotes sobre o povo, que ainda que o fosse ninguém ousaria afrontá-los; a ideia de conciliação de Cleópatra era pois o caminho mais seguro. César estava perplexo. A rainha disse ainda para o mensageiro.

— Dize-lhe, Apolodoro, que Luz do Horizonte, um sacerdote daqui, me previu todas as grandezas. Por que então Osíris se voltou contra mim?

Apolodoro compreendia o perigo e não se demorou um só momento. Dos seus coxins Cleópatra viu o bote que o levava remar rapidamente para a ribanceira. Sua impressão perdurava. Era César um grande homem, o maior de todos, mas quem podia conhecer as intenções dos deuses do Egito para com o seu próprio povo?

Não demorou muito e o mensageiro reapareceu de volta. Ajoelhou-se diante da rainha e disse:

— Senhora do Egito, as portas do templo eu as encontrei fechadas como em dia de guerra. Um sacerdote apareceu, e me fez gesto de repulsa. Mostrei-lhe a coroa de esmeraldas. Gritei alto ao que ia, mas não obtive resposta.

Aquele extremo insulto levantou o ânimo de Cleópatra, que se pôs de pé num salto, como uma deusa em fúria.

— Pois então que assim seja! Repelem-me os deuses de Abidos? Apelarei para os deuses vivos, entre os quais me conto, e em Hermontis construirei um templo dedicado a Ísis. Se os deuses do Egito me repelem passarei a honrar os de Roma — e eles me acolherão.

Apolodoro e Charmion acalmaram-na, receosos das consequências daquele ímpeto. Por fim, com a maravilhosa elasticidade da sua estranha natureza, a impressão de Cleópatra se foi apagando. A tragédia ficou como a lembrança dum pesadelo que o Sol da manhã varre para sempre. Cleópatra pôde até chasquear com César sobre a impostura dos sacerdotes, falando das vastas câmaras secretas onde maquinismos engenhosos produzem trovões quando eles o desejam. Afastaram-se de Abidos com rapidez, prosseguindo na jornada Nilo acima entre músicas e festas.

— Não podemos esconder que em todos os lugares sagrados — disse Apolodoro para Charmion, em tom apreensivo —, os sacerdotes dominam o povo e são cegamente obedecidos e cridos. Em Alexandria o caso importa pouco, porque o povo não tem outra crença além do dinheiro; aqui nesta parte do velho Egito tudo muda, e eu daria meus dois olhos para conhecer a significação da repulsa. Receio que os sacerdotes hajam previsto desastre nessa aliança com a República Romana por intermédio de Júlio César. Eventualmente isso poderá arruinar Cleópatra.

A César, Cleópatra pouco disse sobre o episódio de Abidos. Para seus planos era da maior importância que a magnitude das riquezas egípcias, do poder do povo e da devoção geral pela rainha se estampasse na imaginação de César — e o fato de haver ele assistido à tragédia de Abidos vinha prejudicá-la imensamente — supunha Cleópatra. Cleópatra ignorava a clareza de visão do grande romano, e a fortaleza do seu cérebro.

E assim se foi passando o tempo até chegar o dia em que viria à luz a divina criança de quem tudo se esperava. Posta de lado as pretensões à divindade, um filho de César e Cleópatra devia surgir dotado de dons excepcionais.

Quando a criança vagiu, o delírio da cidade mostrou que os deuses haviam sido pródigos em bênçãos. Era um menino perfeito, belo, fortemente constituído, digno herdeiro de tais progenitores.

Erguendo-o nos braços débeis, cheia de orgulho e alegria, Cleópatra apresentou-o ao pai.

— Dei-lhe o nome de Cesarion, e com esse nome viverá e fará o teu ainda mais glorioso. Esse nome flutuará qual pendão da vitória por todos os recantos da Europa e da Ásia. Recebe-o como ao mais nobre dos presentes e agradece-mo, pois que muito me fez sofrer.

Cleópatra quase morrera na agonia do parto, mas, já agora o orgulho a insuflava de vida intensa.

Quando César tomou o menino nos braços, uma estranha ternura lhe moleou o coração, agravada ainda pelo fato de que no dia seguinte devia seguir para Roma, a vencer a última etapa da sua glória. As galeras, já aprestadas no porto, estavam prontas para largar.

— Juro que nada deixará de ser feito para colocá-lo no lugar que lhe compete. De tudo quanto tenho a coisa máxima é esta criança — e por este presente que irá mudar a face da Terra, agradeço à minha senhora e esposa.

Era difícil dizer menos, mas as últimas palavras de César encheram Cleópatra de reconhecimento, dando-lhe a certeza de que aquela seria a sua atitude em Roma.

No momento de partir, ele apertou-a contra o peito.

— Sê a guarda atenta da vida preciosa que fica entregue aos teus cuidados. Sê prudente no Egito por amor a esta criança e por mim. Aconselha-te sempre com Apolodoro. Junta o máximo de riquezas possíveis. O ouro é o nervo da guerra. E quando eu chamar para Roma a minha senhora adorada, vai com um esplendor que lembre o Sol a erguer-se. E agora, que todos os deuses te sejam propícios e a fortuna conduza minha galera.

Fraca e sequiosa naquele último momento por algo mais pessoal, Cleópatra, lacrimejante, agarrou-se ao romano.

— E Calpúrnia, amado César?

— Calpúrnia é negócio meu — replicou o adúltero em tom frio, desembaraçando-se da esposa egípcia. — Algo mais a dizer?

— Nada mais!

— Seguirás meus conselhos?

— Religiosamente. Não tens teu filho como penhor de segurança?

— Adeus, então, a mais feliz e a mais formosa das mulheres. Não demores um minuto quando de Roma eu te chamar.

Da larga janela que abria para o porto e de onde se avistava o famoso farol, Cleópatra tinha os olhos na frota carregada de tesouros egípcios, cujas velas abertas já se enfunavam às brisas. Como cisnes abandonados acompanhavam todos a galera almirante, onde seguia o grande romano. Alexandria inteira estava no cais, aclamando e acenando, pois bem poucos deixavam de avaliar a magnitude da viagem de César à capital do mundo. Mas Cleópatra não se demorou a procurar no longe uma ocasional visão última do seu amado. Quedou-se absorta, com o filho nos braços, a pensar estranhos pensamentos — pensamentos bem claros e em excesso resolutos para uma jovem de tão pouca idade. A impressão dominadora de César apagara-se logo que ela se viu fora do raio da sua personalidade — e agora, sentindo-se cheia de forças internas, encarava a vida de frente, deliberada a dobrar o esposo à sua vontade, para seu bem próprio e do filho.

Mais tarde, quando lhe foi permitido, chamou Apolodoro para que viesse conhecer a criança divina.

— Eis o fruto da nossa política, meu fiel Apolodoro, e agora estamos nós dois, eu e tu, sozinhos na condução da meada. César partiu, e só os deuses sabem se partiu para a morte ou para a vida, para a vitória ou para a derrota. Ainda neste momento hesito se devo tudo arrostar com o apoio de Roma, ou ficar no Egito com a minha gente. Uma grande decisão a tomar — se devo insistir na reconciliação com os sacerdotes ou adotar as deidades romanas.

Ajoelhando-se, Apolodoro fixou nela o olhar cheio de dúvidas e preságios.

— Não há mais retornar, divina Cleópatra. Estamos amarrados ao destino de César, como ele ao nosso, e tudo tem que ser fidelidade recíproca. Os deuses nos foram favoráveis, dando-vos essa criança. É ela uma força em Roma e aqui, mas amada Senhora, não faleis levianamente dos deuses de Roma nem dos deuses do Egito. Minha ideia é que todos os deuses são um só — e esse deus único protege o amigo da verdade e da justiça, sobretudo se esse amigo da verdade e da justiça ocupa um trono.

— É verdade, Apolodoro — concordou Cleópatra —, mas os disfarces que os deuses assumem são tão espessos que só muito tarde os descobrimos. Um deus é ainda com mais facilidade esquecido que um amante. Já estou esquecida de César por metade — e o esqueceria totalmente se não fosse o meu sonho de ambição. Este filho é meu só — e eu o farei grande. Que é um pai para um filho? Só a mãe conta — só aquele doloroso período de nove meses em que a joia se vai elaborando à custa do nosso calor e do nosso sangue. Não afrontarei nenhum deus, embora lamente que Ísis e os demais me houvessem feito tão fria e solitária de coração. Não poderei nunca dar-me totalmente a ninguém — nem mesmo a Charmion ou a ti. Anseio por amar, e não consigo amar. A vida é o meu amante e desse nunca me cansarei. Quanto ao uso do homem, isso é parte da vida apenas.

Cleópatra riu-se afundando-se nas almofadas; e Apolodoro pensou consigo que jamais a vira tão humana e tão diferente do usual. A luta pela vida e a maternidade recente havia-lhe dado uma encantadora delicadeza de cores, e aos seus modos um langor mais atrativo que a franqueza máscula do passado. Cleópatra abraçou e beijou o menino, com os olhos a se marearem de tanto enfitar a carinha macia do futuro Rei do Mundo.

Mudou, porém logo que o entregou às amas voltou ao assunto da reconciliação com os sacerdotes. Deu em seguida ordens para a construção do templo de Ísis em Hermontis, no qual sua imagem iria aparecer nos muros sagrados conjuntamente com o deus Amen e todos os mais deuses, reunidos para assistirem ao nascimento do seu filho. Às vezes, manifestava ela desejo de que os gostos das deusas não fossem tão extravagantes, e perguntava-se que prazer teriam as deusas de se verem rodeadas de todo o mundo nos velhos templos servidos por sacerdotes tediosos. "Sem dúvida deve existir nisso algum encanto que não percebo. Em certos momentos creio na minha divindade, mas na maior parte do tempo não. É bastante simples uma criatura dar-se ares de divindade quando o povo em redor aclama: 'Salve a deusa!', embora eu fique a pensar que não passam duns pobres ingênuos. Ainda agora quase morri de parto — e há muito pouco de divino em semelhante coisa. E vejam Arsinoe — ela também deve ter no corpo uma partícula ao menos da divindade e não obstante vai figurar no triunfo de César em Roma, acorrentada com cadeias de ouro e lacrimejante. Não pode haver maior negação da divindade..."

Cleópatra riu-se alto. O cômico da situação nunca deixava de impressioná-la.

— Uma divindade, eu! Em todo caso, faço votos para que meus companheiros deuses se lembrem desta pobre mortal em Roma, pois do contrário jamais reverei o Egito. Um ninho de inimigos, lá espera por mim! Calpúrnia! Otávio, sobrinho de César, cujo futuro se verá arruinado pelo advento do meu filho. Todos os amores sérios e ligeiros do meu Divino Consorte! Quantos precipícios em meu caminho...

Riu-se de novo e suspirou em seguida.

— Bom, descansemos de César pelo momento. Jamais o amei — é muito grave e toma-se muito a sério. Tivemos, entretanto, dias felizes e aproveitei-os bem. Suprimi do meu caminho Ptolomeu e Poteinos. Arsinoe está prisioneira. Foi César meu instrumento ou estou sendo instrumento dele? E que acontecerá em Roma? O capítulo romano da minha aventura está prestes a delinear-se...

CAPÍTULO X
A VOLTA DE CÉSAR

Cleópatra e o filho de Cleópatra passaram para os bastidores do espírito de César assim que ele deixou Alexandria, porque ao longo do Mediterrâneo lavravam diversas guerras que exigiram o concurso da sua mão lesta. Mal chegado a Roma teve de partir de novo para exterminar os remanescentes do exército de Pompeu em correrias no Norte africano. Isso, entretanto veio ainda mais favorecer os seus desígnios, porque, fosse para aonde fosse, a vitória o acompanhava sempre. César voltou ainda mais carregado de glória, e os romanos o exaltaram como um homem acima de todos os homens.

A sua demora em entrar definitivamente em Roma deu tempo a que os esplêndidos rumores do seu caso no Egito o precedessem. A magnificência de Cleópatra foi exagerada, também sua beleza e importância política, bem como a posição única de César alçado à situação de Divino Consorte e pai dum futuro faraó. O Egito estava bastante afastado para permitir que todas as suas maravilhas fossem acreditadas. Desde tempos imemoriais os gregos e os romanos olhavam-no como a um prodígio sagrado, de modo que as aventuras de César no Egito ainda mais lhe dilataram a glória. E tais rumores nada perdiam na boca de Marco Antônio, a cujos interesses convinha que o poder de César crescesse constantemente.

Vemo-lo agora nos jardins da magnífica vila de César à margem do Tibre, em visita de cerimônia à esquecida Calpúrnia — visita que ela de coração dispensaria e só aceitava em obediência às ordens de César.

Calpúrnia achava-se sentada à sombra dum grupo de árvores marginais ao rio, de ramas entrelaçadas e cobertas de flores. Gozava ali da frescura ambiente. Já a afastar-se da mocidade, Calpúrnia mostrava ainda a beleza marmórea que César não dispensava numa esposa. Tinha também o ar de haver vivido num turbilhão de grandes acontecimentos, que a influenciaram — sua dignidade reticente era a defesa natural duma dama que tem de tolerar sociedade dissoluta e sabe conservar-se acima da lama sem ofender os que nela chafurdam.

A mulher de César devia estar acima de qualquer suspeita, mas devia também fortalecer o partido do esposo, fomentar sua popularidade, ser hospitaleira, mantendo sempre um ar de grandeza benevolente. As outras mulheres não deviam sentir que a esposa de César lhes censurava as orgias, embora as desadorasse. E o modo de se referirem a ela era este:

— A boa Calpúrnia. A cara Calpúrnia. Uma pena que seja tão dura consigo mesma, ela sempre tão simpática e tolerante para com os outros.

Ignoravam o horror de Calpúrnia pelos vícios da época, a bebedice, a glutonaria, e também o seu viver de monja — pois Calpúrnia nascera mística e cultuava agora a egípcia Ísis, deidade cujos adoradores cresciam constantemente em Roma. Era diante da Divina Mãe que a mulher de César, sem filhos, encontrava a serena paz mística, que lhe fazia ouvir como sons distantes de águas os rumores sobre as ambições e infidelidades do marido. Em Roma, Calpúrnia jamais se intrometeu nessas intrigas.

Com visível desagrado viu ela Marco Antônio encaminhar-se para o seu lado, através duma comprida pérgola de roseiras. Para Calpúrnia Antônio representava todos os vícios de Roma, tudo que arrasara a sua vida e a pusera em tal solidão. Cada vício da época tinha nele a sua verdadeira apoteose. Dois escravos o seguiam, um ao lado, outro atrás, com ares insolentes de favoritos.

Marco era um homem avantajado de porte, ainda entre os romanos de alta estatura. O pescoço maciço assentava sobre os ombros largos; as maxilas potentes eram atenuadas pela curva dos lábios belos e sensuais; testa baixa; nariz aquilino, verdadeiro bico de rapinante; abundantes cabelos crespos sobre uma cabeça bem modelada. Um tipo esplêndido, superabundante de vida, bem representativo de Hércules, de quem se dizia descendente.

O Hércules vivo, como seus bajuladores lhe chamavam, e era para o confirmar que ele usava a túnica de púrpura cingida próximo às enormes coxas, e trazia pesada espada ao lado. Sua aparência impressionante só não impressionava a dama daqueles domínios, que o recebia apenas por dever social.

Vendo-a, Marco Antônio saudou-a despreocupado, como a uma pessoa de pouca influência perante César ou quem quer que fosse — pessoa que não conta. As duas escravas que atendiam Calpúrnia observavam-no com interesse.

Um assento lhe foi indicado naquela sombra, a respeitável distância da dona da casa. Marco sentou-se sem mais preâmbulos.

— Um dia quente, nobre Calpúrnia, até parece este jardim um tepidário dos banhos públicos. Estou a suar, e com uma sede que...

Calpúrnia ordenou que trouxessem vinho gelado com a neve dos Alpes, mas numa voz capaz de enregelar a um homem menos cínico.

— Recebi carta de Júlio César, nobre Calpúrnia, na qual me encarrega de anunciar a sua volta a Roma dentro de poucos dias. Apresento a sua nobre esposa as minhas felicitações.

— E eu as aceito...

Houve uma pausa, ao fim da qual a dama friamente inquiriu:

— Há também notícias da egípcia?

Não havia segredo naquilo. Roma estava cheia dos amores de César no reino dos faraós, de modo que o assunto era franco mesmo diante da mulher de César. Quanto às duas escravas — quem se coibia diante de escravos em Roma? Além de que nas visitas dominava o hábito da conversa em grego, que era a língua elegante e da moda.

Marco Antônio respondeu restabelecendo um ponto falseado.

— Ela não é egípcia, nobre Calpúrnia, e sim grega — ou, melhor, macedônia. Apenas por espírito de maldade, ou despeito, as nossas damas a tratam de egípcia.

— Eu não tenho maldade nem despeito no coração — replicou Calpúrnia. — E a criança? Vive?

— Assim dizem. É um menino.

— E César, que corre meia milha para não ouvir um choro de criança! — observou a estéril esposa de César, sorrindo glacialmente.

— Desta vez correu mais de meia milha — caçoou Marco Antônio. — De Alexandria a Roma há um pedaço. Dizem, porém...

Aquele "porém" espertou Calpúrnia, que entreparou e encarou-o a fito.

— ... que César voltará para o Egito, não é assim?

— Não. Os planos de César exigem-lhe a presença aqui, mas dizem que... que ela virá ter com ele em Roma.

E lá por dentro Marco Antônio pensou: "Divertido ver como Calpúrnia recebe isso, pois é fato que até a mim me custa admitir. Calpúrnia pertence a uma grande família, e a afronta lhe será um desastre, ainda mais se tratando duma criatura de posição social muito acima da sua. Deuses! Que escândalo vai ser em Roma! Queria ver César dar semelhante passo, se fosse casado com Fúlvia! Fúlvia tinha processos de que Calpúrnia não era capaz. Por isso tomou a notícia com a resignação do gladiador, na arena, que recebe um ferro no peito.

— Sabe como é essa mulher? Do pesado estilo oriental, suponho... — murmurou Calpúrnia.

Antônio riu-se alegremente.

— Por Hércules, não! É uma grega! Esbelta, lindamente constituída, nariz helênico, olhos de âmbar, cabelos castanhos com reflexos de ouro — a mais encantadora criatura que já existiu. E audaciosa, de raça. Excepcionalmente interessante, dizem todos.

— Deve ter tido muito trabalho para apanhar todos esses detalhes — sussurrou Calpúrnia com ironia.

Antônio riu-se mais ainda, com aquele riso aberto que o fazia um ídolo das tropas e dos amigos.

— As mulheres lindas têm fama larga. Sinto paixão por elas. Oh, nada mais interessante que um amor de criatura — ainda mais, divina!

— Divina? — e os olhos de Calpúrnia se arregalaram.

— Perfeitamente. Cleópatra é Ísis-Vênus, ou Vênus-Ísis, conforme os momentos. Quanto a mim, é mais Vênus que Ísis. Uma rainha egípcia é sempre mais ou menos divina.

Um arrepio correu pela pele de Calpúrnia ao ouvir pronunciado com tanta irreverência o nome da deusa que ela adorava, mas o assunto lhe era de grande interesse.

— E o povo crê nisso?

— Naturalmente — no Egito... E quem não o crerá? Cada linda rapariga não passa duma encarnação de Vênus. Além disso, ela é ainda rainha, com templos construídos em sua honra e bandos de sacerdotes que lhe cantam hinos. A Divina Cleópatra é uma altíssima dama e foi por isso que César a atrelou ao seu carro.

Calpúrnia prosseguiu, apesar do ferro que tinha cravado no coração:

— Será realmente formosa, nobre Antônio? O centurião que trouxe as últimas novidades do Egito viu-a passar de liteira. A impressão foi de magnificência. Trazia túnica de esmeraldas, mas o rosto era pálido e o corpo lhe pareceu emaciado. Nada de deusa em seu aspecto.

Antônio riu-se estrondosamente.

— Havemos de verificar esse ponto logo que ela chegue, o que será breve.

CLEÓPATRA

— Pois imagino que não virá — replicou Calpúrnia altivamente. — Pensa de outro modo o nobre Antônio? Explique-me por quê.

— Virá porque sua vinda faz parte dos planos de César. Cleópatra detém a porta do Oriente, que Alexandre, o Grande, certa vez forçou e que de novo se fechou pela sua morte. E essa rainha não é apenas a rainha do Egito, mas senhora de exércitos, de esquadras e tesouros infinitos. Acha que César matou o jovem Ptolomeu e mantém prisioneira Arsinoe apenas para ser agradável a Cleópatra? Nada disso. Fê-lo e o faz por interesse próprio. A beleza da rainha não passa de molho na sua mesa.

Novo silêncio se fez. Antônio ergueu-se pesadamente.

— Nada a recear da macedônia. César usa-nos a nós todos como lhe apraz. A rainha representará uma carta no seu jogo, apenas isso. Agora peço licença para retirar-me, visto que tenho de transmitir a boa nova aos amigos.

Antônio saiu, mas o ferro permaneceu cravado no coração de Calpúrnia. Calpúrnia jamais admitiria que Cleópatra seguisse César até Roma e que César lhe desse consentimento para isso. Ainda agora, mesmo depois das palavras de Antônio, recusava-se a crer no absurdo.

Dois dias depois recebeu Calpúrnia outra visita, a mulher de Antônio, a terrível Fúlvia. Veio na sua liteira de ébano embrechado de ouro, seguida de duas servas entrajadas magnificamente. Calpúrnia adivinhou qual fosse a visitante ainda antes que as cortinas da liteira se abrissem, apenas ao ver apontar um pé de Fúlvia, calçado de sandália com fivela de ouro. Em seguida apareceu a cabeça bem modelada, com um labirinto de cabelos crespos e o rosto denunciador da sua alma forte, que subjugava os homens e mantinha Antônio na posição de súdito. Calpúrnia adiantou-se para ajudá-la a descer. Abraçaram-se politicamente.

— Nobre Fúlvia, como esse penteado vos fica, bem! A vossa escrava Armênia vale o que pesa em ouro. Quem me dera possuir uma assim!

— Nobre Calpúrnia, a vossa beleza não melhoraria nas mãos da mais hábil cabeleireira.

Era assim Fúlvia! Um comprimento com dois sentidos opostos. Poderia existir mulher mais desastrada? A dona da vila sorriu bondosamente e mandou que trouxessem o sorvete da moda, de caldo de frutas e vinho, e também bolos polvilhados de sementes de papoula. Puseram-se a conversar com livremente sobre assuntos sociais, campo em que a adaga de Fúlvia (assim diziam da sua língua) fazia estragos à direita e à esquerda, não poupando a ninguém. Calpúrnia a ouvia candidamente, o que terminou por irritá-la.

— Se não fosse a vossa muito conhecida castidade, poderíamos tomar-vos como simpática ao deboche. Temos nós de suportar esta soltura de costumes que as guerras trouxeram para Roma, essa é a verdade. Os velhos e austeros costumes romanos já se foram, e a atual geração de mulheres não passa dum bando de prostitutas de alma e corpo. Já soubestes o que fez Caia — e o que o marido de Lucila disse em público?

— Pouco ouço dessas coisas, aqui na calma destes jardins. Pobre Lucila pobre Caia! São ambas apenas de lamentar.

— Eu muito queria saber se a nobre Calpúrnia estenderá essa caridosa tolerância à rainha Egito logo que ela chegue. Vai ser uma lição para cada esposa romana a atitude de Calpúrnia...

— Não posso conceber maior absurdo que a vinda dessa egípcia — replicou a mulher de César já com os lábios brancos. (Naqueles dois dias tinha ponderado a fundo e convencera-se de que Cleópatra jamais teria a coragem de seguir seu amante até Roma e que também jamais perdoaria os amores de César com a bela Eunoé, esposa do rei da Mauritânia. Por que toleraria uma dama real semelhante insulto? Não. Tal tolerância só podia ser esperada de uma esposa. Além disso, Cleópatra já estava com o filho que necessitava para os seus projetos — por que então conservar-se ligada a um velho debochado? Calpúrnia acomodara com esses raciocínios a sua situação e se consolara no recesso caseiro, no seio acalentador da deusa Ísis. Cleópatra não viria).

Fúlvia riu-se da sua argumentação, e aquele riso equivaleu a sal em ferida.

— Assim fosse nobre Calpúrnia! Já temos por aqui escândalos demais; escândalos romanos, e bem que dispensaríamos esse egípcio. Meu coração condói-se de vossa ingenuidade. Antônio recebeu ontem notícias frescas por um centurião recém-chegado. Os navios de Cleópatra já se aproximam das costas italianas. Esse informante a descreve como possuidora do verdadeiro cinto de Vênus. Nenhum homem lhe resiste.

— Nunca ouvi dizer que fosse assim tão bela — murmurou Calpúrnia com os lábios trêmulos, forcejando por guardar a compostura.

— Bela sim. Belíssima. Do melhor tipo grego, mas dum estilo novo e ides ver que todas se porão a copiá-la. Cleópatra não se curva a coisa nenhuma. Irá disfarçar-se de cem maneiras e correr cidades ao lado do amante, qual doida em procura de sensações. Dizem que possui a audácia dum homem e a mais terrível agudeza de língua.

— Mulher comum, então — murmurou Calpúrnia.

Fúlvia viu que ainda restava uma sombra de esperança na alma da amiga e avançou de bicadas.

CLEÓPATRA

— Comum? Por Vênus, não! Nada de semelhante àquela atriz de Antônio, a amada Citéris. Nessa sim, a vulgaridade é absoluta. Cleópatra, não. Sabe dizer as coisas mais cruéis da maneira mais inocente e regela a todos com a sua realeza. Diverte-se qual verdadeira rainha, usando-nos como bonecos dos seus caprichos. Dizem que o seu palácio é o lugar mais encantador do mundo — e perfeitamente escandaloso. Ninguém ainda viu uma grande dama fazer mais das suas — e conservar maior distinção de maneiras. Nossos vícios romanos são nada em comparação aos dela.

— Por isso, Antônio se interessa tanto por Cleópatra — sussurrou Calpúrnia revoltada.

Fúlvia sorriu agressivamente.

— Estais vexada, nobre Calpúrnia. Vejo que vos ofendi, eu que sou tão vossa amiga. Mudemos de assunto. Falemos das novidades do circo. Dizem que há um novo gladiador da Germânia, Vespásia e Júlia já estão loucas por ele, um verdadeiro bruxo de cabelos de ouro...

Uma escrava surgiu a correr através das pérgolas, com os longos cabelos flutuantes, vindo ajoelhar-se aos pés de Calpúrnia.

— Senhora, o grande César desembarcou há dois dias e entrará em Roma esta tarde. Dizem que o Senado vai ao seu encontro fora da cidade.

Fúlvia ergueu-se.

— Adeus, nobre Calpúrnia. Deixo-vos em paz para os preparativos e faço votos para que sejais felizes.

Enquanto a liteira de ébano se afastava apressada, Calpúrnia ordenou às servas:

— Deixem-me. Quero ficar só; e digam aos escravos que se conservem prontos para me levarem à cidade. Partirei em vinte minutos marcados pela ampulheta.

A despeito de toda a sua religião, não deixava Calpúrnia de sentir prazer pensando que os amores de César com Eunoé fatalmente haviam de causar a Cleópatra a mesma dor que ela sentira tantas vezes. Apesar de toda a sua divindade e magnificência, Cleópatra teria de aprender a lição de Calpúrnia. Todos se admiravam da maneira contente com que ela recebera a notícia da última escapada de César — e a razão disso era aquela só — Cleópatra! E agora, depois de ter-se convencido de que a raiva da rainha não a deixaria sair do Egito, eis que chegam informações dos seus barcos já perto da costa italiana...

A sua esterilidade — aí estava a fonte de todos os males! Calpúrnia não conteve um assomo de lágrimas — e chorou amargamente no desespero de sentir-se uma criatura falha aos olhos dos homens e dos deuses.

A tempestade foi passageira. Vinte minutos depois, já vestida e com os traços da crise apagados do rosto, voltou ao jardim para colher três rosas vermelhas. Prendeu uma ao seio com um broche comemorativo da vitória de César nas Gálias. As outras conservou-as na mão. Estava pronta para partir.

— Nunca a vi tão exigente no vestuário — comentou Galfreda, a escrava germânica, depois que a liteira partiu.

CAPÍTULO XI
CALPÚRNIA

Cleópatra entrou em Roma com magnificência de obscurecer até aos próprios triunfos romanos. O arranjo de tudo foi um problema a que ela deu a maior atenção. Seu pensamento era fazer uma demonstração do que a elegância grega poderia conseguir com as riquezas bárbaras que o Egito acumulara. Os mercadores de Alexandria tinham fama de príncipes dos mercadores. Através do Mar Vermelho haviam aberto um caminho comercial para a Índia, não pela perigosa senda rasgada por Alexandre, através de desertos e tribos cruéis, mas pela superfície fácil do mar.

O mar! César adivinhara pela sua própria experiência e pelo que ouvira a Cleópatra e Apolodoro, que no mar jazia o segredo do entressonhado Império Universal. E agora os romanos podiam pessoalmente verificar o número incontável de milhões que os mercadores egípcios haviam drenado da Ásia para o regaço da sua rainha. Não era a visão comum dum soberano que vinha depor tributos aos pés de Roma. Longe disso. Tornava-se claro que, para bem dos desígnios de César e da glória de Roma, a soberana dum riquíssimo reino autônomo vinha dar demonstração do que poderia ser a aliança entre os dois povos. Também se tornava patente que as civilizações da Grécia e de Roma, arduamente desenvolvidas, de nenhum modo se veriam ameaçadas pela onda oriental monárquica. Os romanos falavam ainda em democracia, embora essa ideia já estivesse morta em seus corações.

O programa fora traçado pela própria rainha. Seus instintos a guiavam maravilhosamente em matéria de gosto, embora fizesse concessões ao vulgo quando tinha de agradar as galerias. Roma sempre se conservara abaixo da Grécia em matéria de gosto artístico. Tudo quanto era fino e distinto procedia da Grécia. Os melhores atores, as melhores dançarinas, os melhores costureiros, os melhores artesãos — todos eram gregos.

Por isso veio Cleópatra na qualidade duma rainha grega que acidentalmente governava o Egito — essa guarda avançada da penetração da Europa no Oriente. O Senado decretou recepção pública. Ia aguardá-la com César à frente, e se alguém murmurasse da homenagem por ele prestada à amante, ninguém teria dúvidas sobre as amplas avenidas de comércio que a ligação com o Egito abriria para Roma. E Roma necessitava de comércio. O processo de manter o Império pela força das armas era em excesso dispendioso.

Em virtude disso, quando o cortejo se aproximou da cidade, Roma inteira estava a postos para aplaudi-lo. Os navios egípcios haviam desembarcado riquezas sem conta. Rumores corriam de tronos, leitos, mesas de madeiras orientais e de marfim cravejadas de gemas, uma só das quais faria o orgulho dum soberano. Empilhadas e guardadas na praia por soldados egípcios, inumeráveis arcas contendo preciosidades, eram espiadas de longe por mil olhos cheios de inveja. Arcas também de especiarias e frutas exóticas cristalizadas — cujos nomes soavam aos ouvidos romanos como música encantada. Caixas metálicas, dizia-se, vinham repletas de gemas como a Europa jamais vira. E tudo se encaminhava processionalmente para a capital do mundo, rumo a casas-fortes construídas especialmente para aquele fim. A multidão não se cansava de sonhar e avaliar a torrente de riquezas em transito. E que mulher maravilhosa, a rainha! Feliz César — o velho adúltero! Conquistara o coração duma criatura que poderia pagar o custo de todas as guerras de Roma sem ver seus tesouros encurtados! A moralidade desaparecia ao sonido de tanto ouro.

A liteira real, seguida dum cortejo inumerável de indianos e egípcios magnificamente entrajados ia avançando. Liteira de marfim e ouro cravejada de gemas, com cortinas de seda rósea bordadas a fio de ouro — um verdadeiro Sol a aproximar-se do monte capitolino, onde o Senado a esperava. A seguir vinha outra liteira de igual esplendor, onde duas aias, uma grega e outra egípcia, traziam uma criança — o pequeno Cesarion. Gritos de deleite e entusiasmo ergueram-se da multidão quando o filho de César foi mostrado.

— Deuses, o menino é igual ao pai! Vejam como já tem o queixo saliente e os olhos vivos! Semente de outro César para lutar por nós. Olhem-no! Olhem-no! Ele brinca com a Ásia como se fosse uma boneca.

Assim exclamavam as mulheres à vista da criança divina. A saúde que demonstrava! Aqueles bracinhos e pernas! Inúmeras vezes as amas o ergueram nos braços para que todos o pudessem ver — e na outra liteira Cleópatra exultava ao ouvir os comentários.

Na praça onde o Senado ia recebê-la erguia-se um estrado. Nele as mais nobres matronas romanas se reuniam para a recepção da mais famosa mulher do mundo. Lá estavam as imponentes Júlias, Cláudias e Caias, e entre elas Fúlvia, de túnica de púrpura abrochada com fíbula de ouro aos ombros. Fúlvia tinha os olhos no esposo que, havendo descavalgado, vinha a par da liteira real, à testa duma guarda de honra de soldados tão belos quanto ele. "Teria Antônio visto Cleópatra? Que pensará dela?" Os ciúmes já mordiam o coração de Fúlvia, receosa de que a rainha fosse ainda mais bela do que diziam. Porque, então... aquele Antônio! Nunca resistira a mulher nenhuma. Fúlvia volveu os olhos para Calpúrnia, muito pálida e digna na sua túnica alva de neve.

Os soldados do cortejo marchavam em grupos, com estandartes fulgurantes de ouro, nos quais se viam os hieráticos símbolos egípcios; e atrás dos soldados vinham as damas da rainha, com Charmion à frente. Um murmúrio de admiração ergueu-se entre os espectadores.

Vestiam-se todas à grega, mas o tecido desses vestuários não lembrava nada do que Roma conhecia. Eram tecidos de prata, leves como o ar, translúcidos, verdadeiras teias de sonho. E todas formosíssimas, em pleno apogeu da beleza — cabelos negros cacheados, presos com a redinha grega — e cintilantes de pedrarias, verdes, azuis e róseas, cravejadas em filigrana de prata. Uma trazia as negras tranças caídas até aos joelhos, atadas com fieiras de pérolas que desciam até aos pés; outras penteavam-se à elegantíssima moda grega.

A rainha! Seus eunucos, esplêndidos de indumentária, avançaram e correram a cortina da liteira, enquanto as damas de honra formavam-se em duas filas. A frente da liteira ergueu-se — uma novidade para Roma — e Antônio, de cabeça descoberta, avançou para auxiliar a descida da rainha.

O vulto de Cleópatra apareceu, oculto da cabeça aos pés por um véu de ouro semitransparente. Mesmo na calma daquele dia o véu tinha tremuras à menor vibração do ar. A rainha do Egito estava diante da assembleia ansiosa — mas ainda invisível.

— Não é alta! — exclamou Fúlvia aos ouvidos de Calpúrnia. — Não tem majestade. Uma mulher tão delgada nunca devia ser rainha. Não possui a imponência que faz parte da realeza.

Calpúrnia, porém, não ouviu uma só palavra. Estava absorta. Que irresistível encanto aquele véu esconderia? O tecido modelava apenas curvas de grande pureza. Um escultor teria fixado a visão — aquela mulher na bainha, qual lírio não desabrochado, mas seu rosto! Seu rosto!

CLEÓPATRA

m murmúrio correu pela assistência quando Charmion e Iras vieram, uma de cada lado, apartar o véu e expor finalmente a rainha do Egito a todos os olhares.

A Rainha de Ouro! O Oriente a havia vestido de ouro — um ouro com a "souplesse" da seda, que descia pelos seus ombros em linhas do mais puro período da arte grega. Que importa a uma rainha a moda? Cleópatra tinha a sua, que retrocedia aos tempos de Fídias e Praxíteles. Nada mais belo que aquele ouro líquido a entremostrar um lírio exótico. Seus cabelos bronzeados, de ondas largas, repartiam-se em perfeitos bandos, apresilhados na nuca por broches de pérolas, e na serenidade do níveo entresseio brilhava uma pérola sem par. Ouro e neve — foi como a rainha do Egito — lótus humano — se mostrou aos olhos de Roma atônita.

Novamente a Grécia triunfava. Reuniam-se ali mulheres da mais opulenta beleza — mas onde aquela esbelta distinção, aquelas narinas cinzeladas, a perfeição dos lábios e sobretudo aquele perfeito à vontade da rainha macedônia?

Dois egípcios adiantaram-se e depuseram aos seus pés turíbulos de ouro em descanso sobre garras de leão — e o fumo odorífero a envolveu. Dois outros, atrás, abriram enormes leques de penas de pavão, formando-lhe uma auréola de oriental magnificência. Cleópatra de pé apoiou-se contra o fundo azul. Perfeita atitude de uma deusa.

O murmúrio de admiração não cessava em redor, todos profundamente maravilhados da graça e da realeza daquela estranha criatura. Por fim esse murmúrio engrossou, fez-se aclamação delirante.

— Cleópatra! Cleópatra! Salve a Deusa Ísis! Salve a Vênus egípcia! Salve! Salve! Salve!

Com infinita graça e dignidade Cleópatra correu os olhos em torno, saudando a assistência num elegante gesto de mão — e esse momento nunca mais Roma o esqueceria. Depois fixou os olhos nos senadores reunidos.

Os senadores avançaram sob a chefia de César, majestaticamente. Todos os presentes conheciam a intimidade do ditador com a rainha, mas nenhum receava vê-los agir dando sinais disso. E ela? Ter-se-ia esquecido do amante? Dar-lhe-ia qualquer atenção fora dos momentos em que dele necessitava para seus projetos ambiciosos? E o filho? César ainda não ousara erguer os olhos para a criança, presos que os tinha na dama de ouro.

O Senado adiantou-se. Parou. César ia começar sua oração.

A primeira palavra que lhe escapou da boca a rainha ergueu a cabeça e o encarou com o sorriso nos olhos — olhos que recordavam os momentos felizes no Egito — e o mesmo olhar ela o passeou sobre todos os senadores.

A rapariga irrequieta revivera uns instantes na rainha hierática, mas por uns instantes apenas. Cleópatra recaíra na sua atitude de estátua.

Todos viram aquele movimento humano e isso lhe atraiu todas as simpatias. Menos de Calpúrnia, que estremeceu diante daquele olhar. Esse estremecimento não passou despercebido a Cleópatra que, na agudeza do seu instinto, viu ser aquela a esposa de César.

A oração de César chegara ao fim. Cleópatra acenou com a mão e deu ela mesma a resposta. Falou. O que seria mais puro, um regorjeio de ave ou a vocalização da rainha, nenhum dos presentes poderia dizer. Suas palavras foram poucas, mas talvez as únicas que pudessem ser pronunciadas. Falou do seu deleite de visitar a mais grandiosa cidade do mundo. ("Não obstante, eu desejava que todos os nobres presentes conhecessem a realeza da minha Alexandria. Os que lá forem serão recebidos como o merecem"). Falou da grande importância da aliança romano-egípcia em prol da civilização, mas não pronunciou uma só palavra que a pudesse comprometer a César. Fez-se toda graça e majestade, com um ar consciente do seu valor, curvando-se apesar disso a um poder mais alto que o seu — o que muito lisonjeou o arrogante orgulho de Roma.

Perfeição! O orgulho de César inchou-lhe o peito quando Cleópatra pôs fim a oração numa tempestade de aplausos. César estava justificado. Aquela rainha era realmente a mais poderosa arma que os deuses lhe haviam posto nas mãos.

A recepção terminara. A um gesto de Cleópatra as duas servas vieram velá-la novamente — e foi como se uma música de raro encanto houvesse cessado de ressoar. Reentrando na liteira, o lótus fechava suas pétalas, sob o clamor de todo um povo a aplaudi-la com delírio.

— Salve a divina Cleópatra! Salve a jovem deusa! Salve a Vênus-Hator! Salve a deusa Ísis, dos divinos mistérios!

E no meio dessas aclamações, Cleópatra foi levada em triunfo para os jardins de César, radiante e suprema como a própria corporificação da vitória.

....

Naquela tarde, após o escurecer, César procurou-a. Isso estava no desejo de ambos, mas teriam agora de ser muito cuidadosos nos seus encontros. César tudo contara francamente a Calpúrnia, que recebeu a confissão com forçada aquiescência, sabendo que a sua única esperança residia nessa atitude.

Com surpresa, chegando à vila e introduzido cerimoniosamente a presença da rainha, César viu o obsequioso Apolodoro adiantar-se para recebê-lo. Cleópatra, de túnica branca — outra vez a mesma rapariga que conhecera no Egito, surgiu em seguida, de braços abertos.

— Estou contente de rever-te, meu amigo! Foi difícil passar o ano — para mim. E para ti? Antes de mais nada, dize-me: saí-me bem na minha apresentação a Roma? Que diz o povo, ou o que pensa? Fala. Estou ansiosa...

"Nenhuma queixa, pensou César. Logo, tudo corre bem e Cleópatra continua minha." Era de supor, entretanto, que ela quisesse estar a sós com ele, e abraçá-lo e beijá-lo como tanto fizera no Egito.

— Vai, Apolodoro, buscar as amas com o divino faraó.

Quando Apolodoro desapareceu, Cleópatra cingiu César nos braços e encostou face contra face. Irradiava fragrância e juventude, e nunca o ditador sentiu mais profundamente o peso da velhice.

— É parecido contigo como uma pétala com outra. E como não seria assim? É forte, e belo qual um passarinho. Tu estás aborrecido, César. Vejo-o em teus olhos. Cuidado! Preserva tua força para a vitória do nosso filho.

Aquelas palavras irritaram-no, e pelo sombrio que lhe velou o rosto a rainha viu que tocara em tecla errada. Quis reparar o deslize.

— Tua força divina jamais falhará, César. Os deuses estão atrás de nós. Olha quem vem...

Num berço de madrepérola as amas traziam Cesarion, já com um ano de idade, que dormia angelicamente.

— Posso tocá-lo? — murmurou César retendo a respiração ante a inocência daquele sono. Cleópatra fez que sim. César baixou-se e beijou a face corada do menino, cheio de alegria e vergonha; vergonha de que o vissem quebrar a linha majestática que conservava sempre, e alegria por ter agora uma criatura pela qual bater-se. Cleópatra tomou o menino e achegou-o ao seio — e César nunca a viu tão linda.

— Adoro-o, César. Adoro esta criança — disse encarando o ditador com um brilho estranho nos olhos. — Por amor de Cesarion representei aquele papel diante do povo romano. Por amor dele atravessei o Mediterrâneo.

— E não por mim também?

— Sem dúvida; e também por amor do nosso grande sonho. Adoro o esplendor e o poder e quero tornar-me a maior das rainhas. E ainda isto (e tocou no rosto da criança) não me fará esquecer daquilo. Vamos, levem-no. Já viste o meu tesouro — e o teu.

A atitude maternal desfez-se com a retirada do berço de madrepérola. Cleópatra estava agora atenta à exposição que o siciliano fazia do que se passara no Egito — os tesouros amontoados, a concentração do espírito público na aliança com a República Romana.

— E os sacerdotes parecem que também se mostram favoráveis a essa aliança, nobre César. De Abidos vieram presentes e bênçãos para a Divina Criança. O que não posso perceber — nem eles — é por que os presságios foram tão terríveis naquela viagem. Há a hipótese de que os deuses se ressentissem da entrada do meu Divino Consorte no santuário, porque eu sou Ísis e Ísis pertencia àquele esposo. E do templo de Osíris construído nos antigos tempos, por Mer-en-Ra, me vieram os mais gloriosos oráculos, declarando que tu brilharias no céu como o Sol, com duas estrelas ao lado — sem dúvida eu e Calpúrnia. Calpúrnia não pode odiar-me. Fala-me dela. Vi-a hoje — um rosto calmo e belo, com serenidade dos bustos de mármore — sem nenhuma expressão, como os bustos de mármore.

— Tu a detestas, não? — inquiriu César, brincalhonamente.

— Detestá-la! Por que motivo a detestaria? E ela? Detesta-me? Se me detesta, está errada, se é que Calpúrnia quer o bem do seu esposo. Dize-me: Odeia-me ela?

— Tão pouco que te recebeu em seus queridos jardins. Sê benévola para Calpúrnia quando vier visitar-te. Contar-lhe-ei dos oráculos.

— Serei benévola, mas Calpúrnia não tem motivo nenhum para ciúmes. Não roubei teu coração, porque teu grande coração está acima, está no alto, longe de preocupações mulheris. Apenas lutamos juntos, nós dois, como Castor e Polux, braço a braço, numa grande batalha. Ela devia amar-me, mas as mulheres não me amam — exceto Charmion. Bem! Veremos isso! Venci Roma — e da minha parte estou satisfeita com aquele plano — ela tua mulher aqui, eu tua mulher no Egito.

Era bastante político aquilo, bastante sábio, mas... tivesse ele a idade de Antônio e seria possível que uma rapariga de vinte e dois anos se conformasse de ver o amante compartilhado por outra? A própria Fúlvia lançava-se a consolações quando ele saia de passeio com Citéris pelo sombrio dos olivais.

César vincou a testa a esse pensamento. Recordou Antônio na fulguração da beleza máscula, que fazia estremecer todas as mulheres que o viam na tribuna. "Hércules! O verdadeiro Hércules!" Ele, sim, seria o esposo ideal daquela rapariga egípcia. Que par! Cleópatra já teria pensado nisso? César quis tirar a prova.

— E Antônio? Tiveste ocasião de conversar com ele na viagem do porto para Roma? Que pensas de Antônio? No Egito várias vezes me perguntaste dele.

Cleópatra refranziu levemente a testa.

— Eu desejaria gostar dele e confiar nele. Gostar dele gosto, como se pode gostar dum esplêndido imbecil. Confiar, nunca. É um bazofiador sem limites. Faz de Hércules num dos meus ouvidos e de Baco em outro. Os deuses me perdoem, mas eu quisera que Baco afogasse em vinho o Hércules e Hércules esmagasse a cabeça do Baco. Cuidado, César, nada lhe digas que não possa ser repetido adiante.

— Confia em mim, querida — disse César, consolado de ver que a rainha preferia o cérebro à harmonia dos músculos.

Quando César se retirou, Cleópatra dirigiu-se para o siciliano e disse o que sentia.

— Como César está envelhecido! Oh, Apolodoro, só quero que os deuses o façam viver mais seis anos... seis apenas, e isto peço com instância. Porque se César morre, meu sonho do império do mundo se esvai em fumo. Dominarei o mundo se o apanhar — sempre contigo ao meu lado — mas sem César jamais poderei apanhar o mundo. Temos de conservar a sua força. O seu aspecto envelhecido aterroriza-me...

— A mim também — murmurou Apolodoro —, apesar de que os homens do seu tipo sejam os mais duradouros. Poderá César dominar seu temperamento — usar a máscara do sorriso, em igual para amigos e inimigos? Seria assim, se Antônio não fosse o seu braço direito. Esse Hércules palavroso devia ser governado por vós e por mim, minha rainha, como um escravo — e seria então uma poderosa arma nas mãos da habilidade. O velho César está neste momento suspeitoso e colérico, duvidando das suas próprias forças — coisa má para nós. Ah, se ele fosse Antônio e nós estivéssemos em Roma! Descobri que os soldados beijam a marca dos pés de Antônio...

— Antônio! — repetiu Cleópatra qual um eco e caiu em cismas, com o rosto apoiado nas mãos. Depois sussurrou de si para si: — Impossível! Entretanto...

CAPÍTULO XII
AS DUAS ESPOSAS DE CÉSAR

À medida que os dias se passavam a ansiedade de Cleópatra e Apolodoro recrescia — e com razão. Roma andava cheia de rumores absurdos, a que a vinda da rainha viera emprestar visos de verdade. Rosnava-se que muito breve César estaria no governo absoluto da República Romana, mas o espírito daquele povo não tolerava o nome "Rei", porque os primitivos reis de Roma haviam criado uma tradição odiosa. A palavra que existia em condições de conciliar tudo era *Imperator*, imperador, que se aplicava ao comandante supremo dos exércitos. Era pensamento dos amigos de César fazê-lo *Imperator* perpétuo do mundo romano. Tal sugestão agradava ao povo e às classes, mas não satisfazia o orgulho imenso de César. Queria ele que o título fosse o seu próprio nome — César! Já que se havia coberto da maior glória, que título melhor para o imperante que o seu nome? Caeser, Kaiseros, Kiseres e, por fim, Tsar, foram variantes estudadas em todas as línguas das províncias de Roma. A posteridade as confirmaria. O pensamento do pequeno Cesarion entrava sempre nas considerações de César, com grande alegria de Cleópatra.

O triunfo de Júlio César realizou-se com satisfação imensa do povo, determinando maior popularidade para a rainha. Durante quatro gloriosos dias imensa multidão permaneceu nas ruas a aclamar o vitorioso. César galgou os degraus do Capitólio como conquistador das Gálias — e no cortejo figuraram numerosos elefantes. Depois, como conquistador do Egito, apareceu no segundo dia num cortejo em que a desventurada Arsinoe figurava de mãos presas a cadeias de ouro e Poteinos era arrastado em efígie. Cleópatra assistiu da tribuna ao desfile, tomada de sentimentos contraditórios — orgulho e vergonha; vergonha de ver uma princesa egípcia submetida aos chascos da população romana. Intercedeu por ela perante César, gesto que ainda lhe trouxe maiores simpatias. Animais africanos engrossavam a procissão, sobretudo girafas de longo pescoço.

No terceiro dia foi celebrada a conquista do Ponto. Um enorme dístico memorava o laconismo da famosa comunicação de César ao Senado: *Veni, vidi, vici* — cheguei, vi e venci. No quarto se celebraram as suas vitórias ao Norte da África — e em todos esses dias Cleópatra exultou de contentamento e orgulho, vendo o seu partido engrossar grandemente. A atmosfera de Roma ressoava dum grito só: César! César! César! Seguido sempre dum adendo: Cleópatra, rainha do Egito!

De Calpúrnia nada se dizia. A mulher de César não demonstrava hostilidade, mas Apolodoro, que vivia atento a tudo, trouxe a informação de que, a despeito do brilho do triunfo, muitos senadores e também damas de alta nobreza consideravam Calpúrnia cruelmente provada pela presença de Cleópatra em Roma.

— Mas tudo tenho feito para agradá-la! — exclamou a rainha surpresa. — Essa mulher parece doida. Supõe acaso que eu ame um homem mais velho que Ramsés o Grande? Os deuses me livrem de tamanho mau gosto. Vai dizer-lhe, Apolodoro, que eu não preciso de homem. O que quero é reinar, e dilatar as fronteiras do Egito. Por que não vem ver-me? Eu lhe abriria os olhos — e a vaidade de César como exultaria! Tem tanta vaidade depois de velho como aos vinte anos. Os homens! Que bom o mundo se não houvesse sexo!

— Seria um mundo triste — observou Apolodoro e Vossa Majestade mesma recriaria o sexo. Também acho que Calpúrnia deve vir visitar Vossa Majestade. Há coisas que ela pode dizer e que nós precisamos saber. Temos imperiosamente de formar juízo sobre a vida de César, pois que se ele morrer estamos todos perdidos. De um sacerdote do templo romano de Ísis ouvi muito em segredo que Calpúrnia fala duns estranhos acessos que o derrubam — uma espécie de possessão divina. Um deus qualquer o possui. Calpúrnia prometeu a esse sacerdote fazê-lo testemunhar essas crises, a ver se apreende o que o deus súcubo diz. Há de haver qualquer coisa atrás disso. Se minha rainha conseguir vencer os escrúpulos de Calpúrnia fazendo-a vir... Calpúrnia é devota de Ísis. Se receber um convite vosso, no caráter da encarnação dessa deusa...

Cleópatra sacudiu os ombros. Calpúrnia não a interessava.

— Será que a onipotência não me põe a salvo do ciúme? Espera... dize-lhe que estou de amores com Antônio... e ela virá. De outra maneira, não. Em suma — traze-me Calpúrnia, seja por que meio for.

Cleópatra mudara de ideia.

— Tu estás certo, Apolodoro. Esse é um encontro de consequências e devo fazer tudo para realizá-lo. Dize-lhe que eu soube da sua devoção pela deusa Ísis e que ansiosamente desejo vê-la. Hei de conquistar essa mulher.

Foi por intermédio de César é que Apolodoro conseguiu introdução perante Calpúrnia, pois parecia bem a César que sua esposa romana desse algum sinal decisivo de amizade. César, entretanto, observou, ironicamente que o Senado iria passar uma lei permitindo-lhe duas esposas e que se os três apresentassem uma frente única seria supremamente absurdo. Calpúrnia cedeu à solicitação do esposo — e com espanto viu que o secretário da rainha assumia o tom de mensageiro divino.

— Senhora, a Divina Rainha, que no Egito é Ísis, deseja encontrar-vos para debate de assunto da mais alta importância. Não para conversa de mulher para mulher, mas coisa muito diferente.

Calpúrnia acedeu sem relutância, e no dia seguinte realizou-se o encontro.

E. BARRINGTON

Duas considerações moviam a mulher de César — sua devoção a Ísis, com a qual Cleópatra podia ter alguma misteriosa unidade e o desejo de César, a quem havia hipotecado obediência. E misticamente Calpúrnia foi ter com a rainha, de olhos fixos no seu sonho interior, ansiosa de verificar que portas se lhe abririam e em que rumo.

A rainha a recebeu com Apolodoro ao lado. Trajava uma simples túnica branca com cinto de prata. Nada de Vênus-Hator — apenas Ísis, calma, distante, pura.

— É realmente estranho — dissera Cleópatra momentos antes — que, embora eu seja uma rainha, e grande, tenha de conservar-me sempre atriz. E sou atriz. Represento meus papéis a fundo. Este mundo é positivamente o mais estranho teatro que os deuses poderiam criar! Com certeza é o que há de divino em mim que me faz rir dos seus absurdos...

Calpúrnia entrou com o coração aos pulos. Ao ver aproximar-se uma rapariga extremamente jovem, muito esbelta de corpo, vestida como as vestais, sem sombra de joias, de olhos serenos e quase humildes, acalmou-se. Cleópatra mostrava-se despida de qualquer pretensão, grave, reservada, a irradiar serena inteligência. Saudou a visitante como sua igual, com espontânea cortesia, e convidou Apolodoro para sentar-se-lhe ao lado.

— Nobre Calpúrnia, muito ansiosamente desejei este encontro — começou ela na sua voz de prata. — Sei que as circunstâncias são especialíssimas e que as almas comuns não podem compreender que eu procure a vossa amizade. E no entanto ardentemente a procuro. Sou jovem, estou numa terra estranha, rodeada de inimigos, e, os projetos todos de César se centram na minha pessoa. Oh, se eu pudesse ter a amizade e o conselho da nobre Calpúrnia!...

A surpresa da mulher de César foi grande. Havia esperado por uma recepção de orgulho mal contido e arrogância. Sobre Cleópatra corriam comentários desfavoráveis quanto à sua apreciação de Roma comparativamente à capital do Egito. Cleópatra era muito inteligente para semelhante deslize, todavia esses comentários fizeram-se voz pública e a própria Calpúrnia se ressentira. A doce melancolia da voz da jovem rainha e o seu olhar meigo destruíram imediatamente as prevenções da romana, predispondo-a a uma sincera benevolência.

— Se a nobre Calpúrnia pudesse tratar-me — disse Cleópatra — como a uma criatura que apesar de divina tem um papel difícil a representar na Terra!... Considerai meu caso. Um irmão e uma irmã que tudo fizeram para destruir-me — e eu agora a interceder por um deles. Ambos me expulsaram da minha cidade, e se não fosse César já estaria morta há dois anos. Não lhe devo gratidão? E como poderia uma mulher deixar de perceber a grandeza desse homem?

CLEÓPATRA

César viu em mim o Egito e atrás do Egito o Oriente. Eu vi nele a Ásia, que é o grande sonho do Egito. Nada mais natural que nos déssemos as mãos. No antigo templo de Ísis, construído por Mer-en-Ra, a grande deusa declarou num oráculo que de mãos dadas subiríamos ao trono do mundo, e que César brilharia qual um Sol, com duas estrelas gêmeas ao lado — Calpúrnia e Cleópatra.

— César já me disse desse oráculo — murmurou Calpúrnia hesitante. — E o filho?

Calpúrnia viera com a impressão de que lhe seria impossível falar a rainha, e agora só temia dizer demais. Cleópatra encarou-a com olhos graves.

— A nobre Calpúrnia não compreende o Egito. A rainha deve ter um consorte. Meu irmão e primeiro consorte morrera. Eu tinha de tomar outro. O trono também exigia que eu tivesse um filho descendente dum deus — e eu sou deusa, sou Vênus-Hator — sou Ísis.

Calpúrnia estremeceu. Era prodigioso ouvir a formosa criatura anunciar-se como a Sagrada, a de quem ninguém se aproxima. Seria verdade? Cleópatra creria nisso? Calpúrnia só aceitara a descendência divina de César no dia em que o viu emaranhado na teia da rainha do Egito. Só então a divindade do esposo começou a parecer-lhe possível. Essa ideia foi tomando corpo e acabou por empolgá-la. Quem lá sabe os caminhos dos deuses? Estava portanto preparada para a aceitação da divindade de Cleópatra.

— E naquela emergência — continuou a rainha —, a quem poderia eu escolher senão a César? E realizada a ligação, que pode ser César para mim senão um amigo e companheiro na grande aventura? E por que não há de sua mulher ser também minha amiga e companheira?

O próprio Apolodoro, que tão bem conhecia Cleópatra, espantou-se da consumada mestria da grande comediante.

— Se eu pudesse confiar em vós! — sussurrou a romana, hesitante. — Se eu pudesse crer...

— Podeis confiar, nobre Calpúrnia! Que tenho a ganhar com a vossa amizade?

Se Calpúrnia estivesse em situação de refletir argutamente veria o muito que Cleópatra tinha a ganhar com a sua amizade — mas nada lhe ocorreu no momento. E concordou, achando de grande peso aquele argumento.

— Senhora, os oráculos egípcios declararam a vitória certa. Não podeis duvidar quando vos disser que a sagrada imagem de Ísis em Hermontis foi a inspiradora do Sumo Sacerdote que em sonhos viu César entronizado e depois colocado entre os deuses imortais. Nada poderá modificar esse futuro, mas o que desejo saber é o seguinte: é fato que César passa por crises de inspiração, ou possessão da divindade, e que tendes presenciado a essas crises?

Cleópatra fixou na mulher de César os olhos penetrantes e segurou-lhe as mãos. Calpúrnia respondeu a tremer, com uma crença infantil nos olhos.

— É verdade, sim. Tenho visto coisas espantosas. Contarei tudo. Vejo que palpita diante de mim um verdadeiro coração de deusa e rainha. César é sujeito a ataques, sobre os quais não fala nem a mim. Arroja-se ao chão, debatendo-se como para se livrar de invisíveis inimigos, e as veias das suas têmporas incham de arrebentar. O rosto fica negro. Dá gritos horríveis — gritos dos quais não me esquecerei nunca. Parece que vai morrer. Súbito, a possessão cessa e ele fica inconsciente, imóvel, exausto. Vejo nisso a deusa Ísis em ação — Ísis, que quer ver seu culto a dominar o mundo. Eu sei! Eu sei! César declara que durante essas crises luzes vivíssimas lhe revelam os esplendores da majestade que o espera...

— Maravilhoso! — exclamou Cleópatra. — Realmente, nobre Calpúrnia, sois uma privilegiada, qual outra deusa, de testemunhar essas possessões do divino. Quer dizer então que a vós também se desvenda o futuro maravilhoso de César como Rei do Mundo...

— Suponho que sim — respondeu Calpúrnia solenemente. — E é por isso que, pondo de lado todos os naturais sentimentos de ciúmes e desconfiança, aqui me acho.

Cleópatra de novo apertou-lhe as mãos.

— Fizestes bem em vir e agora peço que aceiteis uma lembrança da amizade desta irmã.

Abriu um escrínio que tinha ao lado e tirou uma cadeia de rubis que cintilavam como a alma das rosas — e tinham o perfume das rosas. Uma das gemas, perfurada, continha uma gota de essência da rainha das flores.

— Inclinai vossa cabeça, irmã, e permiti que eu coloque em vosso pescoço este símbolo da felicidade completa e da boa fortuna. Meus mercadores trouxeram-me da Índia como joia digna da sua soberana. Conservai-a em nome da nossa amizade. E dizei a César do nosso encontro, já que ele confia em vós mais que em mim. E quando houver novidade, fazei-ma saber para que eu também me rejubile.

Calpúrnia prometeu, ainda atônita da riqueza da joia e da misteriosa calma da rainha. Rejubilou-se no íntimo de ter vencido a pequenez do ciúme, desse modo alçando-se às alturas da encarnação terrena de Ísis. E teria beijado a mão de Cleópatra se esta, antecipando-se, não a beijasse no rosto.

CLEÓPATRA

Quando Calpúrnia deixou a vila de Cleópatra lembrou-se, já muito tarde, de que nada indagara sobre os mistérios de Ísis, a coisa em que tanto desejava instruir-se. Enfim conheciam-se — estavam de relações travadas. Em caminho fez parar a liteira no templo de Ísis, cada vez mais acogulado de fiéis, e por longo tempo permaneceu ajoelhada em frente à sua imagem.

As impressões de Cleópatra comunicadas a Apolodoro foram um tanto diferentes.

— Foi fácil — disse ela —, e era necessário, embora muito me custasse abusar de Calpúrnia. Parece-me boa criatura. Impossível outra mais profundamente ingênua. Só a sua dignidade a protege contra o desprezo. Que pensas tu, Apolodoro?

— Minha rainha, eu não penso — eu sei. O que Calpúrnia descreve como possessão divina nada mais é que uma doença pelos gregos chamada epilepsia. Não mata imediatamente, mas vai minando o cérebro...

Cleópatra o interrompeu, pálida de espanto.

— Será que o pode deixar demente?

— Não dum momento para outro. Gradualmente, sim. E essa doença explica os acessos de cólera de César e sua fé na própria divindade. Disseram-me que no templo, ontem, ao ser levemente contrariado em qualquer coisa de somenos importância, irrompeu aos gritos: "Os homens têm que atender ao que digo como se ouvissem palavras dum deus". Isso é sintomático. É a doença que fala.

Cleópatra o interrompeu de novo.

— Nesse caso, temos de nos casar imediatamente. Por que se César vem a morrer que será de Cesarion? Otávio, seu sobrinho, será o herdeiro natural caso César não deixe um filho legítimo. Otávio nada é para César, além de sobrinho. Não, Apolodoro, praza aos deuses que ele viva mais uns seis anos, ou pelo menos quatro, e tenha tempo de concluir a obra empreendida comigo. Mas é forçoso que nos casemos imediatamente. Ajuda-me, Apolodoro.

O siciliano refletiu por um instante, só vendo névoas na sua frente.

— Uma coisa torna-se de necessidade imediata: que tenhamos meios de fugir sem demora, caso César pereça num dos ataques, pois nesse caso estes traidores romanos vos aprisionariam e mandariam Otávio ou outro qualquer governar o Egito. As vossas galeras devem conservar-se a postos, prontas para a fuga. Entrementes esta vila precisa tornar-se um paraíso para César. Aqui deve ele encontrar repouso para todos os seus cuidados, riso, alegria, tranquilidade, confiança — isso retardará a marcha da doença. Não o tratar como amante — está muito velho para isso, mas fazendo-o de modo que ele não perceba.

Fingir doença, se for necessário. E, acima de tudo, forçá-lo — forçá-lo de todas as maneiras a aceitar a coroa que o Senado lhe oferece. Tendes de usar ouro como água, sorrisos e favores — para precipitar os acontecimentos. O tempo é o nosso maior inimigo.

Enquanto Apolodoro falava Cleópatra seguia o curso dos seus próprios pensamentos. Súbito, pôs-se de pé, tomada duma ideia.

— Certo, meu grande Apolodoro. Farei como dizes. Não é tudo, porém, tem Antônio...

Apolodoro compreendeu. Antônio, a espada de César, o ídolo das legiões e de Roma! O general galante, o inimigo de Otávio — o homem com todas as qualificações para levar Cleópatra ao triunfo caso César morresse. Antônio, o escravo das mulheres — e o adorado das mulheres. O Baco, o Hércules das damas romanas...

— Poderá a minha rainha... — murmurou Apolodoro, cheio de temores e dúvidas.

Poderia aquela delicada beleza e clara inteligência encantar o homem grosseiro que jamais escolhera mulher? O homem que frequentava as damas amigas de gladiadores e atores? Era esse o seu gênero — e também as iguais da desavergonhada Citéris. Nada de delicadezas na sua sensibilidade de ferrabrás. A ideia da ligação de Cleópatra com Antônio chocava Apolodoro. Sua pequena rainha risonha! Devia descer tão baixo para conquistar um trono tão alto? Apolodoro ouvira muito em Roma sobre a bebedice de Antônio e a grosseira desordem da sua vida. E acasalar-se tal homem com aquela delicadeza feita mulher? Cleópatra necessitava do apoio de um homem — e que outro nas condições de poder ascendente, senão Antônio?

A rainha, entretanto, decidiu-se prontamente.

— Já te disse, Apolodoro, que se meu irmão e Poteinos me houvessem expulsado do Egito eu viria dançar num teatro de Roma. E dançaria maravilhosamente, visto que sou atriz nata. Posso representar todos os papéis com todos os homens — e todas as mulheres. Com César bem vês como sou clara, lesta e fria. Com Antônio seria grosseira, luxuriosa, sensual. Mas deixemos o assunto, já que César ainda vive. Aguardemos os decretos do Fado. Charmion!

A serva querida correu a atendê-la.

— Oh, como minha rainha foi grande! Como brincou com a romana! Parecia, a pobre, um peixe preso ao anzol. Quem pode com a minha rainha?

— Charmion, quero que amanhã enchas de rosas a sala dos banquetes. Quero um jantar que cause inveja aos deuses. Cuida dos vinhos — e vê os da Síria, que vieram do Egito. Vê minhas taças de ouro e esmeraldas. E manda convidar

Antônio para cear comigo. Também convidarás Cícero, que mora no monte Palatino — e insistirás para que venha.

— E presentes — presentes! — interrompeu Apolodoro.

— Grandes presentes — os mais adequados para os homens — e joias para as esposas, Fúlvia e Publília. Para Cícero, a minha esfinge de marfim com olhos de berilo verde, verde como os da deusa — gata de Bubástis. E prepara-me um dos meus vestidos de ouro, o mais luxuriante. Quero que me transformes numa deusa radiosa — qualquer coisa como Diana quando beijou Endimião. Nada de Ísis. Diana, só Diana...

Charmion propôs outra coisa. Que aparecesse de branco e prata, com o crescente lunar semioculto entre os cabelos, as mãos sem joias... Não falou isso, entretanto, Cleópatra o leu em seus olhos.

— Não, não, Charmion, disse-lhe batendo-lhe no ombro. Antônio não compreenderia. Riquezas, esmeraldas, fulgores, sorrisos. E, sobretudo, mocidade, mocidade...

Cleópatra suspirou.

— Esta Roma... — esta Roma é tão grande, tão inflexível, tão máscula que até força uma rainha a fazer-se de cortesã para conquistar seus favores. Odeio aos romanos... Mas como resistir-lhes?

Cleópatra apoiou o queixo nas mãos e caiu em melancólica cisma.

CAPÍTULO XIII
CÍCERO E ANTÔNIO

O sábio Cícero jamais teria escolhido o báquico Antônio como conviva, dado o ódio que tinha aos seus excessos. Como recusar o lisonjeiro convite da mais graciosa Rainha do Mundo? E chasqueou entre seus amigos:

— Vou encontrar-me com Antônio, o carniceiro, o lutador de circo, no banquete da rainha! Cleópatra desconhece a sociedade romana, já que me convida a mim e a Antônio para a mesma festa. Ela é, entretanto, encantadora e não desejo ofender a César neste momento.

E foi — ansioso por conhecer pessoalmente os mistérios da vila de Cleópatra.

A festa correu toda encantos. César não se apresentou, mas a rainha, sempre rentada por Apolodoro, mostrou-se gloriosa como a Via Láctea. Sob as vestes transparentes trazia o famoso cinto de esmeraldas, e ao pescoço e no seio outras cadeias de esmeraldas ainda mais preciosas. Esmeraldas também nos cabelos e nas mãos delicadíssimas. No coxim em que se reclinava, a seda era cosida com broches de esmeralda. Eram de igual primor os coxins destinados a Cícero e Antônio. Tudo aquilo produziu forte impressão nos convivas, embora a presença de Antônio incomodasse Cícero. O pesado general comportou-se como pôde, conquanto desajeitado no adaptar-se aquela sociedade nova para ele; o gesto da rainha, convidando-o, o surpreendeu, e amiúde se pilhava a pensar sobre os motivos secretos de tais honras. Os vinhos e manjares eram preciosos — e inteiramente do seu gosto, mas a conversação alçava-se a alturas que o punham tonto.

Foi isso para o grande orador o melhor da festa — a posição de inferioridade em que ficara o general.

A rainha do Egito falou, sobretudo, das maravilhas arquitetônicas do seu reino e dos gloriosos papiros do Museu, nos quais se continha toda a sabedoria do passado, com a história do Egito durante séculos e o pensamento filosófico dos sábios de Alexandria.

— Não haverá lá ninguém, disse ela com entusiasmo, que não agradeça cordialmente ao ilustre Cícero, se acaso condescender em visitar-nos e honrar-nos com a luz do seu pensamento.

Cícero curvou-se sorridente e Antônio embezerrou. Tanto barulho por causa dum orador velho! — pensava ele. Era então aquela a criatura que César escolhera para amante? Muito bem. Ele, Antônio, não a aturaria uma semana. Formosa, não havia dúvida, e extremamente patrícia. Além disso, que esmeraldas! Dariam para saldar todas as suas dívidas, ainda sobrando bastante para as despesas da campanha em favor de César. A voz era linda, sim, mas não mulher para ele. Isso não.

Cleópatra ia detalhando para Cícero um plano de conferências eruditas no Museu, para elevação da cultura alexandrina. Oradores e escritores dos mais eminentes viriam de toda parte, custeados por um generoso fundo instituído pelo seu avô.

— Meus alexandrienses têm o espírito lesto, de modo que é um prazer lecioná-los — ao que me dizem. E eu também teria imenso prazer em acompanhar esses cursos, embora os cuidados do governo me absorvam em excesso. Comeis tão pouco! Será que estes manjares vos desagradam?

— Meu estômago não é forte e devo estar vigilante. Sou sujeito a ataques de náuseas.

Cleópatra inclinou-se com graça e colocou-lhe defronte a sua própria taça ainda intocada. Era de ouro batido com a gravura dum faraó lançando dardos de dentro dum carro de guerra.

— Este vinho sírio é cordial e recomendado pelos maiores doutores egípcios. Curou meu pai, o rei, duma dispepsia que muito o torturava. Se o seu perfume vos agrada, nobre Cícero, vossos escravos poderão levar uma partida. Só peço uma coisa em troca — uma vossa visita a Alexandria.

— Grande rainha, a promessa está feita — respondeu o feliz orador depois de degustado o vinho. — E agradeço-vos a solicitude. É um vinho reconfortante e nada ácido. Parece feito de sol.

Cícero regalava-se de ver Antônio em seu coxim, comendo e bebendo animalescamente sem receber nenhuma atenção especial. Não que a rainha o fizesse deliberadamente, mas já que conversavam de museus e cultura, Antônio estava naturalmente arredado.

— Ela e o seu orador! — refletia ele lá por dentro. — Eu só queria que a rainha soubesse que aqui está um homem capaz de agitar violentamente o povo com a sua oratória, ao passo que Cícero só o faz bocejar. Quando falo, as legiões marcham. Quando ele fala os patrícios de fígado doente aplaudem, voltam para casa e o esquecem. E uma rapariga desta idade a palavrear sobre pirâmides e múmias de reis! Há de virar múmia também, essa pálida pedante que só bebe vinho com água. Deem-me raparigas fortes, de faces coradas e amigas do vinho puro! Isso sim. Ó azarado César! Não me admirarei que acabe idiota — com uma filosofazinha dessa sempre a lhe atordoar os ouvidos...

Cícero ao erguer-se para partir levantou no ar a taça da rainha. Cleópatra lhe disse então, com palavras doces como o mel de Himeto, que lábios de ninguém — nem os dela — jamais tocariam aquela taça honrada pelo máximo orador de Roma, e, portanto, lhe pedia que a levasse como lembrança. Cícero recusou, mas teve de ceder diante do olhar súplice de rainha. Prometeu-lhe ainda Cleópatra, ir ao Senado ouvi-lo numa das suas próximas orações, e mandou que Charmion trouxesse uns brincos de rubis de certa caixa de joias.

— Isto é para a nobre Publília, com os votos da rainha do Egito para que ela os use como os usava a Rainha Taurset. E para o nobre Cícero, a única coisa na Terra de maior sabedoria que ele! E dum escrínio tirou a esfinge de marfim com olhos de berilo. Era um presente sabiamente escolhido, que muito o sensibilizou.

— Uma festa que jamais será esquecida, grande rainha cuja inteligência e generosidade suplantam uma beleza que é a maravilha do mundo — foi como retribuiu tamanhas provas de admiração — e Cleópatra ficou certa de haver conquistado para sua causa aquela prodigiosa língua de ouro.

Depois da saída de Cícero, ela voltou-se para Antônio espreguiçando-se como para desentorpecer; os músculos perros. E suspirou.

— Um grande homem realmente! Pena ser eu tão jovem — mas as rainhas devem ter a idade de cada um dos seus convivas. Nobre Antônio, permiti que os escravos encham vossa taça e que eu me sinta da mesma idade que vós. E que também encham a minha. Tenho a garganta seca de tanta erudição. Experimentai estas tâmaras e estes abricós do Egito. O perfume é especial. Tudo é especial no Egito. Em Alexandria, por exemplo, temos dançarinas como não as conhece Roma. Dançarinas núbias, de cabelos e olhos negríssimos e pele de veludo. Dançam as danças lascivas de povos extintos — coisa linda de se ver. Creio que isto não interessa os grandes generais...

— Como não? — exclamou Antônio com entusiasmo, já esquecido de que Cleópatra só tomava vinho com água. Esqueceu também tudo mais que mentalmente articulara contra ela, ao sentir-se só com uma linda rapariga que falava em coisas do seu agrado. Sim, ele já ouvira falar dessas danças da África.

— Ouvi dizer a muitos que as dançarinas do Egito são capazes de incendiar o sangue aos próprios estoicos, mas jamais supus que tais dança se celebrassem nos palácios das rainhas.

— E não se celebram — respondeu Cleópatra com um sorriso velhaco. — Vou contar-vos o segredo dos segredos... depois de jurardes que nada revelareis a ninguém.

Antônio jurou gostosamente.

— Vá lá o segredo. A rainha do Egito não permanece toda a vida dentro do palácio, qual múmia no sarcófago! Não! Em certas noites sei que a rainha se esconde num quarto, onde existe toda a sorte de disfarces, todas as máscaras das que só deixam visíveis os olhos... E não são todos iguais, os olhos de todas as mulheres, nobre Antônio?

O romano protestou com energia, dizendo que olhos nenhum se igualavam aos da cor de âmbar da rainha do Egito. Ao ouvir isso, Apolodoro veio postar-se atrás do coxim de sua ama.

— Os meus? Oh, o Egito inteiro os conhece quando tenho a coroa na cabeça, mas sem ela ninguém os distingue de mil outros. Um dia hei de mostrar-vos isso. A minha camareira Charmion me arranja o disfarce — e também se disfarça a si própria, e ambas corremos pelas ruas de Alexandria como crianças soltas. As coisas que vemos! Ah, não ouso dizer-vos...

Antônio insistiu para que contasse.

— Não. Há coisas que uma mulher não conta, exceto para... Não conta para um hóspede, por mais nobre que seja. Confesso, porém, que algumas das coisas vistas são maravilhosas! Uma dançarina núbia que chamam Pérola Negra por ser negra como a noite... Conta-lhe como é a dança dela, Apolodoro, a mim não me fica bem...

— Terrivelmente provocante, é o mais que pode ser dito na presença da rainha — respondeu Apolodoro com uma gravidade que encobria mil coisas.

— E, no entanto, a rainha a viu! — exclamou Antônio. — Ah, ah! Eu gosto dessas que veem as coisas e não o dizem. E que terá ela ouvido, meu bom homem?

Cleópatra respondeu ela mesma:

Admiráveis contos de amor, que nos deixam o sangue aos pulos. Oh, as aventuras, a paixão, a beleza! Os contadores de história sentam-se às esquinas, ou em camarás onde o povo se acotovela para ouvi-los. Que tendes em Roma que valha isto? Os romanos são muito severos e pesados — com exceções! Positivamente não há cidade como Alexandria. A vida voa sobre asas de borboletas e as rosas não têm espinhos. Ide visitar-me e havemos de nos disfarçar e correr as ruas para ouvir os contadores de histórias.

— E a dançarina? — berrou Antônio já extremamente aquecido pelos vinhos.

— Isso já não poderei fazer, não fica bem a uma rainha. Apolodoro vos mostrará a dançarina.

Os olhos de Cleópatra sorriam para ele embora sua boca se conservasse grave. Lendo promessas naqueles olhos, o romano engoliu o vinho e agarrou-lhe as mãos.

— Minha querida...

A egípcia ergueu-se.

— Nobre Antônio, bebi mais do que posso e minha pobre cabeça regira. Não fosse isso e jamais teríeis ouvido a história das fugas da rainha, aliás, contadas a quem jurou segredo. Se verificar que sois de absoluta confiança, poderei ir além... Agora, não! Apolodoro ficará bebendo convosco.

Quando Antônio deixou a vila, flamejava em sua cabeça a imagem de uma nova Cleópatra. A viborazinha! Ele jamais a supusera assim. Que sedutor ficara o seu rostinho! Que mobilidade de expressão! Subitamente revelara-se ainda mais interessante que os melhores dramas gregos que César fazia representar em Roma para vencer o coração do povo. Não uma atriz como Citéres — mas uma criança toda cheia de graça e inocência, cujo rosto refletia todas as emoções da alma. Curiosa, sem dúvida, ansiosa de conhecer coisas proibidas. As moças são sempre as mesmas, ainda quando no trono! Ela nada devia ter aprendido com César, porque a travessura dos seus modos lembrava a encarnação da inocência.

Antônio voltou para casa com uma nova ordem de ideias na cabeça. Por Hércules! Como Cleópatra era hábil! Fez que Cícero, esse velho plebeu nascido numa oficina e que carrega pela vida afora aquele nome ridículo, Cícero, "feijão pinto"... Aqui Antônio se atrapalhou, perdeu o fio da ideia. O tal Cícero, continuou ele, o tal de feijão pinto... e perdeu o fio da ideia novamente. A bebedeira atingia o apogeu.

Quando chegou a casa e Fúlvia colérica ia romper nas recriminações de costume, Antônio enfiou-lhe ao pescoço o colar de pérolas que a rainha lhe mandara de presente.

....

— Está finda a representação, e fui perfeita! — exclamara Cleópatra para seus dois confidentes logo que se viu só. — Preciso agora descansar porque tenho César amanhã.

Os acontecimentos se precipitaram depois daquele festim. Cleópatra e Apolodoro seguravam as pontas dos fios com que César tecia — mas César ignorava que estava sendo guiado. Cada vez mais se ia apegando aquela criatura inteligente que nele implantara a convicção da divindade. A conversa de Cleópatra, fizera-se mística. Só falava dos grandes mistérios, das intenções secretas dos deuses quanto a dilatação do seu poder numa monarquia universal.

Como poderia uma república satisfazer aos deuses, sempre desejosos de verem a Terra governada por vice-deuses? E a ascorosa corrupção da república, o suborno, a vil sabujice pelo dinheiro? Ela conhecia melhor do que ninguém a finalidade dos senadores e as baixas aspirações do povo. Roma queria um chefe severo e avisado. Era esse o tema diário das suas conversas com César, o que, aliás, o descansava da companhia melancólica de Calpúrnia.

Por força dessa hábil doutrinação César tornava-se cada dia mais autocrata. Assumia prerrogativas não só reais como divinas. Tornou-se o *Imperator* perpétuo das forças romanas, e fez esse cargo hereditário. A quem transmitiria o poder? Ao frio Otávio, já cheio de vícios inomináveis? Não. Nisso jamais pensou. Ao menino, sim, ao menino que dormia como pérola no berço de nácar — o pequeno e divino Cesarion. A intoxicação da divindade fortificava em César a ânsia pela coroa de rei.

No recesso do lar Calpúrnia ajudava a causa do esposo graças à sua crescente fé em Ísis, da qual Cleópatra era uma duplicação terrena. E assim, de todos os modos, as esperanças do partido absolutista engrossavam como abóboras.

Houve, entretanto, murmurações medrosas entre alguns senadores, quando a estátua de César foi colocada no Capitólio — o coração de Roma. Tão grande era o poder de César que até a colocação dessa estátua junto às sete representativas dos velhos reis de Roma, passou. E qual o segredo dessa audácia? A visão que a rainha tivera no Egito!

CLEÓPATRA

— É necessário fazeres isso — dissera Cleópatra abraçando-lhe os joelhos. — Quando Luz do Horizonte me proporcionou aquela revelação vi bem claro o teu busto, entre os dos sete reis. E os deuses não podem errar. Coloca entre os reis o teu busto, César. Nada de temores. Vai assumindo a atitude de rei. Ergue teu trono à face do mundo. Eu te vi rei naquela visão e eu sou Ísis, sou Vênus, e o que digo é a verdade!

Tão bela ficava Cleópatra nesses momentos, tão irradiante, que se tornava incoercível a sua influência. Durante o seu ano no Egito, César jamais se atreveria a avançar tanto. Como um brocado rico que a traça vai lentamente destruindo, a magnífica inteligência de César desmoronava com os progressos da doença. Já era difícil tratar com ele e todos na vila viviam ansiosos — ansiedade que mais e mais ia aproximando Cleópatra de Antônio. Às vezes o *Imperator* empacava diante de coisas que todos os seus amigos consideravam vitais — e foi assim quanto ao casamento com Cleópatra, contra o qual Calpúrnia não objetava e pelo qual a rainha se batia diariamente com todas as armas da sedução e da razão. Seu esforço resultava inútil, a despeito de apoiada por Antônio e os amigos mais chegados a César. Seria uma afronta ao povo romano, dizia ele — e ninguém o tirava disso.

A posição de Cleópatra fortalecia-se diariamente. As grandes damas mostravam-se encantadas por frequentarem sua vila, donde sempre saiam carregadas de joias. Os banquetes, os vinhos raros, os encantos pessoais da rainha arrastavam não só as grandes damas como ainda os grandes homens do Senado e os de alta posição fora da política. A vida sempre assim seria a delícia das delícias — se não fora a ansiedade criada pela rabugice de César.

Seu temperamento se tornava ingovernável — e justamente quando um suave controle se fazia necessário ter. Cleópatra não podia esquecer o banquete em que César lançou ao rosto de Cícero uma taça de vinho, isso porque o grande orador dissentira dele a propósito da maneira correta de conduzir uma peroração. E Cícero, que a rainha já havia conquistado e que lhe frequentava a vila qual pardal doméstico, retirou-se furioso, mortalmente ofendido. César ficou pálido de ódio, a deblaterar contra o "velho imbecil, o asno que só curava de atitudes com vistas na posteridade, ele que devia lamber-me os pés".

— Devia, devia, divino César — exclamou Cleópatra, desesperada de ver destruído o seu hábil trabalho. — Oh, César, lança um pouco de óleo nessas águas revoltas! Cícero possui uma pena, uma língua...

— E eu também — gritou César. — Que valor pode ter ele para mim? Não sabes da última novidade? O Senado decretou a ereção dum templo em minha honra — a Júpiter-Július — e no templo de Quirino minha estátua será erguida com esta inscrição: "Ao deus imortal". Um colégio de sacerdotes vai ser criado em minha homenagem — e aquele suíno do Cícero, que sabe de tudo, ousa disputar comigo em matéria de oratória!

Estava César tão furioso, tão humano, tão pouco deus, que por um triz Cleópatra não estragou tudo com uma gargalhada. A ideia de divindade andava já muito puída em seu cérebro, em vista dos deslizes que via os deuses humanos cometerem. Cleópatra não levava mais a sério aquilo, usando a sua própria divindade apenas como enfeite de salão ou arma política. E César, que também pensara assim nos primeiros tempos, estava agora a admitir com a mais apavorante gravidade as ideias já mortas no espírito da rainha.

Seria sinal de demência incipiente?

— César amado, César divino, dizia Cleópatra de joelhos ao seus pés, tu sabes tudo, tu conheces tudo! Eu, entretanto, tive grandes dificuldades para ganhar Cícero. Afinal consegui — e ele hoje enche Roma de louvores a mim. Graças a Cícero é que Roma inteira aguarda o nosso casamento, convencida de que assim se dilatará pelo mundo todo o poderio romano. Estragas tudo — não que o queiras, mas por causa dessa doença...

— Doença? Eu, Júpiter-Július! Mulher, tu estás louca. Nesta casa Cícero jamais entrará. Para que necessitam os deuses de feijão de pinto? Ouve — já tens falado demais nesse casamento e o tempo de sua realização se aproxima. Que mais queres, rainha do Egito?

Esquecida já de Cícero, Cleópatra lançou-se aos pés de César, transfigurada e radiante, com a sua beleza alçada ao apogeu.

— Sim — continuou ele. — Já dei ordens para a ereção dum templo em honra de Vênus Genitrix, a abençoada deusa dos romanos da qual eu descendo. E que estátua julgas que vai ser erguida no altar da deusa do Amor e da Fecundidade? A de Cleópatra — a Vênus-Hator do Egito, a mãe de Cesarion!

Cleópatra tapou o rosto, deslumbrada com a realização integral das visões de Luz do Horizonte.

— E depois o Senado lançará o decreto do nosso enlace — concluiu César.

— Tens-me julgado mal. Inspirado pela minha divina sabedoria, escolhi para isso o momento exato. Calpúrnia aceita minha decisão.

Sim, Calpúrnia nenhuma dificuldade faria. Ébria do sonho divino, frequentava diariamente o templo de Ísis e via em tudo a manifestação da vontade da deusa.

Quando Cleópatra, louca de alegria pelo triunfo, correu a dar a boa nova a Apolodoro, o siciliano a recebeu com enlevo — mas ainda apreensivo.

— Maravilhoso Majestade! Cuidado! Lembrai-vos de que há Cícero e, principalmente, que há Brutus...

Cleópatra encarou-o com espanto.

CAPÍTULO XIV
AS LUPERCAIS

Havia Marco Brutus. Para Cleópatra, a boiar nas alturas, a existência dum moço cujo austero republicanismo o impopularizara no Senado parecia de nenhuma importância. Conhecia-o de nome porque, em consequência das investigações de Apolodoro, conhecia de nome todos os homens importantes de Roma, mas que Brutus pudesse fazer sombra ao seu sol, isso lhe parecia absurdo — e tão impossível como o desabamento da grande pirâmide de Chefrens.

Seis meses mais tarde Apolodoro aproximou-se da rainha, fez sair Charmion e repetiu sua frase pressaga.

— Existe Brutus, e nuvens de tempestade se juntam no céu...

— Brutus! Por que Brutus? — inquiriu Cleópatra. — Convidá-lo-emos para uma festa e o encheremos de presentes. Sua esposa é Pórcia, a filha de Catão. Pórcia já esteve aqui com Calpúrnia, e dei-lhe brincos e braceletes de âmbar e ouro. Deve estar conquistada.

— Marco Brutus tem sido convidado, mas nunca veio, e isso me fez inquirir a respeito, por intermédio do sacerdote de Ísis, confidente de Calpúrnia.

A rainha riu-se alegremente.

— Tu não me intimidas, Apolodoro, agora que me sinto perto do triunfo! O templo já foi erigido em minha honra e tu sabes que Roma inteira compareceu às festividades e adorou minha estátua. Não existe hoje divindade mais popular que Vênus, logo depois venho eu.

— E não podia deixar de ser assim — respondeu o siciliano com suave ironia —, já que César banqueteia vinte e dois mil romanos à sua custa. A mim me parece que com tais prodigalidades o império será destruído, não construído. Mas... obediência cândida é devida aos deuses e curvo-me ante as ideias de Vossa Majestade...

Cleópatra agradeceu-lhe com os olhos sorridentes, depois disse:

— Fala, Apolodoro! Fala-me a verdade, como sempre. Fala-me de Brutus.

— Antes disso... Já observou Vossa Majestade que as principais damas romanas fogem daqui?

Cleópatra refletiu.

— Sim... Que ingratas! Dei-lhes presentes com ambas as mãos.. E por quê? Que há?

— Isso vale como signo de tempestade próxima. As damas em si nada significam — mas refletem, são sintomas. Sei de muito murmúrio em segredo nas grandes famílias (tenho espiões nas principais). Dizem que a vossa condescendência é disfarce duma alta arrogância, e que se César assumir o poder absoluto Vossa Majestade as tratará como escravas. Dizem que Vossa Majestade subjugou César e Calpúrnia por meio das artes mágicas do Egito — que Vossa Majestade é uma feiticeira, uma bruxa. Aqueles homens, Brutus e seus amigos, são republicanos extremados, que consideram César o inimigo público. A vida de César corre perigo.

Os olhos claros da rainha sorriram. Ela já não dava nenhum pensamento a César.

— Sempre fui uma feiticeira. Lembra-te que nasci predestinada a usar o cinto de Vênus. Mas essas pesadas romanas, de que é que rosnam? Não tenho feito mal aos seus amantes...

— Rainha, elas dizem que vos comportais como um filtro amoroso em face de cada homem que frequenta a vila.

— O filtro é o vinho da Síria! — chasqueou Cleópatra, divertida com as revelações. Mas Apolodoro manteve-se grave.

— E há também muito dó da princesa Arsinoe. Os romanos dizem que Arsinoe deve ser libertada e tratada como princesa que é. Nada compreendendo, eles vos acusam de crueldade. E há também Cícero, que nunca mais apareceu depois daquele insulto de César.

Os olhos da rainha sombrearam-se.

— Sei. Fiz o que pude. Escrevemos-lhe aquela carta que sabes, e que deve ter confortado o coração do Minotauro, também lhe enviei novos presentes. Que mais quer o bruto?

— Vi uma carta de Cícero a Ático na qual existe este pedaço: "Detesto a rainha, e o factótum[4] Apolodoro sabe que tenho razões para isso. Comigo só falou de coisas eruditas, adequadas ao meu caráter e que eu pudesse transmitir para diante. Mas acho-a indigna de confiança, falsa como a areia das dunas e de absoluta insolência".

— Sagrada Serápis! — exclamou Cleópatra assombradíssima e calou-se por uns instantes, tonta.

Depois:

— Esse miserável velho esteve amorosamente caído por mim. Um passo meu e ter-se-ia esquecido de Publília em meus braços. Estou farta de velhos

---

4   Originalmente, a palavra vem do latim fac totum, que significa "faz tudo". Em um contexto profissional ou pessoal, um factótum é alguém extremamente versátil e competente em múltiplas áreas, capaz de gerenciar uma variedade de responsabilidades simultaneamente. (N. do R.)

para todo o sempre. O vilão! O menos que devia fazer era devolver os presentes que tão graciosamente lhe dei.

Apolodoro esperou que a crise de fúria passasse.

— Voltando a Brutus... fiz, minha rainha, diligentes investigações. Brutus é filho de César, com Servília. Ele o sabe e detesta o pai do fundo da alma. Pense agora o que tal coisa pode significar para Cesarion. Tudo o que vai caber a Cesarion seria de Brutus, se César houvesse desposado sua mãe.

Cleópatra arregalou os olhos. Estava ali realmente algo sério. Brutus não era nenhum tolo. Escrevia e discursava muito bem e posava como o mais austero dos republicanos. Representava uma cúspide das virtudes romanas.

— Os homens põem-me doente! — murmurou ela. — Que tem Brutus a ganhar colocando-se contra César? Não saberá por acaso que se César se tornar Rei do Mundo isso só o poderá beneficiar?

— Sabe, mas sabe também que existe Cesarion — advertiu o siciliano. — Dois sóis não podem brilhar no mesmo céu — e Brutus pretende iluminar Roma. Ele denuncia César como viciado pelo luxo do oriente, incapaz de governar e ébrio pelas magias do Egito. E é ouvido...

— Não creio. Brutus não tem poder nenhum.

— Cícero está atrás de Brutus — observou Apolodoro —, e eu antes queria ter esse moço do nosso lado a ter Antônio, apesar de toda a popularidade desse. Pressinto uma grande conspiração em marcha, cujos fios não consigo apreender. Vou agora assistir às lupercais e à oferta da coroa a César, que será feita por Antônio no Fórum. Se nada acontecer nessa ocasião, terei menos medo de Brutus.

— Leva-me contigo! Irei disfarçada, como fazia no Egito. Eu não gosto dessa festividade, Apolodoro. As lupercais são orgíacas e obscenas, e acho Antônio a criatura menos adequada para oferecer a coroa a César. Antônio não passa dum bufão, um formoso bufão. César é muito grande, muito digno para tomar a coroa das mãos de Antônio. E o Senado virá humildemente implorar-lhe que a aceite...

O rosto do siciliano sombreou-se.

— Se o cérebro de César estivesse límpido como no Egito, certamente que repeliria essa farsa. Vai ele sentar-se no Fórum em meio duma multidão de plebeus sujos e representar a comédia de receber a coroa das mãos do seu lugar-tenente. Loucura! Loucura! César está brincando com os conspiradores. Não. Vossa Majestade não saia da vila, pois poderá arrepender-se.

Cleópatra não o atendeu.

Quando tomou lugar no Fórum acompanhada do siciliano, ninguém a reconheceu. Apolodoro disfarçou-se com uma cabeleira grisalha que lhe dava aspecto de filósofo oriental, e Cleópatra entrajou-se de modo a confundir-se com qualquer mulher do povo. E desse modo puderam assistir a tudo sem os embaraços da notoriedade.

As lupercais eram a festa da fecundidade que depuravam o mundo animal e vegetal durante a primavera. Em Roma se civilizara e adquirira alguma decência, embora conservando muitas cerimonias em excesso cruas, das quais era impossível interpretar a significação. Nominalmente era uma festa ao deus Lupercus, que por aquele tempo já ninguém adorava, embora primitivamente fosse festejado com furor pelos povos pastores. Uma grosseira antecipação de Pã. Sua festa, entretanto, conservava-se popularíssima, porque permitia grande soltura ao povo obsceno.

Um bode e um cão eram sacrificados e dois jovens dos mais fortes faziam o couro desses animais em tiras. Armados desses látegos, percorriam a cidade chicoteando as mulheres encontradas e que graças a isso se tornavam fecundas. Depois acorriam todas ao Fórum, onde eram recebidas com pompa pelo grande homem que presidia a festa.

Antônio, que fora eleito cônsul naquele ano, saíra a manejar uma das tiras de couro, com o propósito bufão de oferecer a coroa a César quando o povo estivesse no apogeu da bebedeira e do delírio. O segredo da sua popularidade era sempre ir de encontro aos sórdidos ímpetos da populaça.

"Come com ela, bebe com ela, ri com ela e podes fazer dela o que quiseres. Embrutece-te e chefiarás os brutos." Antônio havia imposto aquele programa a César, que relutou, mas cedeu.

Grosseira alegria boiava no ar de Roma, mas era com os corações afastados dali que a rainha e seu secretário observavam o delírio popular, simulando-se estrangeiros de passagem pela cidade pecadora onde todos os povos se fundiam.

Apolodoro fez várias perguntas ao cidadão romano que tinha ao lado.

— Que tiras de couro são essas com que os dois moços açoitam as mulheres?

— São as februas, bom homem, e daí veio o nome de fevereiro. Possuem uma virtude que jamais falha — se certas coisas são feitas logo depois... E veja como Antônio sabe manejar a februa!

— Os deuses favorecem seus servidores. E aquele homem que está no trono? O divino César? Vejo que os romanos o consideram um deus...

— Sim, mas apesar da sua divindade e magnificência não lhe dou mais de um ano de vida. Está agora Júpiter-Július, a sua face parece a face da morte — veja-lhe os cantos da boca. Um verdadeiro grande homem no fim.

— É verdade que vai casar-se com a rainha do Egito?

CLEÓPATRA

— Quem vai casar sou eu! Ah! Ah! Uma bela rapariga que já mostrou não necessitar da februa... Veio cá com todos os tesouros do seu reino às costas. Ele que tenha duas mulheres, ou cem, já que isso faz conta ao Senado. O Egito nos rende muito. Os astrônomos da rainha refizeram o nosso calendário, de modo que não mais teremos as festas atrapalhadas como antigamente. Eu louvo a César por isso — e à egípcia também.

Cleópatra sorriu com os lábios pintados. Erguendo os olhos para o trono de César e vendo-o hirto como estátua no altar, seu coração confrangeu-se. Estava duma extrema lividez e com evidente esforço conservava os olhos abertos e um sorriso fixo nos lábios.

Um rugido de populaça desenfreada encheu os ares. Vinha a correr uma multidão imensa. César abriu os olhos e preparou-se para representar o seu papel.

Quase nu, com seus avantajados membros lavados de suor, Antônio, de olhos brilhantes e rosto afogueado, corria e berrava na frente. Ao seu lado vinha Flávius, um rapaz de vinte anos, nu como um sátiro e também manejador da februa. Em dado momento Flávius recebeu de alguém uma coroa de louros e a passou a Antônio. Antônio a ergueu no ar e berrou:

A coroa dos reis! A coroa que o *Imperator* romano não se recusará a aceitar. Tomai-a, divino César, e com ela a soberania do povo romano. Coroai-vos, para alegria e glória da vossa fiel Roma.

Depois se voltou para a massa popular, sempre com a coroa no alto.

— Salve o grande *Imperator* romano! Aplaudi, povo de Roma!

Exausta de emoções e medo, Cleópatra vacilou tomada de súbito pânico. Era o momento decisivo. César ia tornar-se rei diante de Roma inteira...

A coroa tremeu nas mãos de Antônio. Onde os aplausos?

Houve aplausos, sim, mas nada do delírio esperado — longe disso! Grupos de homens aplaudiram delirantes, outros se conservaram em silêncio e outros deram manifestações de desagrado.

— Unanimidade de aclamação! — urrou Antônio, abafando com a sua voz trovejante o protesto dos díscolos.

— Tomai-a, grande César, e com ela recebei a homenagem de todos os romanos e todos os bárbaros!

César tinha-se erguido mais pálido ainda. Seus dedos chamavam a coroa como se sua vida estivesse presa a cada uma das folhas de louro. Não ousava. Não ousava tomá-la, diante da frouxidão daqueles aplausos. Impossível! Impossível! As mãos que iam avançando retornaram, caindo sobre os joelhos. César retesou-se. Suas feições altivas redobraram de altivez, deixando entrever a cólera e a vergonha que o remordiam. Sua voz soou nítida. Todos os olhares se voltaram e o silêncio se fez.

— Acaso pedi uma coroa, moço? Pede então César honras em paga de serviços? Sou o *Imperator* de Roma e tenho servido ao povo romano. Isso me basta.

Essas palavras sóbrias romperam todos os diques. Um clamor imenso envolveu o Fórum. Sim, era aquele o grande César, o republicano, o romano! Semidesnorteado, Antônio apresentou novamente a coroa, como interpretando a vontade da multidão ululante. A unanimidade de novo se quebrou. Gritos hostis soaram — gritos odiosos. César, com o coração em fúria, abandonou o trono. Estava perdida a oportunidade.

— Levai a coroa ao Capitólio — gritou ele ao ofertante —, e inscreva-se no calendário que neste dia por duas vezes o povo ofereceu a coroa real a César e ele a recusou. A vontade do povo romano é a vontade de César.

Nova tempestade de aplausos estrugiu. O deus romano, o grande *Imperator* conserva-se fiel a si próprio e ao povo. Que mais havia a dizer?

— Vamos, Flávius — gritou Antônio. — Continuemos a nossa correria. Enchamos de crianças as ruas de Roma.

A multidão deslocou-se como onda, arrastando Cleópatra e Apolodoro do ponto em que se achavam. Viram-se ambos empurrados para frente dos chibateadores — e a februa alcançou num dos seus golpes o ombro da rainha incógnita.

— Vai para casa — gritou-lhe Antônio —, e rejubila-te dos filhos e filhas que esta chibatada de Lupercus te dará! Oh! Oh! Que cara triste! Choras porque o nobre César recusou a coroa? Não tenhas medo, mulher. Não foi hoje, será amanhã. Toca para diante, Flávius!

E os dois lá se foram como mastins desembaraçados da corrente pelas ruas de Roma afora, fecundando as mulheres a golpes de februa.

Apolodoro reconduziu Cleópatra inconsolável, dizendo:

— Isso é obra de Brutus e Cássio, os que conduzem a conspiração contra nossos projetos. E o louco Antônio o que fez foi dar-lhes uma oportunidade ótima. Vamos. Saiamos desta sórdida orgia.

— Repugnante — murmurou Cleópatra com um arrepio. — Doloroso ver a dignidade real tratada com tal bufonaria. Vamos, vamos...

Aquela noite César a passou na vila de Cleópatra — uma noite a ser memorada.

Quase exausto pelos acontecimentos do dia, foi-lhe ainda preciso ver Cleópatra e explicar-lhe a situação criada pelo refugo da coroa. Era-lhe doloroso confessar a derrota e a necessidade de adiar um plano minuciosamente elaborado. Antônio apareceu, depois de mundificar-se das violências da festa. Ele também teria de ouvir as explicações de César — mas os seus olhos estavam em cima de Cleópatra.

Já com todos os sinais do disfarce desfeitos a rainha mostrava-se mais pálida que um lírio, e com os olhos cheios de sombras — mas a coragem persistia, a determinação de atingir a meta suprema, custasse o que custasse. Se o casamento e o império tinham de ser adiados por um mês, ou dois que fossem — ela suportaria a espera. Mas não por mais tempo que isso. Tornava-se claro a Apolodoro que aquela corrida era de morte, e que tudo dependia da vida de César.

César falou.

— Todos sabeis que ao meu coração repugnava a cerimônia de hoje, mas a experiência serviu para demonstrar que o pomo ainda não está maduro.

Silêncio. Cleópatra entreabriu os lábios — mas nada disse. Como poderia contrariar César e Antônio? Eles conheciam Roma. César prosseguiu:

— Por muitos anos venho erguendo pedra por pedra a fortaleza da minha majestade. Com festas públicas, presentes, subornos, guerras e glórias comprei este povo, que sempre esteve à venda e sempre o estará. Liguei meus amigos ao meu destino. Conciliei inimigos. Pareceu-me por fim que o tempo estava maduro para o golpe. Acabamos de verificar que não. Malévolos rumores espalharam-se de que desejo fazer de Alexandria a capital da república, em vez de Roma. Porque os astrônomos egípcios reformaram o nosso calendário, a Itália vai tornar-se egípcia... Tenho que provar o absurdo disso. Tenho de dar a Roma um novo penhor que definitivamente a amarre a mim. Roma é amante exigente, e o preço dos republicanos, muito alto.

Silêncio mortal. Que mais poderia ser dado a Roma? Galias, Ibéria, Britânia, Egito — o que César já lhe dera havia sido presente real.

— Dar-lhe-ei o reino da Pártia, com todas as suas riquezas e esplendores — e feito isso nada mais restará no mundo senão o Oriente, para o qual o reino da Pártia é o caminho.

Antônio adiantou-se.

— O reino da Pártia? Isso é campanha para três anos! Três anos de ausência de Roma!...

— Três anos!

Mortalmente pálida, Cleópatra levantou os olhos para Apolodoro transluzindo mudo desespero. O rosto do siciliano fechou-se indecifrável.

— Três anos, sim — confirmou César. — Com o reino da Pártia e o saque das suas riquezas conquistarei Roma.

— Se estes nossos romanos tivessem um bocado de miolos veriam que o verdadeiro caminho do Oriente é Alexandria e o mar — muito mais que a Pártia — murmurou Antônio.

César sorriu com amargor.

— Verdade, mas Roma não sabe lidar com o oceano. Só resta o caminho da Pártia. Temos de nos sujeitar ao império da necessidade. Sigo para lá. Deixo Antônio em Roma cuidando dos meus interesses e porei amigos em todos os cargos do governo, de modo que zelem por tudo. Quanto a ti...

César voltara-se para Cleópatra e as palavras lhe saíram com dificuldade.

— A rainha voltará sem demora para o Egito e guardará meu filho e meus interesses lá. Por três anos.

Cleópatra ergueu-se vacilante, tomada de agonia como a vítima que vê o potro de tortura diante dos seus olhos. Nem o siciliano poderia calcular o abismo que a decisão de César lhe representava.

— Os deuses são muito grandes para os homens — murmurou ela com a voz alterada. Eu o devia ter previsto. Luz do Horizonte! Luz do Horizonte!

E retirou-se com o rosto oculto nas mãos, a cauda do vestido a arrastar-se.

Silêncio profundo se fez no recinto.

CAPÍTULO XV
PRESSENTIMENTOS DE CALPÚRNIA

Os dias se passaram penosos enquanto a rainha se preparava para o retorno ao Egito. Grandes eram as precauções tomadas para que a viagem não desse ideia de derrota ou sequer de decepção. Tratava-se apenas dum altíssimo plano de César para bem da República Romana. Nem todos se deixaram iludir, e entre esses, Brutus, Casca e Cícero. César conservava a sua confiança no futuro, já havia dado muito a Roma e se ainda lhe desse a Pártia era impossível que encontrasse resistência aos seus desejos.

Ninguém pôde dizer do desespero de Cleópatra, subitamente podada das suas grandes esperanças. A vista do filho exacerbava-lhe a dor. Havia dado tudo a César — beleza, mocidade, reputação, um glorioso reino — e nada recebera em troca. Havia-se requintado em encantos para aquecer a paixão daquele velho e ele a deixava tão facilmente como se se tratasse duma simples cortesã de Alexandria tomada para uma hora de divertimento. Cleópatra era injusta para com o *Imperator* — mas quem poderia ver claro naquela hora de desastres? O orgulho imenso de César proibia-lhe discutir com a amante os seus sentimentos íntimos. Envolvera-se numa reserva fria, e friamente levava por diante os preparativos para a campanha contra Pártia. Evitava o mais possível a presença de Cleópatra. Também lhe foi dado a entender que a sua presença na cidade era contraria aos interesses de César e Cleópatra teve de mudar-se para uma casa de campo.

Lá a foi procurar Calpúrnia, um dia, velada e toda segredos. Tinha uma palavra de importância a lhe dizer. A rainha a recebeu na presença de Apolodoro. Antes, porém, havia dito ao siciliano:

— Não desejo receber essa mulher. Aqui em Roma têm-me como a amante abandonada de César, e Calpúrnia quer pisar-me. Sou ainda a rainha do Egito.

— Recebei-a, amada rainha — intercedeu Apolodoro. — Calpúrnia sabe coisas que ignoramos e nos podem ser de proveito.

Cleópatra cedeu e recebeu-a com a máscara duma fria indiferença.

— Eu não devia ter vindo, Cleópatra — disse ela sem sentar-se —, porque sei do orgulho ofendido e do ódio que vos queima o coração. Há coisas urgentes e terríveis que precisam ser ditas. Peço-vos que me perdoeis.

A cólera da rainha arrefeceu. Calpúrnia estava lívida, com grandes olheiras a lhe sombrearem os olhos cansados. Em poucas semanas emagrecera a ponto de tornar-se uma sombra. Seu aspecto causava piedade.

Cleópatra, não menos pálida, encarou-a altivamente, embora com o coração apertado. Não daria, porém, nenhuma demonstração dos amargores que lhe torturavam o peito.

— Não posso perceber o motivo que vos traz — disse ela —, visto como esta cidade não é o mundo e em nada mais me interessa. Estou de retorno ao meu reino. Roma que siga o seu caminho, seguirei eu o meu.

Calpúrnia pôs as mãos.

— Rainha, quando ouvi dessa campanha da Pártia, meu coração confrangeu-se por vós, por mim, pela República. Olhai para César! Tem ele vida para tanto? Ninguém mais que tu sabe como César está alquebrado. Tenho tido presságios terríveis, sonhos apavorantes. Não abandoneis Roma. Tende paciência e fé na sagrada Ísis.

Suas palavras não comoveram Cleópatra, incapaz de compreender o que tinha a deusa Ísis com César.

— Da minha parte, quanto mais cedo saia de Roma, melhor — respondeu com frieza. — De todos os lados fui mentida e traída. Barateei meu reino, iludi-me com falsas palavras — e agora o *Imperator* César segue seu caminho sem um pensamento para mim e meu filho. Retiro-me como em fuga, com a reputação arruinada. Quanto à campanha da Partia, não acredito em nada do que ele diz. É uma astúcia para ver-se livre de mim — até que o tesouro do Egito se encha de novo.

Calpúrnia estorcia as mãos com desespero.

— Não, não! Sois uma grande rainha. As esperanças de César continuam convosco. O pior, porém, são os presságios. Qualquer coisa terrível está para acontecer — e talvez possais, com o sábio Apolodoro, prevenir os desastres. A noite passada, depois que César tomou sua refeição, mudo qual estatua e sombrio como nunca, um daqueles ataques sobreveio. E ele gritou alto: "Ó Ísis, deusa dos egípcios, tende dó de mim! Assegurai-me a vida e a coroa e vos erigirei templo em Roma e no mundo inteiro! Ouvi-me! Ouvi-me!" Fiquei atônita. Súbito, a imagem de Ísis com o filho Hórus ao seio caiu do pedestal sem que ninguém a tocasse e partiu-se em mil pedaços.

Cleópatra guardou silêncio. Que havia de dizer? Suas desgraças consumiam--na fundo e diante delas nada significavam aqueles sonhos de devota.

Sempre a torcer as mãos, Calpúrnia continuou:

— E durante a noite ouvi um barulho que devia ter acordado Roma inteira. Sentei-me na cama, a derramar suor frio, e ouvi o barulho de novo. Três vezes! E esta manhã César foi assistir ao sacrifício dum bode; e quando os sacerdotes inspecionaram as entranhas do animal descobriram que não tinha coração — não tinha coração e vivera! Isto é um presságio horrível! Também uma nossa escrava acordou alta noite gritando que vira inúmeros homens a se queimarem numa grande fogueira.

Cleópatra não pôde conter um arrepio. Eram terríveis os presságios, não havia dúvida. Mas sobre quem recairiam as desgraças?

Apolodoro interveio.

— Nobre senhora, que supõe que minha real ama deva fazer?

Aquela simples pergunta chamou Calpúrnia à razão.

— Avisado siciliano, suponho que o que há a fazer é isto: a rainha lançará toda a sua influência contra a ideia da campanha da Partia, e irá com César para Alexandria, onde ele ficará até que o mais grave do perigo esteja passado. Lá a deusa Ísis será propiciada e os amigos de César irão juntar-se-lhe — e se a campanha tem de ser feita, que comece de lá, longe da conspiração que referve aqui. Fazei tu, grande Cleópatra, e vosso nome atravessará as idades como o da salvadora de César.

CLEÓPATRA

Naquele momento a glória de César preocupava Cleópatra muito menos que a sua própria salvação.

— Que estranha mulher sois! — disse ela. — Não sentis nem um átomo de ciúme? Tendes razão! Acontece, todavia, que não procuro vosso marido. Procuro força, poder, e nele já não existe nenhum. Nem sabedoria. Ouviu-me acaso nalguma coisa exceto quanto ao modo de conquistar o Egito? Nunca! Estou farta. Em poucos dias estarei longe de Roma e prazam os deuses que nunca mais ponha os olhos nesta cidade!

Mal acabou de pronunciar essas palavras a cortina abriu-se e César apresentou-se, abatido, alquebrado, mas ainda com o fogo invencível a arder nos olhos. Dava a impressão de que um deus realmente flamejava dentro do seu corpo em decadência.

— Ouvi o que vós ambas disseram e minha resposta é: sejam quais forem os presságios, seguirei meu caminho. Não para Alexandria, a modorrar no Egito como um velho faraó. Mas para a Partia. Volta para teu lar, mulher, e deixa-me com a minha espada.

Calpúrnia cobriu o rosto e Cleópatra encarou-o duramente como quem sabia que César falhava como todos os outros mortais. As palavras do imperador já não a impressionavam. Apolodoro adiantou-se.

— Grande César, ouvi minhas últimas palavras. A rainha do Egito pôs em vossas mãos o que possuía de mais precioso — seu filho e seu reino com todas as suas riquezas e glórias. E que recebeu em retorno? Uma perigosa estada aqui, o chasco dos romanos, a dispersão dos seus tesouros e nada de vossa parte — vós que éreis tão poderoso. Volta agora para o Egito mais pobre de sonhos e mais rica de experiência. Não há no reino dos Faraós lugar para o nobre César. Fostes experimentado e falhastes. Aceitai agora meu conselho: cuidado com Marco Brutus! O perigo anunciado por todos esses presságios aponta esse homem. Cuidado! Cuidado!

Um raio de ódio lampejou no rosto de César, mas ele dominou-se e riu-se:

— Brutus? Indicai outro homem, Apolodoro! Brutus tem suas ambições, que eu sei, mas me ama — e saberá esperar até que eu morra. Quanto à rainha, ela é jovem e impetuosa. Se tiver a paciência de esperar até que a campanha de Partia se conclua e eu encha Roma de ouro, verá todas as minhas promessas cumpridas. Ela que siga seu caminho, que seguirei o meu. Por amor daquela criança muito lamento que tenha de ser assim.

— E eu o lamento por mil e uma razões — respondeu Cleópatra. — Acreditei em César e fui iludida. Queiram os deuses possam ser reparados os meus erros e os vossos! Ide, Calpúrnia — não guardo de vós nenhuma recordação má. Fizestes o que foi possível. Vai, César, e lembra-te quando a hora da morte chegar, que se tivesses agido como um homem de valor, em vez de vacilar como um covarde, estaríamos no trono como reis do mundo. Ide, romanos. Nada mais tenho convosco.

E Cleópatra concluiu com um gesto de rejeição que lembrava o das pitonisas nos transes proféticos. César quis responder, Calpúrnia, porém, agarrou-o pelo braço e o arrastou para a porta, enquanto o siciliano, atrás da sua rainha, o fulminava com um olhar de supremo desprezo. Qualquer coisa parecia afogar a garganta de César. Aquele afastamento de Cleópatra equivalia a arrancar de si o mais belo dos seus sonhos — e a crença na divindade própria. César retirou-se lentamente, de ombros caídos.

Aquele dia Calpúrnia passou-o de joelhos diante da imagem de Ísis, sem, entretanto, obter nenhuma resposta às suas suplicas. Ao voltar para casa uma serva veio dizer-lhe:

— Nobre senhora, o senhor ceia em casa de Marco Lepidus — que acaba de vir buscá-lo. E ouvi o que esse homem disse ao senhor: "Dolabela esteve disputando comigo hoje sobre a melhor das mortes. Qual a vossa opinião?". E César respondeu sorrindo: "A que não é esperada". Nobre senhora, isso é um terrível presságio. Homens avisados não falam da morte. Além disso, Zózimo, o escravo grego, deixou cair aquela taça que o senhor trouxe do Egito, e que tem a imagem dele gravada — e a taça se fez em mil pedaços. Os deuses tenham piedade de nós!

O mesmo Calpúrnia murmurou em seu coração. Sentia-se abatida e fraca, estava ainda em jejum e seus passos eram vacilantes. Afastou a serva, nada mais querendo ouvir.

— Só os deuses sabem o que nos convém — disse ela, e recolheu-se.

Quando César voltou aquela noite, Calunia dormia, exausta — e não foi despertada. Viera aquecido pelos vinhos e excitado pelos debates sobre os grandes acontecimentos dos últimos dias. Sem sono, ficou de olhos fixos no tumulto do seu glorioso passado. A vila estava imersa em profundo silêncio, calma como um túmulo. Fora, na rua, o mesmo silêncio sepulcral.

Súbito, um rumor violento fez-se ouvir, como de terremoto — e todas as portas e janelas do quarto se abriram, deixando ver no céu o disco argênteo da Lua. César sacudiu Calpúrnia, mas não pôde despertá-la. Calpúrnia contorcia-se nas garras dalgum sonho horrível, soluçava, crispava as mãos.

César ergueu-se banhado de luar e invocou os deuses, com os braços erguidos para o céu:

— Pelo que fiz de mal, perdão! Pelo que me resta a fazer, coragem! E deitando-se, adormeceu.

Ao amanhecer, Calpúrnia, muito pálida, revelou-lhe o sonho.

— Eu te apertava, morto, nos braços. Do teu corpo corriam inúmeras fontes de sangue. Pelo amor dos deuses, por tudo que há de caro na vida, não saias hoje de casa, César!

César esboçou um sorriso.

— O Senado reúne-se e em casa de Lepidus debati ontem a matéria a ser discutida, da máxima importância para a guerra da Partia. Não posso deixar de comparecer. Queres que passe por covarde?

Calpúrnia insistiu.

— No templo de Ísis, na tarde de ontem, o mais idoso dos sacerdotes chamou-me de lado e disse: "Mulher de César, avisai vosso esposo para atentar nos Idos de Março. Esse dia é de mau agouro". Pois bem, César, entramos hoje nos Idos de Março. Atende-me! Não vás!

A angústia da esposa de César fazia-se cada vez mais profunda. Seu aspecto era terrível de ver-se. Um fantasma nas ânsias do desespero.

— Bem. Farei um sacrifício aos deuses e se o que disserem as entranhas for desfavorável, ficarei em casa — mas hoje apenas.

Calpúrnia correu a dar ordens para o sacrifício — e terríveis foram as indicações das entranhas da vítima. Ou César aceitava aquelas indicações do destino, ou precipitava-se para a destruição.

Vencido pela evidência, César já havia concordado em não sair naquele dia quando um amigo íntimo, Albino, entrou muito excitado.

— Vinde, César! O Senado já se reuniu e prepara grandes honras para o *Imperator*. Enquanto supusestes que tudo ia mal para os vossos projetos, em vista daquela loucura de Antônio nas lupercais, vossos amigos trabalhavam e tudo vai sair a contento, os deuses vos ajudam, César. O Senado irá fazer-vos rei de todas as províncias de Roma, e podereis usar a coroa. Restará apenas conquistar a Itália, ainda nas mãos dos plebeus. Vinde, poderoso César! Vinde!

Calpúrnia interpôs-se.

— César, atende ao meu sonho! Eu vi as mãos deste homem empapadas de sangue! Ele te arrasta à ruína! César! César!

Foram as últimas palavras de Calpúrnia, que, extinta de energias, desfaleceu, sendo levada dali pelas servas.

— Um sonho? — murmurou Albino num sorriso de desdém. — Coisas de mulher. César não pode vacilar entre um sonho de mulher e a coroa. Decidi-vos.

E depois dum momento de pausa, olhando em torno:

— Uma casa bem rica, mas de nenhum modo digna de César, o Rei do Mundo. Bem. Irei dizer ao Senado que espere até que os sonhos de Calpúrnia sejam menos apavorantes. Ela que se deite de estômago vazio. O insulto feito ao Senado e aos nossos amigos não deixa de ser grande.

César ainda hesitava. Os presságios das entranhas da vítima pesavam mais sua consideração do que os sonhos da esposa.

— Retiro-me — disse Albino. — Um homem que não sabe aproveitar-se das oportunidades não pode ser rei dos romanos. Adeus, César, e votos para que vossa esposa melhore dos pesadelos.

Albino dirigiu-se para a porta de saída. César, então, sem uma palavra, tomou o manto e o seguiu, qual autômato, ainda não completamente decidido. O traidor nada disse, com receio que uma palavra imprópria fizesse a vítima recuar. Saíram ambos.

A meio caminho encontraram o sacerdote a que Calpúrnia se referira. César o reconheceu.

— Salve, amigo! Estamos nos Idos de Março e nada me sucedeu. Vai dizer isso a Calpúrnia.

O sacerdote murmurou, trêmulo:

— Os Idos de Março ainda não chegaram ao fim! — e afastou-se, aterrorizado.

Na vasta sala em que figurava a estátua de Pompeu, mandada erigir pelo próprio César, desejoso de apagar velhos ódios, a assembleia estava reunida. Quando o imperador surgiu todos se levantaram e o saudaram como se saudassem a um soberano. Em seguida um grave silêncio se fez, de expectação ansiosa.

César correu os olhos pela sala à procura de Antônio. Não estava. Albino o retivera fora do recinto, sabedor do perigo que era para os conspiradores tê-lo com sua adaga ao lado de César.

Um grupo se colocou atrás da cadeira imperial e vários senadores se aproximaram do *Imperator* sob pretexto de apoiar a petição de Tillius Cimber em favor dum irmão exilado. Enquanto isso os demais tomavam assento.

César ergueu-se bruscamente, como se aqueles pedintes o importunassem, e nesse instante Tillius Cimber o agarrou pela toga. Era o sinal. Casca sacou do punhal e o feriu no pescoço. Num movimento ágil de defesa César segurou a lâmina, gritando: "Casca!" — esse grito, mais de fera acuada que de homem, foi abafado pelo de Casca chamando em seu auxílio o irmão.

Adagas mostraram-se de todos os lados e olhos ferozes se cravaram em César. Os conspiradores atacaram e feriram no rosto a fera encurralada que se defendia. César debateu-se desesperadamente, mas em vão, porque os assaltantes eram muitos. Seu corpo já sangrava de numerosas feridas. No meio dos conspiradores Brutus vacilava. Por fim resolveu-se. Avançou de lâmina em punho e cravou-a no peito do *Imperator*.

Aquele golpe pôs fim a tudo. César encostou-se à estátua de Pompeu e deixando cair a arma com que se defendia encarou face a face o assassino.

— Tu também, Brutus!

Foram suas últimas palavras. Depois cobriu o rosto, como faziam os grandes romanos na hora suprema — e morreu.

O tumulto era enorme. No delírio do pavor os assassinos abriam caminho para a fuga, ferindo-se uns aos outros. Todos escaparam.

Quando a notícia foi levada a Calpúrnia, ela caiu por terra pesadamente, e por duas noites e dois dias não pronunciou uma só palavra. Cleópatra recebeu a notícia com estoicismo.

— Os deuses — os deuses terríveis! Quem pode arrostá-los?

Apolodoro nada disse, atento às impressões de sua senhora.

Passados uns instantes a rainha ordenou-lhe:

— Pede a Antônio que venha imediatamentem, e, enquanto isso, deixa-me só em oração aos deuses do Egito. Esta é a hora suprema do triunfo ou da ruína.

CAPÍTULO XVI
A TENTAÇÃO DE MARCO ANTÔNIO

Nem naquele dia, nem no seguinte, Antônio pôde apresentar-se à rainha. Roma rugia como um oceano em tempestade. Os matadores tinham desaparecido, fugindo à cólera do Senado e dos amigos de César. Antônio! Antônio por toda a parte, já com as rédeas que caíram das mãos do *Imperator*, consolidava o seu poder. Apoiado por todos, erguia-se como um Sol nascente — o herdeiro do poder de César! Calpúrnia mandou chamá-lo para providenciar quanto ao testamento. Dizia-se que Otávio, o sobrinho de César, se encaminhava para Roma com a velocidade do vento. Ninguém entretanto conhecia o estado de ânimo do povo, silenciosamente a desfilar no Fórum diante do cadáver em exposição.

Apolodoro também lá esteve, a seguir precipitou os preparativos para a partida de Cleópatra. O siciliano receava pela segurança da rainha, os matadores podiam voltar contra ela os punhais, sob pretexto de que fora Cleópatra quem destruíra o republicanismo de César. Também o Senado podia retê-la como refém da submissão do Egito. Muitos perigos flutuavam no ar, naquela época pressaga dos Idos de Março. Com dificuldade Apolodoro conseguiu avistar-se com Antônio.

— Dize à rainha que sua vida ficará suspensa por fio enquanto eu não dominar Roma. Ela que se feche em casa, esconda-se e embarque os tesouros o mais secretamente possível, porque dum momento para outro o mundo pode desabar em ruínas e destruir-nos a todos. Se eu vencer, hei de procurá-la.

Antônio procurou-a no dia imediato e apresentou-se-lhe mais grave e mais viril do que a rainha o conhecera, embora com um ar de exultação próprio dos gladiadores que vencem no circo. Beijou-lhe a mão e sentou-se, dizendo:

— A rainha está livre em seus movimentos. Dominei Roma.

Cleópatra bateu palmas como uma criança.

— E como?

— Com a eloquência, grande rainha — com a eloquência, embora deixe a glória para outros. Quando chegou a hora dos funerais, fui ao Fórum e diante da multidão lá reunida repeti as disposições do testamento de César, sabendo que nada dele aproveitaria Brutus e mais matadores. Falei. E não falei mal, por Hércules!

— Falou divinamente bem, grande Antônio — disse Apolodoro. — Estive lá. Ouvi. Como o povo se comoveu!

Cleópatra voltava os olhos ansiosos ora para um, ora para outro.

— Nada de modéstia, nobre Antônio. Contai-me tudo.

O homenzarrão estirou-se num coxim regaladamente.

— Foi pena que não me ouvísseis, Cleópatra, porque sei que há em vós a chama do entusiasmo. Também podíeis falar assim, se o quisésseis! Bem. Eu os ergui às nuvens, como grandes romanos — aquela escória. E disse como César os amava — César que via em cada uma dessas criaturas um mal necessário. O meu louvor os encheu de delirante entusiasmo. E quando declarei que em seu testamento César havia deixado a cada cidadão romano trezentos sestércios, e para o povo os seus grandes jardins da vila à margem do Tibre...

— Grandes deuses! — exclamou Cleópatra. — Um tal paraíso para semelhantes suínos! Bem diz Apolodoro que o cérebro de César já estava afetado.

— Eu também o suspeitava — disse Antônio. — O testamento era um golpe de política, fora feito para ser conhecido ainda em vida de César — e serviu-me muito bem aos propósitos. A canalhada delirou de entusiasmo à ideia de regalar-se com as mulheres e os filhos naquele éden. E então recordei a modéstia com que César recusara por três vezes a coroa que eu próprio lhe ofereci nas lupercais. Foi ótimo que César a recusasse, porque me permitiu um maravilhoso efeito de oratória! Depois, então, exibi aos olhos da canalha a toga ensanguentada — e minha eloquência atingiu o apogeu.

— Maravilhosa foi! — exclamou o siciliano com entusiasmo. — Muito lamentei que minha rainha não estivesse presente. O povo soluçava e chorava... Antônio sorriu com modéstia.

— Não estive mal, confesso. Cícero zomba do meu "estilo asiático". Esse estilo me serviu esplendidamente aos fins. Cícero não conseguiria mais. O povo chorou de emoção, e se os matadores de César estivessem em Roma, não escaparia um só. Ah, como eu queria ver aquele asno do Brutus com uma adaga na garganta! O exaltei — ironicamente, já se sabe. Para encurtar o caso: o povo arrebentou o que pôde e fez uma grande pira na qual o cadáver de César foi gloriosamente queimado. Oh, o povo! O povo! Como o desprezo e como tenho de cortejá-lo. Por enquanto, entenda-se...

— O povo não nos incomoda em Alexandria. Isso é o mal das repúblicas, disse a rainha com um muxoxo de ironia. Quanto mais sei das repúblicas, mais as detesto. Continuai. Por que exaltastes Brutus?

Seu coração ainda pungia do desmoronamento de todas as esperanças. Piedade Cleópatra não mostrava nenhuma — o orgulho e a política impediam-na disso — e ademais ela conhecia Antônio. Beleza lacrimosa poderia agradá-lo unicamente se as lágrimas fossem derramadas em sua honra. Para Antônio, a rainha risonha — nunca a chorosa.

— Por quê? — fez Antônio rindo-se. — Há de custar a uma mulher compreender isto! Porque é preciso iludir os inimigos de César até o dia da vingança. O Senado está indeciso e só querendo paz — mas vós sabeis o que valerá essa paz. Ainda uma coisa... — e Antônio hesitou, incerto se falaria ou não.

Depois: No testamento de César, feito recentemente...

Cleópatra compreendeu e antecipou-o:

— Sei. Não menciona o nome do meu filho nem o meu. É isso!

— Exatamente, rainha das rainhas! — exclamou Antônio aliviado. — E sinto as faces em fogo ao dizer-vos que César constituiu seu principal herdeiro aquele animal do Otávio, um bruto todo vícios. Também seus dois outros sobrinhos e Calpúrnia foram largamente contemplados.

Apolodoro remordia-se em silêncio. O dinheiro nada era. A riqueza de Cleópatra dava para comprar meia Roma. Não mencionar nem sequer o nome de Cesarion? Poderia até parecer traição, se o motivo não ressaltasse claro. Com aquela fé na sua própria divindade César havia contado com o triunfo na campanha da Pártia e não queria ficar de mãos amarradas. Deixaria tudo na dependência da conduta da rainha durante os três anos de separação. Isso, entretanto, viera arruinar Cleópatra.

Por maior que fosse a ira que o siciliano sentia no coração, era forçoso não denunciá-la aos olhos de Antônio. Um romano não era mais merecedor de confiança que outro.

— Compreendo — disse Cleópatra —, e conquanto lamente César, como também o lamentais, sei das dificuldades que o embaraçavam. Não o acuso. Já estava muito abatido pela velhice e sem forças para enfrentar os obstáculos. Daí a escolha do caminho mais fácil — essa campanha da Pártia. Solução de soldado. César nunca deixou de ser um soldado...

— Pura verdade, nobre rainha. Não devemos censurar a César. Falai-me agora com franqueza: necessitais de dinheiro? Do que me veio às mãos por intermédio de César poderei dar à sua mulher e ao seu filho tudo quanto ambos necessitarem.

A rainha sorriu graciosamente.

— Dinheiro, nobre Antônio? Eu não despendi com César sequer uma fração dos meus tesouros. Guardei-os para quem os merecer mais — para o homem que irá reinar comigo no mundo. Porque... os sonhos de César — que eram meus —, não morreram com ele no Senado. Vivem cada vez mais vivos, aqui! — e bateu no peito, sorrindo.

Antônio deslumbrou-se. Uma criatura a quem se oferecia dinheiro, ela o recusasse, e declarasse possuir muito mais, infinitamente mais, era coisa de encher de assombro a um dissipador da sua marca. E Antônio a encarou com respeito.

— Tenho também dinheiro para meus amigos — continuou Cleópatra orgulhosamente. — As fontes de ouro do Egito não secaram, não achas, Apolodoro?

— Creio que não — respondeu o siciliano sorrindo como quem sabe. — E agora que um pequeno faraó existe, o homem que ficar como o seu regente e suporte terá da rainha tudo quanto sonhe.

Os olhos de Antônio fulguravam. Sim, não fora paixão de amor o que aquela rainha tivera por César. De nenhum modo ele se achava diante de uma viúva inconsolável. Começava a compreender — não o coração da mulher, mas a posição da rainha.

— Bem, Vossa Majestade vê agora meus embaraços. Se não me concilio com os matadores, eles se atirarão aos braços de Otávio, que esquecerá que é sobrinho de César e sob pretexto de manter a paz os perdoará. E eu serei esmagado! Se me reconcilio com eles poderei arrostar Otávio e proclamar no Senado que é Cesarion o herdeiro legítimo de César. Nada melhor para destruir o nosso inimigo comum. Se realmente a rainha quiser trabalhar de acordo comigo...

CLEÓPATRA

Cleópatra agarrou-lhe as mãos.

— Sim, juntos havemos de trabalhar, ó nobre dos nobres, ó avisadíssimo Antônio! E se forem precisos milhões, sabei que não sou nenhuma mendiga. Que alegria sinto! Mocidade! Mocidade! A velhice de César ia-me enregelando. Como rir e ser eu mesma com aquele túmulo de gelo ao lado? O mundo pertence aos moços...

O assombro de Antônio recrescia. Cleópatra pusera-se a dançar na ponta dos pés com uma graça incomparável. Por fim estacou, numa posição maravilhosa de estátua.

— Deuses! — exclamou Antônio. — Se uma dançarina grega pudesse dançar assim...

— Como o poderia? — observou a rainha rindo-se. — O nobre general esquece que eu sou Vênus, Hator e Ísis, três divindades num só corpo. E justamente agora me sinto como a natureza libertada do inverno e toda a reflorir-se nas irradiações da primavera. E que podereis dizer que eu não entenda? Os deuses fizeram o interior da minha cabeça tão perfeito como o exterior. Julgais que sou cega, nobre Antônio? Se Otávio se apossa de Roma não sereis mais nada, se entretanto sustentardes a Cesarion e a mim, o grande sonho de César ainda poderá fazer-se realidade com outro homem que não ele. E agora bebamos ao nosso triunfo e ofereçamos uma libação ao espírito dos mortos!

Vinhos apareceram em cálices de ouro cravejados de gemas e a libação foi feita derramando-se o vinho no pavimento de mosaico. Depois ambos beberam à riqueza, à glória, ao triunfo, a tudo que era necessário para a realização do grande sonho. Antônio encerrou a libação com um brinde à Beleza.

— Essa saudação não a acompanho porque sou a Beleza — eu só! — exclamou Cleópatra com seriedade.

O general romano começava a convencer-se daquilo.

Quando Antônio partiu, todo borbulhante de projetos, a rainha bateu palmas de triunfo.

— Venci-o. Não ainda como amante, mas isso virá. Antônio será enganado como César o foi. E já a partir de agora só fará o que eu quiser.

— Nada de precipitações — murmurou Apolodoro com a voz da prudência. — Não podemos confiar excessivamente em Antônio. É um homem de mulheres, e enquanto Vossa Majestade não for a única haverá perigo. Vossa Majestade agiu com grande finura, não perdi um gesto e sinto-me orgulhoso de tal ama. Os deuses guiam a sua real filha. Temos agora de arrefecer nossos cérebros para agir calculadamente.

Interrompeu-se por um instante, com os olhos fixos nos de Cleópatra.

— Minha rainha, há nesse homem qualquer coisa que impressiona o vosso coração?

— Nada — respondeu ela com candura. — Antônio não passa dum truculento gladiador. Jamais olharia para ele se não tivesse tudo a ganhar.

— Nesse caso está bem — murmurou Apolodoro com alívio. — Porque Antônio não é homem para ser amado. É gladiador para ser trazido de olho, para ser usado e lançado fora logo que se torne perigoso. Amor...

Seu tom dizia tudo. Cleópatra arregalou os olhos.

— Amor — que é amor, Apolodoro? Já conheceste o amor? Dize-me tudo.

O siciliano respondeu evasivamente.

— Conheci o Amor, longo tempo faz, grande Qlapetrat! Um deus amargo, salgado como o mar, doce como a vida, negro como a morte. Com asas — e seus olhos são estrelas.

— Com asas? O amor é alado para esvoaçar de flor em flor!

— Alado para alçar-se às alturas e transpor os abismos. Asas amplas como o céu. O maior dos Deuses — tornou Apolodoro de olhos baixos.

Cleópatra afastou aquele assunto para assentar o uso que faria de Antônio.

— Nós já começamos errados — disse ela a sério. — Eu ainda estava tonta com o eclipse de César. Antônio tem que ir comigo pelo Mediterrâneo e esquecer Citéris. É o único meio com um homem desses. E agora tratemos de voltar ao Egito — mas não sem primeiro atá-lo à nossa causa! Roma me sufoca com os seus horrores. Para o Egito, Apolodoro!

— Para o Egito, Qlapetrat!

Antes que ela partisse Antônio já se tornara o ditador de Roma. O frio Otávio tinha-lhe repugnância, mas foi obrigado a procurar a sua amizade e apagar os ressentimentos — até que pudesse agir de modo contrário. E sem mencionar o nome de Cleópatra, Antônio declarou no Senado que Cesarion era o filho de César — mas não ousou procurar a rainha, tanto Fúlvia o fiscalizava com os seus olhos de lince. Cleópatra entretanto sorria.

Unido a Otávio, Antônio derrotou os matadores de César na batalha de Filipos — e um depois do outro todos os assassinos foram destruídos. O primeiro a seguir César para o reino das sombras foi Cícero. Em seguida partiu Cássio. Depois Brutus, o traidor que se matou a si próprio para não ser levado à presença de Antônio.

Com o passar do tempo Cleópatra foi sendo esquecida pelo novo Sol, já enliçado em novos amores. Cleópatra e Apolodoro, porém, aguardavam que ele se tornasse não só o maior dos romanos como ainda o maior homem da Ásia Menor, que Antônio passara a governar. Reis vinham bater-lhe à porta e esposas de reis compravam com seus favores a indulgência do autocrata. Tornara-se ele um verdadeiro escravo do luxo — e do luxo oriental. Dia a dia menos romano — dia a dia mais asiático. Cleópatra, entretanto, esperava ainda.

— O tempo está chegando — disse um dia Apolodoro. — Através das informações dos meus espias venho estudando o caráter de Antônio e cada vez mais me convenço de que é a nossa verdadeira arma — isso enquanto não sentirdes por ele amor. Porque se o amor sobrevém, ele vos cegará e o Egito será arrastado à ruina. Antônio tem bom humor, perdoa facilmente e sabe arrepender-se dos erros. Mas é muito fácil, solto demais para que consiga conservar a sua dignidade, além de que se permite coisas que o degradam e o tornam presa dos bajuladores.

— Por isso mesmo o conquistei e o manterei conquistado — murmurou Cleópatra rindo-se. — Se ele fosse um estoico...

— Sim, mas é isso também que constitui o grande perigo — observou Apolodoro gravemente. — Em todo caso não vejo nenhum outro que nos possa servir. Antônio é hoje o primeiro dos romanos, e sua vontade governa a Ásia Menor. Em Roma Otávio tem grande poder, mas com o vosso cérebro de aço poderemos destruí-lo. É ele o único rival de Cesarion. Só receio que o fogo do vosso coração funda o aço do vosso cérebro...

Cleópatra riu-se alto.

— Sonhas, Apolodoro. Se acaso amasse Antônio, estaria eu esperando?

CAPÍTULO XVII
NO ACAMPAMENTO DE TARSUS

Pelo verão daquele ano, no seu quartel-general na cidade de Tarsus, Antônio recordou-se de Cleópatra. As pressões dos grandes acontecimentos haviam-no levado a esquecer aquele começo de amor, e durante esse período a vida de César e Cleópatra entrou a fazer-se lenda em Roma. Cleópatra era a sereia oriental, a mulher que corporificava o Luxo, a Volúpia, a Licença e o Encanto do Oriente. Ninguém a figurava como grega. Sua reputação era má. Grandes oradores e escritores representavam-na como a Circe instalada nas portas da Ásia para corromper com os seus filtros a austera integridade do Ocidente. Era forçoso evitá-la — e essa concepção da rainha do Egito contribuiu para que Antônio temporariamente a esquecesse.

Um dia teve de voltar para ela sua atenção, em virtude dos boatos que corriam. Dizia-se que a rainha estava a dar assistência ao partido de Brutus. Nada mais absurdo, mas não há fumaça sem fogo, pensava Antônio, além de que a rainha devia estar ressentida da sua ligação com Otávio, com prejuízo do pequeno Cesarion. Tudo isto o fez voltar-se para Cleópatra — e mais que tudo isso a necessidade de dinheiro, que era o seu mal crônico.

Antônio decidiu-se a mandar-lhe um emissário.

— Seria interessante vê-la de novo — pensava ele. Cleópatra devia saber que o autocrata da Ásia Menor já não era o mesmo cujo destino perigou com a morte de César. Devia vir ao seu encontro, submissa e sem ilusões a respeito da posição de ambos. Delius foi o embaixador escolhido. Chegando a Alexandria fez-se rumo ao palácio de Loquias, seguido de vários oficiais conduzindo os presentes de praxe entre soberano e soberano.

— Não devemos procurá-la muito cedo — disse Delius a um dos oficiais. — Em Roma diziam que se levantava ao meio-dia, passando a noite ébria com os seus vinhos da Síria e o fumo de certas plantas da Índia que provocam sonhos lascivos. Apolodoro, o siciliano, que é o seu amante e a governa, poderá receber-nos.

— Por mim — disse o oficial —, faço votos para que a rainha se recuse a atravessar o oceano em procura de Antônio; porque se é bela como dizem irá dar-lhe volta à cabeça. Muito melhor trazer para Tarsus a sua esposa Fúlvia e mais algumas mulheres frias, que lhe moderem a desordem.

Chegados ao palácio Apolodoro veio recebê-los e soube que desejavam uma audiência da rainha. Sabiam entretanto que era muito cedo, pois em Roma todos lhe conheciam os hábitos voluptuosos.

Apolodoro sorriu com finura.

— Sei o que se diz em Roma. A rainha tem os hábitos que quer e não os altera para ser agradável a ninguém.

— Deve ser verdade isso — retorquiu Delius impertinentemente.

Apolodoro o encarou firme.

— Minha soberana não é somente rainha do Egito — é ainda deusa. E foi deusa também em Roma, onde o povo a adorou no templo de Júpiter-Július, erguido em sua honra. Provavelmente o nobre Delius teve oportunidade de adorá-la em seu altar.

— Todos os homens adoram Vênus, grande Apolodoro, mas as outras deidades aparecem e desaparecem em Roma de acordo com a moda. Não sei dizer se esse templo ainda é frequentado hoje...

CLEÓPATRA

Depois desse pequeno duelo de ironias o embaixador falou de Antônio, em cuja corte em Tarsos reis vinham prestar-lhe homenagens.

— E minha missão é convidar a rainha Cleópatra a vir também prestar homenagem a Antônio, bem como discutir assuntos relativos à Ásia Menor.

Apolodoro fez olhos de calma surpresa.

— Grandes rainhas não cruzam os mares para visitas de homenagem a generais, ainda que vitoriosos como Antônio. Abatei o vosso orgulho, romano. Essa linguagem não é própria para os divinos ouvidos da minha soberana.

A cólera brilhou nos olhos de Delius. Os soldados romanos haviam adquirido o hábito de tratar todos os povos como escravos.

— Audacioso! — gritou ele com insolência. — Pois saiba então que a princesa Arsinoe, que se refugiou no templo de Diana, em Éfeso, pode ser colocada por Antônio no trono do Egito, como serva mais obediente do que a amasia de César.

Um grupo de homens trabalhava perto, na construção dum passadiço do palácio. O siciliano gritou-lhes uma ordem em egípcio e todos se atiraram contra os romanos, de malhos erguidos. A insolência de Delius murchou incontinenti.

— Eu podia fazer-vos arremessar ao mar — disse Apolodoro com grande severidade —, e seria obra de justiça. Que visitantes sois vós que ousais insultar a dona da casa? Como hospitalidade também impõe deveres, pedi perdão pela ofensa e vos introduzirei perante aquela a cujos olhos sois indignos de aparecer.

Delius tragou a vergonha, e de orgulho abatido. Implorou desculpas. A seguir, de crista caída, foi introduzido no palácio.

Atravessaram um jardim de conto de fadas, onde repuxos caprichosos pulverizavam o ar de nevoa. Para homens da rudeza daqueles pareceu aquilo um verdadeiro ninho de ninfas. Palmas exóticas, acácias gigantescas, flores desconhecidas faziam-nos arregalar os olhos, e aves igualmente desconhecidas enlevavam-nos com os seus regorjeios. Diante dum lago cavado no mármore, sombreado de chorões e fervilhante de peixes dourados, detiveram-se atônitos.

Risos alegres soaram e um grupo de ninfas, como as que seguiam Diana em suas caçadas, apareceu. Tão maravilhosa foi a visão, que os romanos por um momento tremeram como se estivessem sob o feitiço dum encantamento de Circe.

— Que é isso? — murmurou Delius com os olhos absortos no brinquedo das ninfas. — Quem são estas formosíssimas criaturas?

— As damas da rainha — respondeu Apolodoro —, e seguiu para diante através de gramados que pareciam veludos verdes. Logo em seguida Cleópatra apareceu. Qual seria o pensamento de Delius quando se ajoelhou diante da "cortesã do Egito" — um vulto sereno de moça que o olhava com a superioridade das deusas? Seu espanto foi imenso. Nem de leve aquela criatura correspondia à imagem que ele fazia de Cleópatra. E quando Cleópatra falou, a sua rendição foi completa. Música nenhuma se compararia aquela voz famosa no mundo inteiro.

Apolodoro veio tirá-lo do estuporamento.

— Grande rainha, este homem veio mandado com mensagem por Antônio e ao ser recebido permitiu-se pronunciar palavras muito de uso nas espeluncas de Roma. Que ordena Vossa Majestade?

— Que palavras foram essas? — inquiriu a rainha lentamente.

— Disse ele que a divina Ísis-Hator do Egito era a amasia de César.

Silêncio.

Ao que poderia ela condená-lo?

— Que seja amarrado de pés e mãos e lançado aos crocodilos de Mareotis — sentenciou Cleópatra.

Delius empalideceu, ouvindo o aflar das asas da morte sobre sua cabeça. As damas da rainha acompanhavam a cena despreocupadas, com uma curiosidade cruel. Guardas egípcios se aproximaram. Cleópatra os deteve e disse aos companheiros de Delius:

— Voltai para Antônio e dizei-lhe que se manda novamente embaixadores dessa ordem eu irei a Tarsus na minha esquadra, para dizer-lhe com arrogância: já fomos amigos, mas se me quereis como inimiga, assim seja.

Delius tremia, não de medo da morte, mas por haver traído o pensamento do seu general. Caiu de joelhos, com as mãos postas para a deusa.

— Não imploro a vida, senhora. Fazei-me morrer, isso é justo, mas não mandeis essa mensagem ao *Imperator* Antônio, que a não merece. Agi por mim, loucamente, traindo o pensamento do meu general. Não mereço viver.

Nesse momento uma linda criança de quatro anos seguida da ama, surgiu a correr pela relva. Alcançando sua mãe, agarrou-se-lhe aos joelhos. Cleópatra ergueu-o nos braços e apertou-o contra si. Era um quadro lindo de se ver.

— O filho de César! Cesarion! — murmuraram os romanos. — Deuses! Como se parece com o pai...

— Que é que esse homem fez? — perguntou o menino.

Cleópatra apertou-o de novo ao peito.

— Não olhes para ele, meu tesouro. A vista desse homem conspurca tua vista. É um miserável que lançou lama sobre o meu pequeno faraó.

CLEÓPATRA

— Lama? — repetiu o menino, admirado, correndo os olhos sobre suas pequeninas vestes brancas. Mas não me sujou — veja! Ele não deve ser lançado aos crocodilos. Não quero!

Um grande silêncio. Delius, de joelhos, beijou a mão da criança.

— Salve, filho de César, digno rebento dum grande pai! Salve, Rainha, mãe do filho de César! Mereço, e estou pronto para o suplício.

— Meu consorte teria perdoado. Eu perdoo também. Conservai vossa vida e sabei que se César está esquecido em Roma, ainda é deus no Egito — e deuses também sua esposa e seu filho. Ide para o templo de Júpiter-Amen pedir perdão da vossa blasfêmia.

Delius retirou-se de cabeça baixa e lágrimas nos olhos. Cleópatra o tinha conquistado. Logo depois, só com Charmion e Apolodoro, a rainha bateu palmas, alegre.

— Aquele homem mudou de ideia a respeito da feiticeira do Egito. A entrada do pequenino faraó não podia ter sido mais a propósito. Irei ter com Antônio — e com magnificência ainda desconhecida no mundo.

Apolodoro tentou dissuadi-la, mas em vão.

— Tenho que ir. Arsinoe constitua um perigo. Nem eu nem meu filho teremos segurança enquanto essa venenosa criatura viver. É uma sacerdotisa de Diana — e a mais avinagrada virgem que possa existir. Não! Não há de ser nunca rainha do Egito! Hei de pedir a Antônio o sacrifício da víbora. E mais, muito mais! Antônio esqueceu, mas eu não...

— Nem eu! Nem eu! — murmurou Apolodoro ajoelhando-se aos pés da rainha. — Antônio não é César. É um homem arrastado pela torrente dos seus desejos. Um escravo da paixão.

— E portanto meu escravo! — disse Cleópatra. — Antônio é pelo menos um homem. César não passava dum velho egoísta. Antônio fará o meu jogo — não eu o seu. César fez de mim um instrumento para seus fins.

Apolodoro, porém, insistia.

— Já em Roma eu duvidava desse homem, mas agora sei que o poder, a licença, o vinho e as mulheres roeram-lhe de todo as boas fibras. Veja como nos trata. E iremos entregar a esse homem o que nos é mais caro? Porque Vossa Majestade é o Egito — e se se perder, que será do Egito e do pequeno faraó?

Cleópatra ria-se, ria-se...

— Tende piedade de nós! — insistiu o siciliano. — Ser comborça desse homem como o foi de César? Fúlvia vos atravessará a garganta com uma adaga, e todos os romanos rir-se-ão. Basta de romanos, minha rainha.

Por fim Cleópatra ergueu-se, ainda firme nos seus propósitos, mas impressionada com a fidelidade do siciliano.

— Irei, já disse, e com o máximo esplendor. Se encontrar por lá algum homem que valha mais que Antônio, a esse escolherei, porque necessito de um homem para guardar a Cesarion e a mim. Tu estudarás o caso e julgarás Antônio. Eu te ouvirei, prometo. Nunca receies que meu cérebro ceda ao meu coração. Minhas afeições são como as mulheres empregadas por Cícero para arrancar os segredos dos seus rivais. Oh, sou um monstro qual a esfinge — meio mulher, meio animal. Primeiro, hei de encantá-lo com o meu sexo — depois, o aferrarei com o meu cérebro.

— A mulher que uma vez se dá... — começou Apolodoro.

— Se dá? Eu nunca me dei e desde o nascimento de Cesarion que isto está inviolado — disse a rainha abrindo a túnica e mostrando os seios brancos e frios como o mármore. — Minha feminilidade é minha arma e só desejo o desejo do homem, nada mais. Já estive nos braços dum e recebi seu filho, mas sou virgem. Quando os homens compreenderão que dar o corpo é nada — só dar a alma é tudo?

Quando Delius voltou a Tarsus para dar conta a Antônio da sua missão, encontrou-o reclinado num coxim de seda, coroado de rosas e aquecido pelo vinho.

— A rainha vem? — indagou ele erguendo-se a meio.

Vem — respondeu Delius.

— Como está ela agora? Lembro-me de Cleópatra em Roma. Creio que era linda — já não me recordo. Há de valer alguma coisa.

— Vale — murmurou Delius como quem não quer falar.

Houve uma pausa.

— E então? — inquiriu Antônio. — Que mais?

— Mais nada. Vereis tudo com os vossos próprios olhos.

Já as galeras de Cleópatra vinham rompendo as águas, com o Destino sentado à proa da que a conduzia.

CAPÍTULO XVIII
A RECEPÇÃO DE CLEÓPATRA

A velha cidade de Tarsus jazia ao sopé das montanhas do Taurus, junto ao rio Cidnus. Uma bela cidade, rica e cultivada, onde florescia a mais famosa escola de oradores do mundo. Frequentavam-na os espíritos mais aprimorados, vindos de toda parte. Acima dela só Alexandria. Seu porto era ponto de parada dos inumeráveis navios de rumo à capital do Egito, além disso tinha um intenso tráfico próprio. Damasco, que gozava da fama de ser a cidade mais antiga do mundo e era a abastecedora dos mais finos tecidos usados em Roma, tinha em Tarsus o seu porto de exportação.

Para o luxurioso Antônio, Tarsus constituía um deleite supremo. Era ele o mais poderoso dos três homens que dividiam entre si o governo da República Romana. Desse triunvirato tinha algum valor Otávio, Lepidus, nenhum — mas a fama de Antônio se espalhava por todo o Mediterrâneo.

Tudo em sua personalidade atraia a atenção do mundo, inclusive os seus vícios. Sua generosidade espontânea, mesmo com os inimigos, seduzia. Quem senão ele teria a audácia de cobrir com sua túnica o odiado Brutus? Antônio seria terrível se se erguesse dos coxins — mas a garantia da sua leniência estava no vinho e nas mulheres de que se rodeava.

Por um dia excessivamente quente uma frota penetrou no porto — naves egípcias gloriosamente decoradas. Era a rainha. Delius mandou a notícia a Antônio, e imediatamente foi resolvido que ele a esperaria num trono armado na praça pública, onde, rodeado de toda a sua corte, a receberia qual suplicante.

— Os povos da Ásia Menor precisam saber que o Egito está sujeito ao poder romano — disse Antônio — e Delius concordou, certo, porém, lá de si consigo, de que havia outro poder ao qual até os deuses se submetiam — e que esse poder estava encarnado na fada egípcia. O triúnviro, entretanto, andava saciado da beleza da mulher — saciado de todos os prazeres que a vida pode oferecer. Era possível que nem Cleópatra o arrancasse do mortal fastio.

As galeras movidas a remo e pano subiam rio acima e o povo se juntava nos terraços e pelos campos de trigo para gozar a beleza da cena. Magnífico espetáculo ia ser o da rainha do Egito na cerimônia de prestar homenagem ao triúnviro. Entraria de liteira na cidade? Ou num dos carros dos antigos faraós?

No seu trono na praça do mercado, diante duma mesa de ébano com embutidos de nácar acogulada de frutas e vinhos raros, Antônio ouvia do ator grego Charmides contos de amor, matando assim o tempo da espera. Com a sua vaidade de criança ele se preparara para receber a rainha do Egito da mais curiosa maneira — vestido de Baco. Alva túnica, sandálias de ouro e coroa de parras na cabeça. Seus olhos brilhavam e seus lábios sorriam. Antônio antegozava o espanto da "pequena rainha" diante da sua magnificência. E que teria ela feito da liberdade depois da morte de César? Amantes, amantes sem fim, com certeza. Isso estimulava a curiosidade do triúnviro.

O tempo corria e nada de Cleópatra.

— Pelos deuses imortais, por que não aparece essa pequena egípcia? — indagou ele de Delius. — Disseste-me que as galeras já iam entrando no porto. Será que não desembarca hoje?

Alguém informou que ninguém desembarcara — apenas botes com frutas haviam deixado as galeras.

Antônio considerou. Seus olhos correram pela multidão ali reunida à espera do maravilhoso espetáculo.

— Que os deuses a esporeiem! — exclamou resignado. — Julga que o nosso tempo não tem valor. Com certeza está ainda pintando as faces.

— Posso retirar-me, nobre triúnviro? — inquiriu o impertinente Charmides.

— Não estais atento às minhas histórias e o povo todo corre a ver as galeras egípcias. Poderei ir também?

— Some-te com essa carcaça da minha presença! Tu te tornas cada dia mais insípido — bocejou Antônio. — Vou dormir. Abanem-me. Quero que me acordem quando a dama desembarcar.

Os leques iniciaram seus movimentos rítmicos. Antônio reclinou a cabeça no espaldar do trono e logo dormiu — de boca aberta, a coroa de parra caída de banda. Uma hora depois despertou e olhou sonolentamente em redor. Súbito, pôs-se de pé. Sua corte o rodeava, também bocejante e aborrecida. Ninguém mais na praça do mercado.

— Deuses! Que fim levou a rainha? — gritou Antônio em latim de taverna.

— Aparentemente não desembarca hoje — respondeu Delius nervosamente.

— Ninguém deixou as galeras. Esperam talvez que nós façamos as entradas. Que ordenais, grande triúnviro?

Antônio sentou-se, correu os dedos pelos cabelos ondeados e ficou a refletir. Roma tinha direito à máxima obediência, não havia dúvida, mas afinal de contas uma dama é uma dama — e temos que respeitá-la. Quem sabe se a rainha não está cansada da viagem?

Depois de algum refletir despachou Delius com ordem de convidá-la para jantar com ele pela calma da noite — e retirou-se para o quartel-general, bastante desapontado.

Delius voltou dizendo que não havia posto os olhos na rainha, mas que ela preferia que Antônio e alguns grandes de Tarsus, dignos disso, fossem jantar a bordo.

— E agora? — exclamou Antônio. — Ir ou não ir? Pode ser um estratagema para me pilhar de mau jeito. Essa mulher foi aluna de César, e tem bastante inteligência para aprender...

CLEÓPATRA

Delius nada dizendo, Antônio prosseguiu:

— O problema é o seguinte: que faria Otávio se estivesse no meu lugar, apesar de que Otávio é um asno?... Não sei por que motivo penso nele. Esperem... Vou! Por que não? Mandem-lhe dizer que vou.

Quando o Sol se pôs, inúmeros cidadãos de Tarsus foram para a beira d'água apreciar o espetáculo das misteriosas galeras iluminadas e ficaram a ouvir as músicas e cantos que de lá vinham. Hora de encantamentos. Dentre as naves se destacava a galera real, rebrilhante de ouros da popa à proa. As velas de seda púrpura estavam recolhidas, mas os remos de prata se moviam ao ritmo das músicas. Toda a nave rutilava numa constelação de luzes, que se concentravam na popa alta. Ali se erguia um dossel bordado a ouro. Dentro dele, a rainha.

Um puro altar erigido à Beleza, no qual, como gema no escrínio, se reclinava Cleópatra — os seios nus, o cinto de rubis à cintura. O imponderável tecido transparente das suas vestes deixava entrever o corpo de estátua. Na cabeça, a coroa de Vênus e numa das mãos, o cetro — um ramalhete de rosas sem espinhos. Toda a riqueza ambiente fazia-se nada diante da maravilhosa beleza da rainha em quem todos os encantos e graças se reuniam.

Nenhum homem era visível na galera. Só ninfas no leme, nos cordames, com a nudez apenas velada pelas túnicas transparentes. Uns tantos cupidos abanavam a deusa com leques de plumas, e olores de resinas raras impregnavam o ar.

Quando Antônio e sua comitiva partiram de rumo à galera, a multidão no cais prorrompeu em aclamações.

— Salve a deusa Vênus que vem de visita a Antônio, o romano Baco que faz a felicidade da Ásia! Salve!

Seguido de Delius e seus oficiais, Antônio penetrou na galera encantada, e ao dirigir-se para a popa mal conseguia controlar seus sentidos. Assaltado de tantos esplendores, inebriado pelos perfumes e pela música, antes de defrontar a rainha já se sentia completamente conquistado. O feitiço que empolgara o espírito forte de César agia muito mais rápido em Antônio. Seria aquela incomparável beleza algo realmente extra-humano e de fato participante da natureza divina?

No cais a multidão continuava nas suas aclamações a Vênus e Baco. Seria ele homem capaz de resistir à sedução da feiticeira egípcia?

Quando Antônio se achegou de Cleópatra as músicas cessaram como por encanto. A rainha soergueu-se de leve e estendeu-lhe a mão nívea.

— Afinal! — murmurou, sorrindo com infantil prazer.

Mal lhe beijou a mão, já Antônio se deu conta de que estava diante duma nova Cleópatra, inteiramente diversa da que vira em Roma e da que César conhecera. Em Roma a rainha estivera constrangida por mil empeços, mas agora mostrava-se na soltura completa da natural espontaneidade. Era realmente Vênus na sua mais perfeita encarnação. Seus olhos lânguidos, de compridas pestanas, tinham a suavidade do mel, e o palpitar do coração revelava-se no aflar leve dos seios. Antônio sentia-se deslumbrado.

Por que a não procurara conhecer melhor em Roma? Por que a abandonara para ligar-se ao indigno Otávio? Era possível que a rainha lhe perdoasse a traição?

O banquete que se seguiu ficou na memória do romano como um sonho sem par. Cleópatra aceitou-lhe a mão ao ter de dirigir-se para a sala do palácio flutuante onde a festa ia realizar-se. Baixelas deslumbrantes de ouro cravejadas de pedrarias; paredes colgadas dos mais preciosos brocados de Damasco; piso acamado de rosas recobertas de seda, formando o mais impressionante tapete que a imaginação possa conceber...

— Todas estas coisas são vossas — murmurou a rainha, sorrindo para o triúnviro que se lhe sentara ao lado. Terminada a festa recebereis tudo quanto tendes sob as vistas — como lembrança da homenagem prestada à Vênus. E tereis de aceitá-la como prova duma velha amizade hoje apenas renascida.

— Se eu houvesse conhecido a rainha que conheço agora! — murmurou o triúnviro, com olhos fixos na deidade. — Como em Roma conseguiu disfarçar-se daquela maneira, ó, a mais bela das criaturas?

— Porque eu era de César. O que mais vale numa mulher é a fidelidade. Só o pensamento é livre. E como é livre, faz-me recordar que Antônio abandonou minha causa por amor a Otávio...

— Não para vossa perda, Majestade! Fiz alguma coisa que prejudicasse a vossa causa? Otávio...

— Não falemos em Otávio. Esse nome me azeda o coração, disse ela sorrindo. Festejemos nosso encontro — e nada de múmias na festa, como se diz no Egito. Parto de volta amanhã e talvez nunca mais nos vejamos. Sejamos felizes por um momento.

— Amanhã? Não amanhã! — exclamou ansiosamente o triúnviro.

Cleópatra fez que sim e deu início ao banquete. Os manjares eram coisa que Antônio jamais entressonhara. Os vinhos se serviam em taças de ouro cravejadas. A sensação do irreal foi ganhando os sentidos do triúnviro, como se tudo aquilo não passasse dum sonho de ópio. Por que misteriosa sugestão do destino viera a rainha a Tarsus? De que mundo fantástico emergia? Para que outro mundo de maravilhas voltaria? Aquele antigo Egito! Antônio alcançava agora a fascinação de César. Como nos contos de fadas, César descobrira esse mundo de sonho — e de lá viera transformado — não mais homem, sim deus.

CLEÓPATRA

Os demais hóspedes conversavam a meia voz entre si. Conheciam seus lugares. Estavam ali apenas como ornatos daquela entrevista real.

Depois de se levantarem da mesa, Cleópatra e Antônio encontraram-se a sós, à popa, enquanto o resto da comitiva se espalhara a admirar os prodígios da nave feérica. A rainha falou-lhe abertamente.

— Como Antônio foi cruel comigo! Ao ver-me sozinha em Roma, com César morto — voltou-se para ele. Havia dito a mim mesma: "Antônio amava César; é bravo, avisado e nobre, um verdadeiro comandante de homens. Antônio compreenderá que em sua aliança comigo, mãe do filho de César e rainha do Egito, está o seu glorioso futuro". Viestes ver-me. Vistes Cesarion e o apresentastes no Senado como o legítimo herdeiro de César. Derrotastes os seus matadores na batalha de Filipos — e depois... depois que minhas esperanças estavam já refloridas, veio a ligação com o vil Otávio e fui esquecida.

— Quem poderá esquecer-vos, ó maravilha das maravilhas? — sussurrou o triúnviro, agarrando-lhe a mão fina. — Foi Cleópatra quem me esqueceu. Retirou-se para o Egito. Jamais me enviou uma mensagem. Que poderia eu fazer?

Cleópatra suspirou.

— É doloroso ter de falar em tais coisas, mas a vida nos compele. Não percebe Antônio que Otávio o trairá logo que possa e se fará imperador?

— Disso tenho a certeza, mas um homem de coragem aceita todas as chanças da vida. A vida é um jogo. Eu jogo na vitória. Otávio também. Os deuses decidirão.

Eu que também sou deusa, posso decidir e comigo tereis o Egito e todo o seu ouro do vosso lado, observou Cleópatra com um sorriso que era um despejar de diamantes. E foi para dizer-vos isto que vim a Tarsus. Viagem longa para uma rainha...

— A minha mensagem...

Cleópatra sorriu com malícia.

— Julgais acaso, poderoso triúnviro, que vim porque me mandastes aquela mensagem — um tanto imprópria para uma rainha, aliás! Não? Vim por dois motivos. Um já sabeis — o outro...

O vinho já subira à cabeça de Antônio.

— Quero conhecer o outro... o outro... De que me vale ser eu um triúnviro romano se não sou obedecido? Sou homem também e poderia esmagar a vossa resistência em meus braços.

A rainha murmurou-lhe ao ouvido:

— Inclinai essa cabeça do meu lado e atentai. Sabereis do segundo motivo quando houverdes ponderado o primeiro, como César o fez. Ele compreendeu que, com o Egito ao lado, o seu gênio guerreiro poderia dominar o mundo. E vós, que sois um soldado ainda maior que César, nada vedes, nada percebeis, nada compreendeis... Ó o ingênuo Antônio...

— É verdade, é verdade — murmurou ele já com as palavras arrastadas. — Ainda estou em tempo. Irei a Alexandria conhecer a cidade maravilhosa. Tendes razão, rainha. Que vale César diante de mim? César flagelava as legiões e as governava pelo terror. Eu, pelo amor.

Antônio cobriu as mãos de Cleópatra de beijos.

— Permitis que eu vá a Alexandria?

O langor da deusa desapareceu. Cleópatra fizera-se outra. Dir-se-ia uma impetuosa amazona guerreira. Riu-se alto, como costumava rir-se diante do perigo.

— Sim! Vinde a Alexandria para me verdes na grandeza do meu trono. Supondes que foi para vos encantar os olhos que vim como Vênus? Não. No Egito sou realmente Vênus e tenho Fortuna como minha escrava. Não sou mulher. Sou fogo e ar. Sou divina.

Antônio ficou a olhá-la num deslumbramento. Súbito Cleópatra tapou o rosto com as mãos e disse em tom súplice:

— Ide-vos, que do contrário revelarei o segundo motivo. Ide-vos! Cleópatra é rainha — mas nem sempre rainha de si própria.

O triúnviro ergueu-se — um Hércules esplêndido de força e beleza sensual. A cabeça de Cleópatra não lhe chegava ao ombro — mas apesar disso quem dominava era ela.

— Hei de conhecer esse segundo motivo, ou aqui ou em Alexandria — declarou o triúnviro. — Seu braço potente cingiu-a e seus lábios pousaram-se lhe no níveo cetim do ombro.

— Conhecereis o segundo motivo em Alexandria — murmurou Cleópatra, esquivando-se.

CAPÍTULO XIX
AS DELÍCIAS DE ALEXANDRIA

Quando a áurea galera deixou Tarsus, Cleópatra tinha a certeza de trazer consigo o talismã do poder — o coração de Antônio. As últimas palavras do

CLEÓPATRA

triúnviro foram que a seguiria, e que a aliança dos interesses havia de conduzir a uma aliança mais preciosa — a dos corações. E assim aconteceu. Pouco tempo depois uma galera romana levava Antônio à Alexandria. E começou então um perlado de encantamento, como jamais o sensual romano sonhara. A graça alegre da vida de Alexandria, com todos os prazeres presididos pela rainha, nada lembrava a profusão grosseira de Roma. Os romanos tinham de esporear-se com o prazer brutal ao passo que o povo da cidade egípcia era finamente epicurista. Das duas cidades era Alexandria a mais pecadora — mas com infinita superioridade.

A coisa ali sobre-excelente era a Sociedade dos Incomparáveis Vivedores, composta da gente mais patrícia, elegante e aguda, e dirigida pela rainha. Objetivo: resolver o problema do gozo da vida. A fama dessa sociedade já chegara a Roma, onde logo foi imitada. Os elegantes do tempo, os ricos ociosos e ainda um misto de atores e dançarinas constituíram uma sociedade semissecreta sob o nome de Felizes Dissipadores. Reuniam-se ora na casa de um, ora na de outro, para beber, jogar e entregar-se às mais grosseiras orgias.

Quão diferentes os prazeres dos pesados romanos comparados com os presididos pela brilhante Cleópatra! Tudo a favorecia — o clima calmoso, a magnificência da mais luxuriosa cidade do mundo, um povo alegre e intelectual e riquezas sem conta. A grega que subsistia em Cleópatra completava a resto.

Vestidos como camponeses, os Vivedores dispersavam-se pela cidade depois das festas em busca de aventuras, ligados pelo compromisso de se reunirem em dado ponto a fim de confidenciá-las. Havia multas pesadas para os que voltassem sem uma aventura pelo menos. E as histórias davam volta ao mundo despertando universal inveja. A sociedade dos Vivedores era a mais escolhida, para a qualificação só se exigia talento e formosura, pois quanto a riquezas as da rainha eram infinitas.

De mãos dadas, Cleópatra e Antônio corriam a cidade, ela disfarçada de dançarina grega, ele de alentado campônio. Certa noite de luar a rainha assim travestida teve oportunidade de dançar uma das suas maravilhosas danças dentro dum círculo de súditos fascinados.

— Se eles soubessem que não era nenhuma Mirra ou Laís que dançava e sim a rainha! — murmurou Antônio quando voltavam para o palácio.

— Se soubessem? Não havia lá uma mulher, nem um homem que não me conhecesse. É que eles são patrícios, Antônio. Em Alexandria até os mais humildes plebeus possuem alma patrícia. Não podendo aplaudir a rainha, aplaudiam a dançarina.

— Por Hércules! — exclamou o triúnviro. — É na realidade uma urbe prodigiosa, esta Alexandria. Gozar a vida só aqui.

A vida! Só havia vida naquela cidade — só ela conhecia a grande arte de viver. Cleópatra e Antônio corriam a cavalo até à beira do deserto, como meninos soltos. Piqueniques sobre as águas dormentes do mar, ao som de lutes e flautas, enlanguescidos de músicas doces como cantos das nereidas. Pescarias pitorescas. Partidas de caça. Certa vez em que pescavam e Antônio nada apanhava em seu anzol, usou ele dum truque — mandou que um mergulhador egípcio descesse disfarçadamente ao fundo da água e lhe fisgasse no anzol um alentado peixe. Cleópatra percebeu a tramoia e fez um sinal a alguém da sua comitiva. Quando o triúnviro, todo ancho, arrancou, a linha pesada, certo de vencer todos os concorrentes, uma tempestade de risos acolheu sua proeza. No seu anzol viera preso pela cauda um peixe seco, salgado...

E o banquete das pérolas? Uma disputa se erguera entre os Vivedores sobre o máximo que podia ser despendido numa festa. Antônio declarou que certa vez gastara meio milhão de sestércios num jantar para doze pessoas, onde apareceram ostras da Britânia, línguas de rouxinol da Sicília e tais. Como os Vivedores se riram! Meio milhão? Mas isso era nada!

— Grande triúnviro — disse a rainha —, esta festa em que estamos nos custa cinco milhões, e eu poderei elevar-lhe o preço para vinte e cinco antes de nos erguermos da mesa.

Desta vez quem se riu foi Antônio. Impossível! Apostaria o que fosse como era impossível.

Uma taça contendo um pouco de vinagre foi colocada diante de Cleópatra, que debaixo da expectação geral tirou das orelhas um dos seus maravilhosos brincos de pérola, do valor de dez milhões. Cleópatra colocou-o na taça de vinagre e pôs-se a mexê-la com um pedúnculo rosa.

Subitamente exclamou:

— Vede, nobre Antônio! Está dissolvida e com ela formei um néctar de rainha. Metade da aposta já ganhei — e dissolvendo a outra...

Dissolveu a outra e erguendo a taça exclamou:

— À vossa saúde, grande triúnviro e bebeu numa careta.

Essa exibição não estava no caráter da rainha, e se a fizera foi unicamente porque para um romano daqueles as finuras alexandrinas de nada valiam. Cleópatra tinha acentuadíssimo gosto heleno, e por fim, Antônio, já saciado de ouro e gemas, começou a compreender a beleza dos banquetes ao estilo grego, em que o serviço era de porcelana e as taças de marfim — em que delicadas guirlandas de flores à moda de Atenas substituíam o bárbaro amontoado de flores no chão à moda de Roma e Pérsia.

A vida de encantamento que levava Antônio lhe parecia um sonho. O palácio de Cleópatra era positivamente o Olimpo dos deuses. No teatro, dramas e comédias finíssimas. Debates entre filósofos no Museu, em que a cultura era inoculada nos ouvintes sem que o percebessem. Nem a religião era esquecida. Os mistérios de Ísis estavam em moda e neles o triúnviro encontrou novas formas de deleite — deleites místicos. Era descortesia para com a rainha não cultuar a deusa que ela representava no Egito.

Aqueles maravilhosos dias não deixavam de ter seus espinhos. Começara para Antônio uma nova experiência e bem estranha. Cleópatra o havia empolgado completamente. Desde o primeiro instante ele se sentira tomado de paixão não apenas sensual, mas de ordem nova e jamais sentida. Até ali amor lhe era sinônimo de carne. Agora significava também alma.

A rainha encantava-o e terrificava-o. Terrificava-o porque, embora possuísse o seu corpo, sentia que ela não se entregava nunca. Certo que Cleópatra o amava — mas conservava-se sempre ela mesma, e, inapreensível. Dava-se fisicamente, apenas.

Antônio jamais cuidara disso antes — dessa posse integral da mulher. Que poderia um homem pedir à mulher senão beleza? Via agora que além da beleza existe mais — e era esse mais que não conseguia conquistar em Cleópatra.

Certa vez em que passeavam de mãos dadas pelos jardins Antônio tentou exprimir o que sentia.

— Tu não sabes, Cleópatra, o que é amor — disse ele subitamente.

— Deuses! — exclamou a rainha espantada. — Amor? A que vem isso?

Aquele começo não prometia muito e Antônio falou cruamente.

— Quando te vi em Tarsus, tu me pareceste pura e simplesmente amor. E julguei que ao nos fazermos amantes tu te darias integralmente, para viver e morrer por mim, para beijar-me os pés — e, no entanto, sinto-te fria e distante como as neves dos Apeninos.

Cleópatra encarou-o provocativamente.

— Estive fria ontem, no pavilhão do jardim?

— Não. Mas tu te deste como quem dá um brinquedo a uma criança impaciente. Tens todas as artes do amor — mas não a alma do amor. Fazes o amor na perfeição, como fazes com perfeição todas as coisas — mas isso não é amor. Não te submetes a mim. Não me dás tua alma...

Cleópatra não se perturbou. Seus lábios sorriram.

— Sou tua escrava, sim, Antônio. E mais que isso que poderei ser? Já correm rumores em Roma e pelo Mediterrâneo de que sou tua amante, como fui de César — e todos me chamam a feiticeira do Egito. Calúnias! César capturou-me. Tomou-me à força. Tu também me capturaste. Eu e o Egito estamos aos teus pés. Não venci — fui vencida.

Antônio evitou encará-la nos olhos.

— Eles nada sabem — disse —, também fiz o mesmo juízo quanto às tuas relações com César, e só mudei de pensar ao ver o pouco que te doías da sua morte. Calpúrnia chorava de romper o coração. Tu me recebeste com olhadelas.

— Calpúrnia era a esposa de César — advertiu Cleópatra. — Quanto a receber-te com olhadelas, que prova senão que já te começava a amar? E foi por te amar que fui a Tarsus. Amor era aquele segundo motivo que na ocasião não te quis revelar. Louco Antônio! Corri atrás de ti numa galera de ouro sob os olhares do mundo inteiro. Aceitei que Roma me considerasse tua amante e me chamasse nomes... E agora te queixas...

— Não posso explicar isto — murmurou o triúnviro com apaixonamento.

— Levas sempre a melhor nos debates. Sinto que conservas o coração fechado — e se nele existe altar para algum deus, esse deus não é Antônio.

— Pobre Baco! Pobre Baco romano! Como erras! Se nesse altar existe algum deus só poderá ser Antônio! Amo-te apaixonadamente, devotadamente, ternamente. Já me viste lançar um simples volver de olhos para outro homem? Até as deusas do Olimpo foram infiéis. Eu jamais o serei...

— Respeitas mais a Apolodoro do que a mim, Cleópatra. Confias nele mais que em mim. Quantas vezes não me vem o desespero por ver-me tratado como criança a quem se enche de gulodices, e não como homem?

Cleópatra puxou-o para um divã e beijou-o com infinita arte, forçando para trás sua cabeça a fim de olhá-lo bem nos olhos.

— Apolodoro! Querer confundir um velho amigo, que me acompanha desde menina, com o meu amante?

Antônio aceitou a adoração, já com os ressentimentos adormentados, e Cleópatra redobrou de beijos, embora com o espírito ausente. Preocupava-a o problema de encantar aquele homem, mas não muito para evitar a saciedade. Inquietava-a ter de estar naquela comédia de beijos enquanto a tormenta se ia formando em Roma e na Ásia Menor. O ar já se enchia de tinidos de espadas, a marcha das legiões fazia-se ouvir à distância. Os homens! Alternadamente a divertiam e a desgostavam. Preocupavam-se com coisas mínimas deixando de lado as únicas de real importância. O próprio César. Seu temperamento e sua vaidade custaram-lhe a vida. Quanto a Antônio...

Cleópatra o beijou longamente, mas pensando lá consigo que talvez fosse preferível que Antônio tivesse a alma dura de Otávio.

— Estou condenada pelo Destino a lidar com homens que jamais veem o que eu vejo — confessou ela a Apolodoro num grito de desespero depois que se viu só. Se se tratasse apenas da glória do Egito eu abandonaria esse homem, mas trata-se de coisa mais séria — da dominação do mundo! César o compreendeu, mas faltou-lhe a coragem no momento supremo. Oh, aqueles dias terríveis em Roma...

— César já ia no fim, minha rainha. Tinha a visão clara, mas estava sem forças para lutar. Este homem, Antônio, porém, vos atraiçoará. Senti isso desde o princípio — e disse-o. Sensualidade apenas. Se vós o deixardes, outra mulher o empolgará.

— Ele entretanto age — observou Cleópatra. — Acabo de saber que Arsinoe foi morta no templo de Diana. Se nada mais me render minha ligação com Antônio, a supressão desse perigo já representará alguma coisa. Os romanos poderiam em qualquer tempo se utilizar de Arsinoe contra mim.

— Graças sejam dadas aos deuses! — murmurou o siciliano aliviado. — Havia mais veneno e determinação naquele corpinho de arenque do que em cem mulheres comuns. Dum grande perigo estamos livres, não há dúvida.

Cleópatra suspirou com melancolia.

— Verdade, sim! Que trabalho terei se me sentar no trono do mundo, com o filho de César como herdeiro! Se perco a partida, o Egito se tornará província romana. O mundo oscila entre mim e Otávio — e a luta é de morte: se ele vence, matará Cesarion, e se venço, tenho de destruir Otávio. Deuses, que cansaço...

— E é Antônio tudo quanto possuímos. Contemporizai com ele. Os reis da Ásia Menor estão se erguendo contra Roma — e se Antônio os chefia poderemos abater Otávio.

A rainha não ergueu os olhos do chão.

— Sim, tenho de conservá-lo, mas Antônio há que ir-se, e fora da minha presença será imediatamente enliçado por outra mulher. O louco! Por que não és vinte anos mais moço, Apolodoro, e príncipe? Juntos lutaríamos lado a lado sem nunca perdermos tempo com o amor. Isso seria para mim tudo, porque és tão frio quanto eu. Eu! Eu só quero a aventura e a luta gloriosa!

Apolodoro nada disse e a rainha continuou:

— Pergunto-te, que vale o amor desse homem? Um belo animal apenas, que ronrona como os gatos a pedir carinho. Esquecer-me-á logo que se afaste daqui ou tudo abandonará por mim? Qual tua opinião, Apolodoro?

— Grande Qlapetrat — esse homem é falso, traidor, fraco — mas é o que tendes. Quanto à fidelidade, sabeis que um homem pôde fazer amor a cem mulheres e só amar a uma. Prever o futuro é muito para mim. O que os deuses nos mandam havemos que aceitar.

Os acontecimentos se precipitaram, de modo que ainda para a obtusidade de Antônio ficou evidente que a sua estada no Egito significava a entrega do mundo a Otávio. A Ásia Menor agitava-se e a Pártia escapava da dominação de Roma na Grécia. A ideia de retirar-se irritava-o, ainda mais, contra Cleópatra, que recebia seus maus humores alegre e corajosamente.

No dia da sua partida estiveram juntos à mesma jaula em que a rapariga enfardada falou ao povo em motim. O braço de Antônio a cingia pela cintura e Cleópatra ouviu com paciência os seus protestos de fidelidade eterna e breve retorno.

Os olhos da rainha marejaram-se de lágrimas.

— A vida sem ti! — murmurou soluçante. — Que crime perpetrei para que o Destino me trate de maneira tão cruel? Se pudesse ir contigo, ó coração do meu coração! E me julgaste fria, insensível... Os deuses sabem da dor que me tortura a alma neste momento.

— Parto, mas meu coração fica — disse Antônio apertando-a contra o peito. — Só os deuses sabem quão profundo é o meu amor por ti. Não olharei para rosto de outra mulher — e se Fúlvia morrer voltarei para entrarmos em Roma como esposos. Juro-o!

— Verdade? Juras?

— Juro-o, e possam as Fúrias perseguir-me e os Cães do Inferno devorar-me se não cumprir meu juramento!

— Dir-te-ei então, agora, o que não tencionava dizer. Nosso amor floresce! A Divina Mãe, a sagrada Ísis, vai dar-nos um filho!...

Antônio encarou-a de olhos assombrados. Não podia nem sequer falar. Possibilidades imensas tumultuavam-lhe o cérebro. Cleópatra prosseguiu:

— É um novo laço a nos unir. És meu consorte no Egito, como César o foi. Mas hás de jurar-me outra coisa: o filho que tenho nas entranhas, que é teu, jamais causará dano a Cesarion! O mundo é bastante grande para os dois. Juras-me, adorado Antônio?

O triúnviro jurou. Cesarion acamaradara-se muito com ele e não seria o antigo lugar-tenente de César quem lhe faria algum mal.

— Voltarei, Cleópatra. Tem confiança em mim.

A rainha encarou-o fixamente.

— Se voltares serás amado como homem nenhum ainda o foi. Serei tua pela vida inteira e será teu também o Egito.

Daquela mesma janela, mais tarde, Cleópatra assistiu à partida da galera de Antônio. Cleópatra sorria. A vida parecia resumir-se numa luta entre os deuses e os homens...

CAPÍTULO XX
TRAIÇÃO DE ANTÔNIO

Cleópatra recebeu duas cartas de Antônio, a última datada de Atenas.

Nela se dizia que Fúlvia tentara em Roma um levante contra Otávio e, fracassando, correra a refugiar-se na Grécia, onde se reunira a ele. Pelo momento a Itália e Roma eram sonhos desvanecidos, e também a situação da Ásia Menor nada animadora. A Partia despertara do seu longo torpor e aliada aos reis subordinados a Antônio dominava toda a região entre o Eufrates e a Grécia.

— Isto pelo menos vai aprofundar o abismo cavado entre Antônio e Otávio. Agora que Fúlvia ofendeu mortalmente a Otávio, seu marido já não poderá trair-me como me traiu da primeira vez.

— Quem pode prever alguma coisa, tratando-se de romanos? — murmurou Apolodoro com amargor. — Não existe inimizade nem insultos que eles não traguem em se tratando de obter lucros. Implorai pela vida de Fúlvia, porque ela é o precipício que separa os dois homens. Enquanto Fúlvia viver Otávio não perdoará Antônio.

Cleópatra, porém, não pensava assim. Lembrava-se das dificuldades que lhe trouxera a esposa de César e não queria repetir a experiência com a esposa de Antônio. Os seus votos eram para que Fúlvia perecesse.

— Porque então me casaria com ele e juntos enfrentaríamos Otávio.

Os deuses ouviram o seu voto — mas com uma diferença. Uma nave mandada a toda pressa ao porto de Alexandria trouxe a nova da morte de Fúlvia em Sícion — não por obra de Otávio, mas de ciúme da rainha do Egito.

Cleópatra delirou de prazer. Antônio iria voltar — e de Alexandria, com toda a esquadra e exército egípcios ao seu lado, enfrentaria a Partia e submeteria de novo os reis em revolta. Otávio ficaria encurralado em Roma até que o triúnviro da Ásia Menor pudesse marchar contra ele.

Cleópatra escreveu a Antônio uma carta muito amorosa, recordando-lhe as promessas — carta capaz de incendiar a qualquer homem — e ficou aguardando a resposta e o dia agônico da maternidade.

Esse dia chegou, mas não a resposta. Os deuses deram a Cleópatra um casal de gêmeos — Alexandre, o Sol, e Cleópatra, a Lua. Sua vida perigou a ponto de Charmion e Apolodoro perderem de todo as esperanças. Seu organismo reagiu, porém, e — a rainha levantou-se do leito abatida como Perséfone ao deixar o Inferno. A resposta de Antônio, entretanto, não vinha. Que teria sucedido?

Certo dia em que, já convalescente Cleópatra se sentara no jardim com Cesarion ao lado decifrando hieróglifos num grande livro, Apolodoro apareceu. Fez sinal ao menino para que fosso brincar com os cisnes e ajoelhou-se aos pés da rainha.

— Recebeste notícias, Apolodoro, e más, disse ela adivinhando a gravidade da revelação. Está morto Antônio?

Antes o estivesse, porque isso nos deixaria livres de tratar com Otávio. Pensai a pior coisa possível, minha rainha, e ainda estareis longe do real.

— Fala! — ordenou Cleópatra lívida.

— Havendo a morte de Fúlvia removido um obstáculo, Antônio foi para Roma justificar-se — e está novamente de mãos dadas a Otávio...

A rainha encarou-o, incrédula. Chegava a ser absurda aquela traição.

— O infame! O louco! O covarde! — exclamou. — As suas mãos caíram sobre o regaço como se lhe faltassem forças para sustê-las. E nós confiamos nele! Quando penso em tudo quanto lhe dei... sim, mas o meu amor jamais Antônio o teve! Disso as divindades não me acusarão.

— Minha rainha, ainda há mais! — continuou Apolodoro.

— Será possível? Vender-se-ia ele a Otávio?

— O Triunvirato dividiu o mundo romano em três partes e a Antônio coube a Grécia, a Ásia Menor, a Síria e... o Egito.

O ânimo da rainha levantou-se:

— Então Antônio virá! E juntos havemos de derrubar Otávio, agora que Fúlvia está morta!...

— Otávio também previu essa hipótese e pela infidelidade de Antônio estipulou o seu casamento com Otávia, sua irmã — casamento que já se realizou...

CLEÓPATRA

A situação de Cleópatra tornara-se desesperadora. Traída no amor, com todos os projetos arrasados e ainda por cima alijada por outra mulher! Conhecera Otávia em Roma e avaliava o imenso do sacrifício de Antônio aceitando aquela imposição de Otávio.

Por alguns momentos a mola de aço que a mantinha ereta diante de todos os perigos fraqueou. Acovardada, Cleópatra ocultou o rosto nas mãos e por longo tempo esteve a soluçar. Revia Otávia nos jardins de César, toucada de rosas, a túnica mal-ajeitadamente presa pelo cinto, sem nenhum toque de distinção. Apesar disso, um rosto de deusa de olhos negros. Quem poderia prever naquele tempo que iam tornar-se rivais? Estava então desposada com Caius Marcellus e ela Cleópatra era de César. Agora...

Pela primeira vez na vida experimentou o fel da mais profunda humilhação. Aqueles romanos! Como lhe tinham apisoado a beleza e o orgulho! Aos seus pés Apolodoro jazia ajoelhado, também nas torturas da dor.

— E foi para isto, disse a rainha, que nos conduziu toda a nossa habilidade e astúcia! Antes eu tivesse morrido ainda virgem, como Arsinoe, do que ter servido de diversão a dois amaldiçoados romanos. Oh, os sorrisos de Roma! Eu bem os percebo. Nas festas os homens hão de dizer: "Que vá qualquer romano para Alexandria e a entretenha com sonhos de império — e ela se entregará. E é simples largá-la, quando o fastio sobrévem. Uma rapariga bem dócil. Quantos filhos de diferentes pais em seu palácio!". E o próprio Antônio se rirá com eles, o cão, o covarde! Oh, se o pilho aqui para lhe atravessar a garganta com uma adaga!

Apolodoro nada dizia, não encontrando palavras que a pudessem confortar. Ao cabo de alguns instantes Cleópatra indagou:

— Haverá ainda um raio de esperança? Poderei vingar-me da afronta?

O Siciliano falou:

— Rainha — há esperanças, imensas como a ruína. Usemos ainda aquele homem até que possamos abandoná-lo e alcançar a meta sozinhos. Isso está em nosso poder. Antônio voltará para a Ásia Menor e Otávia ficará fiando em Roma e chocando os filhos de Fúlvia. E então o usaremos. Ele há de servir aos nossos fins.

Cleópatra respondeu como se estivesse a uma grande distância:

— Começo a perceber que não somos nada e que os deuses nos usam como meros instrumentos dos seus propósitos — e soltam-nos num dado momento e prosseguem lá seu jogo —, um jogo que jamais poderemos compreender. Que me vale usar Antônio se os deuses estão fazendo o mesmo comigo? Os deuses não têm piedade — e como a teriam, se também a eles os conduz o Destino?

— Isso não são ideias próprias da Rainha do Mundo — observou o siciliano. — Do meu lado o que digo é: façamos tudo quanto pudermos ainda que no fim tenhamos de desaparecer nas trevas. Deixaremos um nome, pelo menos — e Cleópatra subsistirá sempre na memória dos homens como a Rosa do Mundo.

— Sou realmente bela, Apolodoro? Se o sou, de que me valeu a beleza? Já não tenho confiança nenhuma na minha beleza.

— Sois a própria Beleza, ó Ísis-Hator. Fostes a pequena Rainha Risonha, um sonho da madrugada — e agora sois um abismo de conhecimento e mistério. Tende coragem, Deusa do Egito, porque vosso nome será eterno e o de Antônio recordado unicamente por haver beijado os vossos pés.

— Deusa? Não! Apenas uma mulher abandonada e desacreditada. Apenas uma rainha com esperanças no Egito apesar de o Egito não as ter em mim. Está bem. Consideremos o que fazer com Antônio, o covarde. Nem se anima a escrever-me.

Conversaram ainda por algum tempo enquanto Cesarion brincava entre os brios do jardim, depois Cleópatra tomou dos seus escrínios um diadema de pérola e enviou-o a Antônio com esta carta:

"Mando essas pérolas para enfeite do busto da formosa Otávia. Ela se lembrará de mim, como eu me lembro dela. Autocrata do Oriente, quero que saibas que as rainhas não guardam rancor, como as mulheres comuns. Por isso não julgues que te deseje mal. Esqueci tudo. Aqui em Alexandria a vida é encantadora e meus dias se passam em deleites. O mesmo te desejo e à tua nova consorte. Teus filhos, Alexandre, o Sol e Cleópatra, a Lua, passam otimamente. Desejo-te, pois, felicidades e se por acaso o Destino fizer que o auxílio do Egito seja necessário para o bem da Ásia, meus homens e minhas naves irão ajudar-te como a amigo."

— Antônio acreditará nessas palavras? — murmurou Cleópatra, depois de reler a missiva. — Ele deve estar esperando uma torrente de recriminações, e recebe isso...

O siciliano sorriu com crueldade.

— Acreditará, sim — e essa referência aos deleites de Alexandria fará o efeito do mel em sua imaginação. Dai-lhe linha — e ajudada da insipidez de Otávia, tê-lo-eis de novo aqui.

A carta foi remetida para Atenas, onde bons espias receberam a incumbência de remeter informação diária dos passos e intenções do triúnviro — e de receio que também estivesse sendo vigiada, Cleópatra deu-se à vida de festas e prazeres, sem, todavia, descuidar dos seus filhos e do bem estar do seu povo.

CLEÓPATRA

Seu nome ganhava repercussão no mundo, embora os romanos sugestionados por Otávio a odiassem e dela desconfiassem além de todos os limites.

Diziam que Cleópatra se sentava qual sereia atrás do farol para atrair com os seus feitiços os grandes homens; que o chão do seu palácio era, como o dos antros das bruxas, recoberto de ossos humanos; que suas orgias ultrapassavam tudo quanto a imaginação pudesse conceber. Os espias mandavam cartas contando o que em Roma se falava dela, e Cleópatra ao ler as infâmias que lhe atribuíam sorria, lembrando-se dos vícios de Otávio — "vícios plebeus" como ela lhes chamava, herdados do seu avô usurário.

— E Otávia é outra, dizia ela. Tem as virtudes tão pesadas como os vícios e acabará pondo Antônio doido. Será que cose a sua roupa — e mal como cosia as de Otávio? Falará ainda pelo nariz, fanhosamente, como Otávio? Não me mandou uma só palavra agradecendo as pérolas. As grandes damas sabem como tratar suas inimigas, ela não.

Um ano se passou e por fim veio notícia de que Otávia dera a Antônio uma filha e que a ruptura entre os dois triúnviros se acentuava. Também veio informação de que em Atenas Antônio reinava como um verdadeiro bêbedo, sendo muito popular na ralé. Havia tentado reviver os Inimitáveis Vivedores de Alexandria, mas suas reuniões nunca passavam de orgias báquicas. E ao lembrar-se daquele pesado Baco romano Cleópatra ria-se — e nem mesmo Apolodoro conseguia penetrar o que andava por detrás daquele riso.

Dois outros anos se passaram em que a rainha ainda mais se consolidou no Egito, acabando por vencer até a resistência dos sacerdotes. Reinou sabiamente, não ficando atrás dos maiores faraós. Seus tesouros aumentaram.

— Seria bom que acabássemos com os Inimitáveis Vivedores já que Antônio os desmoralizou tanto em Atenas — disse ela um dia a Charmion. Era uma coisa muito linda para durar, e estou agora muito mais prudente.

— Que belos dias foram aqueles! — exclamou a escrava num suspiro. — Era a mocidade E como o triúnviro os adorava...

Cleópatra sorriu.

— Que importa? A vida passa e tudo muda. Por onde andaria agora Luz do Horizonte? Falou-me de grandes glórias em Roma e as glórias vieram e arruinaram-me. Numa coisa penso sempre: se me houvesse preocupado mais com o Egito talvez os deuses me dessem gente melhor que César e Antônio. A noite passada sonhei que, com a maior calma, Otávia dizia adeus a Antônio. Ele ria-se...

— Possamos nunca mais ouvi-lo rir-se — murmurou Charmion, que detestava Antônio do fundo do coração. — Graças a Ísis estamos livres desse homem.

— Pois creio que ainda o ouviremos rir. Depois da longa dieta que está tomando com Otávia, há de sentir-se ansioso pelos prazeres de Alexandria. Antônio voltará.

Meses depois chegaram notícias de vulto. Primeiro, que Antônio já não podia suportar a tediosa virtude de Otávia, não escondendo o seu desapontamento e declarando que não havia lugar no mundo que se comparasse a Alexandria. Havia, entretanto, de tal modo magoado a rainha que não esperava que ela quisesse vê-lo de novo.

Depois veio notícia que seguira para Tarento juntamente com a esposa a fim de encontrar-se com Otávio, com quem a deixou, voltando sozinho para a Ásia Menor.

— Lá vem ele se aproximando! — disse a rainha ao seu secretário.

— Minha rainha, considerai! — exclamou Apolodoro ajoelhando-se-lhe aos pés. — Há três anos esse homem já estava chafurdado na lama da orgia — e agora deve estar três anos mais fundo. Valerá ele a pena — valerá o escândalo, o perigo? Digo que não, porque os destinos do Egito dispensam completamente o seu concurso. É um homem poderoso na Ásia Menor, confesso, mas que chances já teve na vida que as não deitasse fora? Se Antônio escrever, não lhe deis resposta. É esse o meu conselho.

— Estás errado — contestou a rainha. — Antônio é o autocrata do Oriente e tenho de fazer com ele as pazes porque me é ainda necessário. Nada receies. Conheço-o agora. Depois que Antônio fizer aqui no Egito o que desejo e tenha assegurado o trono para meus filhos, devolvê-lo-ei à esposa — e que vá lamber os pés de Otávio.

Antônio realmente estava enfarado da nova esposa e cheio de saudades dos encantos da rainha. Cleópatra era a única mulher que o triúnviro jamais vencera e a única que jamais o cansara. Pois não lhe havia escrito que esquecera tudo e se sentia feliz? Aquela carta cravou-se no coração de Antônio como seta. Feliz, com Cleópatra e em Alexandria, o único lugar do mundo que o atraía e onde a arte do prazer era suprema! Dia e noite conservava ao pé de si o escravo egípcio Setep, para que lhe contasse coisas da rainha e lhe dissesse do amor que os egípcios demonstravam por sua soberana.

Por fim resolveu-se e escreveu-lhe uma carta que mandou por um dos seus oficiais, o qual deveria convidá-la a seguir para a Síria caso a recepção fosse animadora.

Apolodoro recebeu essa carta e levou-a a Cleópatra.

"Ó mais bela das rainhas, aqui estou solitário em Antioquia. Minha esposa Otávia eu não a verei nunca mais. Estás realmente tão feliz que já te esqueceste de tudo? Temos que olhar para o bem da Ásia e desde que na carta remetida (que guardo como relíquia num cofre de ouro) me prometeste a ajuda do teu exército e da tua esquadra, digo-te que o momento é chegado de me vires com esse conforto."

Estava assinada: Antônio, o Autocrata.

— Responda assim — disse a rainha ao secretário — e ditou:

"A Antônio, o Autocrata. Cleópatra esqueceu o passado, mas a Rainha do Egito não esquece o bem da Ásia. Ela irá a Antioquia, não em nave romana, mas na sua esquadra e quando lhe aprouver. Cleópatra, a Rainha."

Depois que a carta partiu disse ela ao siciliano:

— Antônio é agora o maior homem do mundo, porque Otávio só reina na Itália, onde é detestado. Se eu e tu por detrás de Antônio não pudermos derrubar Otávio, então é que na realidade coisa nenhuma valemos.

Logo depois da remessa da missiva Cleópatra embarcou, mas já sem nada que lembrasse a magnificência da viagem a Tarsus. Não como Vênus, mas com a nobre simplicidade conveniente a uma Ísis cujas vestes entrajava. A sua beleza, entretanto, adquiria maravilhoso realce naquela simplicidade. Foi como Antônio a reviu mais uma vez.

CAPÍTULO XXI
O RETORNO DO INFIEL

Antônio conservara-se o belo homem que fora — e assim seria até o fim. Era duma beleza maciça que arrastava as mulheres à submissão. O frio julgamento de Cleópatra, porém, deixava-a imune contra aquela influência pessoal. Além disso, onde César falhara, Antônio não poderia ser bem-sucedido.

Antônio sentou-se diante de Cleópatra, num divã, à moda oriental, na situação do penitente em face do juiz. Seria loucura esperar que a rainha novamente se fundisse em amor após três anos de infidelidade. Não obstante, o homem que havia nele, vaidoso, ainda admitia a hipótese duma súbita crise de lágrimas e beijos.

A entrevista correu em plácida cortesia, entretanto.

— E como vai a nobre Otávia? Muito senti saber que os ares de Atenas não lhe fizeram bem.

— A nobre Otávia está com a peste do irmão — e que lá fique toda a vida é o que eu quero. Está em Roma...

— O ar da cidade natal certamente restaurará aquela beleza que o mundo inteiro admirava. Espero que lhe haja ficado bem o diadema de pérolas que lhe mandei. Foi apreciado? O rosto de Antônio contraiu-se.

— Ela nunca o recebeu. Poderia lá eu admitir que outra mulher usasse uma joia tua?

— Oh, mas não tive intenção de ofendê-la. Possuo tantas joias que não adquiro uma nova quando quero dar um presente, mas se é assim, mandarei meu ourives fazer uma especialmente para Otávia. Os últimos navios da Índia trouxeram-me gemas de rara magnificência.

A irritação do triúnviro aumentava. Com as despesas de Otávia, e as suas próprias, Antônio sentia-se quase pobre. Poderia extorquir ouro das terras que seus soldados ocupavam — mas Antônio não era homem para isso. Não havia crueldade em sua natureza. Se pudesse de novo dominar aquela mulher...

— Bem sabes que não foi essa a razão. Eu teria lançado o diadema ao mar antes que pô-lo na cabeça de carneiro de Otávia. Não lho dei porque te amava — e a recompensa que recebo é esta...

— E fale-se da tolice das mulheres! — pensou consigo Cleópatra, abanando-se com o leque de plumas.

E alto:

— Deve ser profundamente grato a qualquer mulher ser honrada com o amor de Antônio, o Autocrata. A distância entre Alexandria e Antioquia é grande e não vim para discutir a política de Eros e Vênus, senão a da Ásia Menor. Poderei saber o que desejas de mim?

E como ele se atrapalhasse na resposta:

— Eu conhecia os interesses políticos da Ásia Menor há três anos passados, mas imagino que da união de dois gigantes, como Antônio e Otávio, outras diretrizes devem ter sido estabelecidas — e meu reino há de tomá-las em consideração.

Cleópatra colocara-o em posição de evidente inferioridade, como seu desejo. Subitamente o triúnviro pôs-se de pé de um salto.

— Julgas que estou aqui para ser motejado? Lembra-te que tu também és minha mulher...

— Não completamente...

CLEÓPATRA

— E mãe de meus filhos. Como, pois, te atreves a ficar-te aí com esse rosto impassível, representando um papel de pantomima grega? Vem-te a mim e beija-me e submete-te como uma boa mulher — e te direi o que quero.

Mas Antônio a atacou em vão. A rainha disse que a sua longa submissão a Otávia lhe havia atrapalhado a clareza das ideias. Disse que a rainha do Egito não era absolutamente sua mulher e que de nenhum modo podia esperar que ela se mostrasse servil como a neta do usurário romano.

Antônio bufou — e seus bufos tiveram resposta em bocejos. Por fim, o triúnviro deu-se por vencido.

— De nenhum modo pretendo tornar-me desagradável — disse Cleópatra —, e realmente não sinto rancores no coração, mas os fatos são de muito vulto para que possam ficar ignorados. Como poderei confiar em ti novamente? Tu me deixaste sozinha, com a reputação prejudicada, e te ligaste a Otávio não respeitando a palavra de honra dada e casando-te com uma plebeiazinha que eu não admitiria como serva. Outra mulher ter-te-ia censurado. Censurei-te eu? Em vez disso mandei um diadema de pérolas para tua esposa.

Antônio admitiu que ela não havia feito recriminações, mas que o seu silêncio de indiferença lhe fora muito mais ofensivo.

— Esperavas então agradecimentos? O silêncio, depois das congratulações que enviei, pareceu-me mais digno, mormente não tendo recebido nenhuma resposta à minha carta. Além disso, minha posição me obriga a ser política, e de forma nenhuma posso tomar-te a sério. Tu giras como a ventoinha. Depois da morte de César estiveste a pique de te lançares de adaga ao pescoço de Otávio. Eu acreditei nisso e mandei-te grandes quantidades de dinheiro. Afinal a ventoinha virou e apareceste no Triunvirato como colega de Otávio — e eu, e meu Cesarion, e meu dinheiro fomos postos de lado. De novo em Tarsus tu me cortejaste e em Alexandria me fizeste promessas do tamanho das pirâmides. Louca que fui, acreditei. Consorciei-me contigo, confiei em tuas mãos o futuro de Cesarion — e sabes o resto...

Uma nota gutural de repugnância rematou a sua queixa. Cleópatra o enfitava com os olhos friamente penetrantes.

— E lá sabes afinal o que queres, o que desejas, o que visas? — concluiu ironicamente.

Naquele momento Antônio só desejava simpatia e consolação. Cleópatra mostrava-se terrivelmente injusta e áspera. Pareceu-lhe inútil fazê-la ver isso e o melhor seria tentar uma propiciação.

— Confesso que cometi grandes erros — disse ele. — Ninguém o reconhece mais que eu — e o muito que por eles paguei só os deuses sabem! Estive enfermo em Atenas, e no meio de terríveis sofrimentos meu coração só ansiava por Alexandria — e pela única mulher que ainda me compreendeu.

— Sim — pensou consigo a rainha — Eu te compreendo perfeitamente bem!

— Além disso — continuou Antônio —, havia a estupidez de Otávia! Mulher como aquela devia ser vestal, em vez de casar-se e torturar dois maridos. Tudo quanto eu fazia a contrariava. Ela imagina que o seu irmão é o paradigma de todas as virtudes e se eu tentava abrir-lhe os olhos, chorava pelo nariz, fanhosamente. Oh, Cleópatra, como sofri! Pensava constantemente em ti e nos Inimitáveis Vivedores. Entre as duas como vacilar?

Seus olhos imploravam — e naquele momento Antônio estava sendo profundamente sincero. Havia conhecido em toda a sua profundidade o tédio da vida... Cleópatra de novo o vencera.

— Recebe-me, adorada, que jamais te abandonarei. Aprendi minha lição e sei que não existe mulher que te valha — nunca existiu, nem nunca existirá. Otávia que vá para o reino de Pluto com o seu miserável irmão. Antes de partir declarei-lhe que nunca mais lhe poria os olhos em cima e ela... deu-me um beijo fanhoso. Além disso, há os meus filhos contigo — quero vê-los.

— Também tens uma filha de Otávia — relembrou severamente Cleópatra já lutando com os seus dedos desejosos de acariciar os cabelos do amante arrependido. — Afinal de contas... afinal de contas pode lá um homem ser mais ajuizado do que os deuses o fizeram?

— Filhos tive com muitas mulheres e tu jamais me acusaste. E essa criança de Otávia é o retrato da mãe — nada tem de mim. Esqueçamos para sempre mãe e filha. Quero ficar em Alexandria. Só a vista da rainha do Egito me conforta o coração. O que fiz foi política — para vencer Otávio. Tem dó do teu triúnviro, Cleópatra, e fala-lhe ao coração.

— Falarei, respondeu a rainha com serena tristeza, mas por tantas vezes tu arrasaste com as minhas esperanças que isso se torna penoso. Supõe que te perdoe. Que farás?

—Tudo! Tudo!

— Essa palavra nada significa. Casar-te-ias comigo, se eu o desejasse? Não estou de nenhum modo certa de que me casaria contigo, mas responde à minha pergunta.

A situação de Antônio era premente.

— Otávia! — murmurou ele. — Há Otávia!...

Havia também Calpúrnia, mas Calpúrnia não se atravessava diante de César. Por que há de Otávia atravessar-se no teu caminho?

CLEÓPATRA

— Sim — resolveu-se Antônio desesperado. — Isso vai deixar Otávio louco de fúria. Sabes disso?

— Que estoure! — sussurrou Cleópatra com desprezo. — Se me ficares fiel estarás liberto das leis romanas. Nenhuma necessidade de rever Roma, salvo para lá entrares como conquistador.

A voz de Cleópatra inspirava-o. Tudo lhe parecia possível quando a rainha falava naquele timbre de cristal.

— Enches-me de coragem, Cleópatra! Contigo operarei prodígios. Oh, o louco que fui!

Quando se separaram, Cleópatra o havia vencido do modo mais completo. Antônio cedera em tudo. Doara-lhe vastos territórios na Ásia sobre os quais ele exercia seu poder, dilatando assim as fronteiras do Egito — e isso rejubilou a rainha com a ideia de que seu nome seria rememorado pelos pósteros. O fogo da vitória acendeu as faces pálidas de Cleópatra. Ela realizaria um casamento suntuoso com o triúnviro e cunharia medalhas comemorativas. Antônio quis receber o título de rei do Egito — mas Cleópatra recusou. Cesarion, sim, compartilharia com ela o trono. Nenhum outro. Antônio que ficasse autocrata do Oriente. Que maior título pode aspirar um homem? Também devia jurar fidelidade a Cesarion e pugnar pelos seus direitos. Dominado pelo magnetismo de Cleópatra, Antônio prometeu tudo. Os seus próprios filhos teriam tronos de menos importância que o de Cesarion.

— E em retorno porei o poder do Egito como suporte de todas as tuas empresas, declarou a rainha. Dinheiro, homens, navios — e a mim própria. Com o meu coração e a minha vontade.

— Teu coração? — repetiu Antônio, encarando-a surpreso.

Cleópatra parecia-lhe mais avisada, mais senhora de si do que nunca. Sim, reconquistara de novo a sua Cleópatra, mas com uma diferença. Ele só seria agora o autocrata do Oriente — não mais o autocrata da rainha, como o fora nos primeiros tempos.

— E tu me amarás sempre, sempre? — implorou ele, humilde.

A resposta de Cleópatra foi cingi-lo nos braços e encher-lhe de beijos dulcíssimos a boca ansiosa.

Logo depois, dando conta a Apolodoro do sucedido, ela se escusava dessa ternura.

— É realmente difícil tomá-lo a sério. Parece-me tão criança como Cesarion. Antônio tem necessidade de ser dirigido — pede, clama por ser subjugado e dirigido. Estou certa agora de que em caso nenhum me trairá novamente.

— É possível, mas...

— Mas que, ave de mau agouro?

— Real Ísis, meu parecer é que esse homem se vá, que nos fortaleçamos na Ásia Menor nos territórios que ele nos cedeu, que façamos uma aliança com Herodes da Judeia e que mantenhamos a situação até que Cesarion chegue em idade de reinar.

E insistiu, ajoelhado e de mãos postas:

Deixemos que Antônio e Otávio se destruam mutuamente e aproveitemo-nos da rivalidade. Quem se rir por último rirá melhor. Os dois romanos detestam-se e acabarão aceitando o filho de César. Oh, minha rainha, tende dó do Egito e de vós mesma! Deixai que o bêbado se vá. Que vá amigo — mas que se vá...

As promessas de Antônio nenhum valor tinham para o siciliano, e por isso Cleópatra jamais viu seu secretário tão comovido e tão aferrado à ideia do afastamento do triúnviro.

— A quem possuímos senão a ele? — objetou a rainha.

— Possuímos a nós mesmos, possuímos nossa riqueza e nossa coragem. Que temos ganhado com a ligação com os romanos? Dai-me ordem para aprestar as galeras que o levarão daqui, real Ísis!

A rainha vacilava, por fim disse:

— Prefiro esperar que os deuses me aconselhem em sonhos. Dize a Antônio que a minha cabeça dói e não posso vê-lo esta noite.

Pela primeira vez na vida Apolodoro olhou-a colérico.

— Ele vos abandonou miseravelmente!

Voltou entretanto! Uma razão é tão boa como a outra — e ambas nada valem. Somos conduzidos pelo destino. O destino que decida a nossa sorte.

CAPÍTULO XXII
A OPALA NEGRA

A noite desceu serena sobre o porto de Antioquia. Cleópatra à janela tinha os olhos nas estrelas e o pensamento no conselho de Apolodoro. Charmion entrou.

— Real Ísis, acaba de chegar um mercador da cidade de Balkh com um presente raro. Ia para Alexandria, mas sabendo que a rainha estava em Antioquia quer prestar suas homenagens.

O homem entrou, um lépido indiano de turbante e longas barbas grisalhas. Prostrou-se aos pés da rainha tocando o tapete com a testa por três vezes, depois ficou de joelhos, e nessa posição tirou do seio algo embrulhado em seda amarela. E falou em sírio:

— O vosso servo Gomukh oferece este presente à deusa viva, à rainha cuja grandeza lança todas as mais na obscuridade.

Disse e desembrulhou o pacote com os dedos ágeis.

— Vem do templo do Grande Deus, nas terríveis montanhas da Índia, e encerra o poder dos Imortais.

Era uma pequena cadeia de ouro da qual pendia uma esplêndida opala negra, de maravilhosos reflexos irisados.

— Uma grande joia — murmurou Cleópatra, depois de examiná-la atentamente. — Igual não pôde existir. Quais as suas virtudes?

Essa gema possui duas virtudes contrárias porque é a pedra da vida e da morte. O negro, a morte e as irisações, a vida. Passada sobre vossas faces todas as noites, vos conservará fresca como a madrugada — e jamais emurchecerá a beleza da mulher que beba a água onde esta gema for mergulhada. E justamente por este motivo foi dada ao templo indiano: o ciúme dos homens que não podiam admitir que suas esposas os sobrevivessem jovens e belas. Se a pedra for mergulhada em vinho, o efeito faz-se contrário. O vinho transforma-se num veneno que mata sem deixar o menor vestígio — e mata sem dor. Por essas razões a gema tornou-se um grande perigo para os homens, não só porque preservava a beleza e mocidade das esposas como porque lhes permitia libertarem-se dos maridos com toda a segurança. Uma particularidade: a pedra tem de ser conservada no escuro para que não perca a virtude.

— Sou entendida em amuletos, coisa de grande importância no Egito, e nunca tive notícia dum com tais virtudes. Como posso verificar a verdade do que dizes? — indagou a rainha.

— Fazei vir dois copos, um com água, e outro com vinho. E também algum criminoso que haja sido condenado à morte.

A rainha deu ordens e dali a pouco apareceu Apolodoro seguido de um prisioneiro entre quatro soldados — um galeriano que matara a golpes de leme o capataz do seu barco.

— A que pena estás condenado? — perguntou-lhe Cleópatra.

— À cruz.

— E não há esperanças de comutação?

— Nenhuma.

— Bem, disse Cleópatra, não cometerei nenhuma injustiça se com a vida deste homem verificar a veracidade do que me disse o mercador. Dai-me o copo de vinho.

Recebido o vinho mergulhou nele a gema e ficou a atentar, curiosa. O líquido foi lentamente mudando de cor.

— Por quanto tempo? — indagou ela.

— Até que a coloração chegue ao roxo carregado. Atingido aquele tom, Cleópatra mandou que desatassem os pulsos do condenado para que por suas próprias mãos bebesse.

Mal o vinho mágico tocou nos lábios do homem, seu corpo cedeu — e a morte sobreveio instantânea, ficando ele estendido por terra como a imagem do repouso feliz.

— Maravilhoso! — exclamou Cleópatra convencida. — Removei daqui este cadáver, cujo aspecto feliz chega a me causar inveja. Está feita a prova da morte. Vamos ver a prova da vida.

O mercador explicou:

— Se a gema for mergulhada em água, dará ao líquido uma coloração âmbar. E a juventude voltará a quem beber dessa água.

— Faze a experiência em ti mesmo — disse a rainha ao mercador.

Logo que a água atingiu a cor do âmbar, Gomukh a sorveu dum trago e imediatamente uma transformação completa operou-se em seu físico. De velho que era fez-se moço — e duma mocidade resplendente.

Essa gema vale todos os tesouros do mundo, disse ele irradiante, e só a rainha Cleópatra merece possuí-la. Fazei a experiência em vós mesma, real Ísis.

A rainha bebeu a água ambarina — e toda a fragrância já passada da sua primeira mocidade ressurgiu aos olhos atônitos de todos. Transformara-se na mesma travessa rapariga que anos antes enchia o palácio de Loquias com o seu encanto incomparável.

Charmion e Iras olhavam-na com assombro.

O mercador saudou Cleópatra:

Salve a Deusa da Beleza, que na Índia é Shri, em Roma é Vênus e no Egito é a Única. Permiti-me agora que me vá.

— Dai-lhe quanto ouro este homem puder conduzir — ordenou Cleópatra com alegria. — Que leve camelos carregados das coisas mais preciosas. Que o conduzam à galera dos meus tesouros para que escolha tudo quanto lhe agradar os olhos. E ainda os meus agradecimentos, Gomukh.

Depois que o mercador se retirou Cleópatra ergueu os braços como para abraçar o mundo num gesto triunfante.

— Ó mocidade! Ó alegria! Tenho o maior dos talismãs. Posso agora conservar Antônio para sempre — e nenhum outro homem me resistirá. Os fantasmas da velhice serão repelidos do meu caminho. Poderei desafiar até os Fados.

Dizei a Antônio que quero falar-lhe — e trazei-me vinho. Já agora fico onde estou.

Uma feliz loucura apossara-se de Cleópatra. De nada mais valiam os conselhos do siciliano. Quando Antônio a viu, irradiou de felicidade, vendo renascida a fulgurante Cleópatra dos primeiros tempos. Cleópatra estava bêbeda de alegria e poder.

A notícia do acontecimento chegou a Roma e começou a circular desnaturada como todas as notícias que corriam sobre a rainha do Egito. A lenda dos seus bruxedos empolgava todos os espíritos. Os romanos arrepiavam-se ao simples enunciado do seu nome e lembravam-se do acontecido a César e previam para Antônio um fim miserável.

CAPÍTULO XXIII
A ASTÚCIA DE OTÁVIO

Quando em Roma se soube que Antônio estava novamente em Alexandria, o desprezo e o deboche tornaram-se a nota dominante em todos os comentários — tudo fomentado habilmente pelos agentes de Otávio.

Otávia regressara a Roma com toda a humildade, sem se queixar, trazendo consigo o filho que Antônio tivera de Fúlvia e a sua menina, e lá se devotou ao cultivo de todas as virtudes. Roma enfuriava-se à vista do contraste dessa virtude com os vícios horrendos atribuídos a Cleópatra. A feiticeira! A bruxa! Nem a beleza e a nobreza de Otávia conseguiram salvar Antônio das seduções da sereia egípcia. E a cólera de Roma contribuiu para que novas legiões se pusessem ao lado de Otávio, clamando vingança.

Antônio veio agravar a situação com a insolência de organizar em Alexandria um triunfo em sua própria honra — suntuoso desfile de legiões e elefantes, com a família real da Armênia encadeada e imitando César, vinha ele no carro triunfal, foco de todos os olhares, alvo de todos os aplausos.

Roma espumejou de cólera ao receber as notícias. Cleópatra num trono de ouro, ladeada de dois tronos de prata onde se sentavam seus dois filhos, erguida num estrado onde a multidão pudesse adorá-la e onde pudesse receber o triúnviro seu consorte!

Cleópatra realmente esplendeu de beleza como em nenhum período da sua vida, no dia do triunfo de Antônio. As virtudes mágicas da gema haviam-lhe dado um brilho sem par. Aquilo ainda mais inflamou o ódio dos romanos, que passaram a ver na feiticeira um grande perigo para Roma. E quando se soube que no banquete final Antônio havia proclamado Cesarion o Rei dos Reis e dado reinos, como se fossem brinquedos, aos outros filhos da rainha, a indignação atingiu o apogeu. Otávio sorria como o homem que se sente próximo da meta suprema.

O tumulto levantado em Roma ecoou pelo Mediterrâneo afora — e ficou assentado que a rainha do Egito estava a desenvolver planos com o fim de arruinar a república.

O frio e astuto Otávio, que tinha a paciência das aranhas, viu chegado o momento de agir. E começou a preparar o terreno. Fez espalhar entre as legiões a notícia das riquezas fabulosas de Alexandria e do Egito — sobretudo do palácio de Loquias. A descrição daqueles esplendores acendeu intensamente a cobiça dos soldados. Que saque maravilhoso não seria o do Egito! Depois Otávio mandou sua humilde e virtuosa irmã para Atenas, de onde devia escrever ao esposo pedindo-lhe que voltasse e viesse receber os presentes que Otávio lhe mandava. Feito isso, a astuta aranha ficou a aguardar os acontecimentos.

Quando a carta de Otávia chegou a Alexandria, Cleópatra chamou seu secretário a conselho.

— Mostraremos esta carta a Antônio. Ele é fraco como água e pode mais uma vez ceder, voltando-se à esposa romana — e então Otávio o matará.

Apolodoro meneou a cabeça.

— Minha ideia é que Otávia foi mandada a Atenas unicamente para que Antônio seja forçado a repudiá-la definitivamente — e haja um motivo líquido para a ruptura completa das relações. Real Ísis, não podemos deixar de comunicar essa carta ao triúnviro, pois se dela resultar insulto a Otávia a culpa não recairá sobre nossas cabeças.

Cleópatra levou-lhe a carta. O triúnviro estava em conferência com um ator de nome Metrodoros, planejando uma mascarada devassa que devia deslumbrar Alexandria. Depois da volta de Antônio a cidade fora invadida de quantos dançarinos e atores havia pelo Mediterrâneo, os quais sitiavam o palácio de Loquias como impudentes parasitas.

— Eu sairei pelas ruas num carro puxado por tigres — dizia Antônio, coroado de hera e rodeado dum grupo de faunos e bacantes. — E a cidade inteira celebrará os ritos do grande deus Baco. Todo trabalho cessará. Teremos feriado por três dias. Para remate, um grande banquete em que Plancus fará a parte de Netuno visitando-me...

— Esplendido, divino autocrata! — aplaudia Metrodoros servilmente. — E organizaremos um coro de ninfas nuas que dancem durante o banquete, coroadas de algas!...

Cleópatra entrou de sobrecenho carregado. Com alguma dificuldade pôde afastar Metrodoros e falou, enquanto Antônio a cingia pela cintura:

— Um homem de nome Níger acaba de chegar de Atenas...

— Níger? Uma excelente criatura. Conheço-o. Temos de lhe oferecer um banquete.

— Ele traz uma mensagem de Otávia.

Antônio arregalou os olhos. Havendo se descartado da esposa nunca imaginou que ela viesse com mensagens.

— Otávia? Pela sagrada Serápis!

Cleópatra apresentou a carta, dizendo:

— Ela vos saúda como esposa e diz que trouxe muita roupa para os soldados, muitos animais de carga, dinheiro e presentes em abundância. E ainda dois mil legionários veteranos. Tudo isso presente de Otávio para auxílio na campanha da Partia.

— De Otávio? E ele está em Atenas?

Antônio leu a carta e ficou a digeri-la. Seu braço deixou-se cair da cintura da rainha, a qual esperava a sua resposta com impaciência.

— Que há mais na carta? — perguntou Cleópatra.

— Esperanças, expectativas, não mais.

A rainha suspirou e Antônio após uma pausa disse:

— Um presente real, não há dúvida. A pobre Otávia! Sempre foi doida por mim. E os presentes?... Esses soldados formarão um esplêndido núcleo em meu exército. Devem ser experientíssimos, endurecidos nas guerras — dos que valem o peso em ouro.

— Vais então aceitar a oferta?

— Por que não? É um presente real, como vós.

— E vais a Atenas recebê-los?

— Não pensei nisso, mas... e por que não? Os atenienses sempre me foram muito gratos. Gozo de imensa popularidade lá. Temos que ser políticos. O rosto de Cleópatra tornara-se a máscara do horror.

Pretendes então voltar para Otávia? Não percebes que isso é um estratagema do irmão? Oh, deuses do Egito, que fiz para merecer tanto?

— Por Hércules! Se eu fosse, que mal nisso?! Era possível que nem pusesse os olhos em Otávia — e traria os presentes de Otávio. Só lamento não serem em número duplo. Deixa-me falar com esse Níger. Tu ficarás de lado, ouvindo.

— Não ficarei aqui — replicou a rainha com os olhos fuzilantes. Faze o que quiseres. Sempre foste um louco e um covarde. Fui tua mulher antes de Otávia, mas é necessário que te decidas duma vez para sempre por uma ou por outra. Ficar com as duas é impossível.

Ele quis beijá-la, mas Cleópatra escapou chorando. Era a primeira vez que Antônio via lágrimas nos olhos da rainha.

O triúnviro, porém, não foi, e sua recusa caiu em Roma como óleo na fogueira — como Otávio tinha previsto. Otávia voltou humildemente para Roma, a chorar, e logo depois passou um voto no Senado em que se declarava a guerra contra a odiada rainha do Egito e o renegado Antônio. Otávio lançou uma proclamação declarando que Antônio estava fora de si, escravizado pelos filtros da feiticeira e que fazer a guerra ao Egito era salvar um nobre romano das unhas da bruxaria. E Roma ergueu-se para a luta.

Quando tais novas chegaram a Alexandria, Cleópatra disse para o siciliano:

— Isto é o fim. A falha da campanha contra a Partia por intermédio de Antônio deixa a Partia e Antônio nas mãos de Otávio. Otávio irá agora dar o golpe e está no seu papel. Tudo fiz pelo Egito e por Cesarion, mas sinto os deuses contra nós. Ignoro em que pequei contra eles. Se ao menos nos abrissem os olhos! A vida é bem estranha. Podemos agir com a maior inteligência e astúcia — mas sobrevém o Imprevisto, o Terrível e toda a nossa sabedoria fica reduzida a pó.

Sentou-se com os olhos fixos no chão. Depois:

— Parece-me que um deus louco anda pelo mundo divertindo-se em destruir esperanças. Em que é Otávio melhor que Antônio? E eu — eu sou mais pura que as outras mulheres. Sou moderada, prudente, casta. Poderia ter embrutecido os homens, como me acusam, e jamais o fiz. Caluniam-me horrorosamente em Roma, mas tu sabes, Apolodoro, que dei meu corpo a dois homens apenas e não por paixão — sim para maior glória do meu reino. O Egito me impunha esse caminho. E qual minha recompensa? A ruína, como se eu fosse a mais vil das mulheres...

O siciliano tentou reassegurá-la. Não era o momento propício para acusações, embora muita coisa ele pudesse alegar. Não havia, entretanto, espírito mais claro que o da rainha. Tivera tudo a esperar da aliança com os dois maiores romanos do seu tempo — ambos em situação de fortalecer Roma com a aliança, não com a subordinação do Egito. E nada conseguira. O siciliano olhou-a com piedade e afastou-se com um suspiro.

CLEÓPATRA

Cleópatra o chamou.

— Tive uma ideia. Mandes saber pela cidade se Luz do Horizonte regressou da Índia. Ele desvenda o futuro, e se disser que ainda há luz em meu horizonte a coragem para a luta não me faltará. Porque a verdade é esta: Antônio é o causador da nossa ruína. Se fosse um homem, matar-se-ia, já que nada mais vale. Oh, se eu pudesse dizer-lhe: "Tu já brincaste demais comigo, já devoraste toda a minha substância, já bebeste demais dos meus vinhos. É tempo de te ires daqui". Hei de dizer-lhe isso no rosto — e vai ser hoje mesmo...

Apolodoro retirou-se, deixando-a com a cabeça caída entre os braços. Uma hora depois Luz do Horizonte veio encontrá-la naquela mesma posição.

— Real Filha, o dia que previ chegou. Porque o vosso coração não era puro, só vistes no espelho que reflete deturpadamente. Agora quereis luz num horizonte sombrio... Eu estava num vale da Índia, com picos nevados ao longe, quando uma voz me soou nos ouvidos: "Cleópatra, a rainha, necessita de ti. Vai". E vim.

— Devassa o meu futuro, Luz do Horizonte! — pediu ela. — Tenho medo. Só vejo trevas em redor de mim.

— Leio o vosso pensamento, Real Filha. Tendes muitas vidas a viver e muito ainda que aprender. Na vossa precipitação esquecestes, ou não soubestes reconhecer o Essencial — e vos transviastes do caminho. Por isso andastes a errar por um mundo todo ilusões. Não sabeis distinguir o real do irreal e o que supondes derrota é vitória, como o que supusestes vitória foi derrota.

Cleópatra suspirou profundamente, murmurando:

— Só vejo derrotas e nada mais.

Luz do Horizonte respondeu como uma mãe que leva o filho ao seio:

— Vede!

Os olhos da rainha cerraram-se e ela viu. Viu o acampamento de Antônio em Éfeso, onde se erguia o templo de Diana. Viu os reis da Ásia reunirem-se sob o estandarte de Antônio para combater Otávio e sustentar os direitos do filho de César. Viu a esquadra egípcia entrar pela boca do rio carregada de tesouros e munições de guerra. A alma de Cleópatra exultou — o poder de Antônio parecia imenso. A visão desapareceu, substituída por outra. Sua frota pompeava sobre as ondas do mar — as terríveis e pesadas naves de proa de bronze. Diante delas os pequenos navios de Otávio, numerosos, mas fracos e mal apetrechados, pareciam aves vulgares junto a imponentes águias. E de novo o coração de Cleópatra se encheu de orgulho da vitória. Porém a visão logo se desfez.

Agora, um recinto escuro. A luz da lua insinuava-se pelas janelinhas estreitas. Era a pirâmide construída para seu próprio túmulo. Um raio de luar iluminou o leito de ouro onde jazia um corpo deitado. De mulher. Tão divino era o seu rosto, tão belo de serenidade... Que valiam os gritos de vitória para a visão interna daqueles olhos adormecidos para sempre? Que valiam o poder e o domínio pelos quais ela tanto sofrera em vida? E Cleópatra ajoelhou-se diante da Morte, reconhecendo-se na adormecida — e sentiu um alívio imenso de alma.

Agora se via novamente no seu palácio. Oh, sim! A Morte é melhor que a Vida. Melhor que todas as vitórias. Oh, dai-me a morte!

Duma grande distância uma voz respondeu:

— Morte é mais vida. É vitória. Num horizonte sombrio a única luz é a honra.

Cleópatra despertou, exausta, com uma grande quebreira de corpo.

De fora vinha a voz do triúnviro chamando-a — que viesse para o conselho onde ia decidir-se do transporte de uma legião para Éfeso.

Cleópatra ergueu-se e lentamente foi ao encontro de Antônio, com as mãos nas têmporas, ainda ébria da visão.

CAPÍTULO XXIV
EXPLOSÃO DE AMANTES

Que quereriam dizer os deuses com aqueles presságios? Duas interpretações lhes dava Cleópatra: uma, a vitória no mar e a consequente destruição de Roma e a outra, a morte. Fosse como fosse, viesse quando viesse a morte, o certo é que a rainha do Egito acabaria em grande glória no sono eterno das pirâmides faraônicas. E que consolo quando a morte sobreviesse! Ainda que o Egito saísse vitorioso, a vitória teria custado caríssima — custara-lhe a honra e a felicidade. A vida não cumpriria para com Cleópatra nenhuma das suas promessas.

A situação se lhe tornava muito penosa. Tinha de colher com suas próprias mãos o que semeara com tanto entusiasmo e fé. Havia empolgado Antônio, a quem dominava como o forte domina o fraco — mas Antônio nada valia sem ela, justificando a opinião de Otávio de que a "bruxa do Nilo" o embrutecera. Quando Cleópatra chegou ao acampamento de Éfeso reconheceu imediatamente o perigo da sua posição. Tinha de guiar Antônio, conduzi-lo. Nenhuma esperança vinha de fora — e até os quatrocentos senadores romanos que lá se encontravam — inimigos de Otávio —, não queriam saber dela. Mostravam-se prontos a sustentar Antônio e teriam muito gosto em aproveitar-se dos recursos de Cleópatra, mas amotinavam-se contra a sua presença no campo sob pretexto de que o ódio de Roma a fazia nociva à causa do triúnviro. Queriam vê-la de volta para o Egito. Cleópatra enfuriou-se e só não se afastou dali por saber que a sua ausência mergulharia Antônio na mais profunda inércia.

Não havia em Éfeso um romano que não reprochasse a Antônio pelo abandono de Otávia uma grande dama romana — e por quem? Por uma estrangeira. Cleópatra para eles era apenas um saco de ouro — para ser utilizado e a seguir posto de lado.

Certo dia, com grande horror, Cleópatra ouviu Antônio declarar aos soldados naquela sua "eloquência asiática" que quando tivesse liquidado com Otávio iria estabelecer em Roma uma república perfeita. Uma república! Uma república estabelecida pelo homem que lhe jurara firmar a monarquia do mundo! E como Cleópatra protestasse:

Afinal de contas, parte da esquadra é minha — gritou ele. Por Hércules! O melhor será voltares para o Egito e me deixares dirigir sozinho a campanha. Que tem uma mulher a fazer num acampamento militar? A tua presença aqui faz que o mundo se ria de mim.

— Devo retirar-me? — perguntou Cleópatra a Apolodoro. — A vida aqui mostra-se terrível para mim. Não suporto a vista desse miserável bêbedo.

O siciliano encarou-a por uns instantes em silêncio. Sentia tudo perdido, via que as armas em que tanto havia confiado — a beleza, o encanto, a riqueza e o poder de Cleópatra, só haviam trabalhado para a ruína geral. Que fazer duma mulher que põe sua beleza como prêmio aos poderosos? A confiança na beleza a arrastara a tomar os homens pelos lados piores, em vez de pelos melhores — e a consequência era o que estavam vendo. Seu encanto transformava os homens em bestas. César jamais olhara senão para os seus próprios interesses — e Antônio era aquilo... A culpa, entretanto, não cabia unicamente a Cleópatra. Cabia a ele, Apolodoro, também. Tinha astúcia, habilidade — mas pouca visão. Via os homens, como eram no momento — jamais como seriam depois.

— Deverei abandoná-lo? Esta ilha com os seus sórdidos deboches dá-me náuseas — e a sombra dos romanos dia a dia mais se achega.

Apolodoro respondeu:

— Antônio se precipitará para a ruína se o abandonardes. Devemos arrancá-lo daqui e levá-lo para Atenas. Isto é o atoleiro. Procurai afastá-lo daqui quanto antes.

Tomada de grande desalento Cleópatra foi a procura do triúnviro. Encontrou-o bêbedo num divã, coroado de parra, a túnica aberta ao peito, os olhos vermelhos. Em redor enxameavam atores dos mais baixos e mulheres das mais vis. Belas, graciosas como felídeas, dançando, cantando, recitando versos de amor e representando cenas dos mais impudentes dramas do teatro grego da decadência. Uma cáfila.

Cleópatra irrompeu pálida de cólera, com os olhos fulgurantes, a imagem viva da condenação. Por momentos ficou sem poder falar.

Todos se voltaram atônitos. Um dos atores riu-se. A rainha não suportou mais:

— Fora daqui todos! Fora daqui, suínos imundos que envergonham a cidade! Fora antes que mande meus guardas cortá-los a chicote — parasitas indecorosos!

Sua beleza desaparecera. Cleópatra semelhava uma fúria que emergisse do averno. Seus olhos cortavam como adagas.

Quando o recinto se limpou de toda aquela imundície humana, Antônio ergueu-se a meio e encarou-a com surpresa.

— Que há de mais? Eles estavam representando uma cena de *Os Parasitas* e cantando como sereias. Eu quisera que tu os ouvisses. As pobres beldades! Os pobres atores! Que te fizeram eles, minha rainha?

Cleópatra explodiu.

— Fora também tu, que és a causa da minha ruína e ruína da minha causa! Como pudeste descer tanto, tu que já foste grande? Eternamente na companhia dessa imundície de parasitas e prostitutas, mal visto, desprezado pelo mundo inteiro? Vai, ou te farei varrer daqui pelos meus soldados, como quem varre um detrito nojento.

Antônio encarou-a, surpreso e hesitante.

— Se eu soubesse, querida, que não gostavas disso...

— Que não gostava? Havia de gostar de ver tua ruína e isso à custa do sangue e do ouro dos meus egípcios? Repito: vai-te daqui, antes que te mergulhe uma adaga na garganta! Que mulher pôde lutar contra o mundo com uma tal carga às costas?

E Cleópatra sacou dum punhal. Antônio encolheu-se no divã, muito bêbedo para pôr-se de pé. Por fim, explodiu também numa golfada de recriminações.

— Se sou vil, quem me fez assim? Quem me ensinou a esbanjar o ouro do povo? Quem dissolveu pérolas no vinagre? Tu me arruinaste como já havias arruinado a César. Não há romano que não me lance isto no rosto. Dizem todos: Ela é uma feiticeira que destrói os homens por prazer. Dizem ainda: Comparai a nobre Otávia com isso! E eles têm razão. Sai tu daqui, volta ao Egito, fica com os teus asiáticos e deixa-me com os meus romanos.

Que poderia Cleópatra dizer? As lágrimas vieram-lhe aos olhos a flux. Antônio, vendo-se com vantagem, continuou:

— E que me importa a mim a rainha do Egito e mais Cesarion? Toma teus navios e vai-te para sempre!

— E levo também meu dinheiro?

CLEÓPATRA

— Foi contra ti que Roma declarou a guerra, não contra mim. Os deuses amaldiçoem o dia em que troquei Otávia por ti. Ouve: os romanos desertarão, o exército não marchará — enquanto estiveres aqui. A inimiga de Roma és tu. Os romanos querem que me ligue a Otávio para esmagar-te.

Cleópatra sentiu-se fraquejar. Como ainda não dissera o que devia ser dito e o faria retroceder, mudou de tom.

— Errei, acusando-te, Antônio. Juntos temos de ficar, para vencer ou cair. Tu reconheces que se de novo voltas para Otávia tua vida não valerá um sestércio. Os campos estão separados: ele e nós — e o mundo como prêmio ao vencedor. Ouve-me. Não podemos perder mais dinheiro, nem tempo. Vai para Atenas. Divorcia-te de Otávia — e Roma verá que pões as cartas na mesa. Enquanto isso prepararei a esquadra para a luta no mar.

Antônio pôs-se atento e ela continuou:

— O mar! César acreditava no mar. Sabia que o povo que domina o mar domina o mundo. E que são os navios de Roma em comparação aos nossos? Aprendemos com os fenícios e somos grandes no mar. E há ainda o reforço da tua própria esquadra. Unamo-nos e venceremos. Tive a antevisão disso num transe profético. Consulta Setep, o astrólogo — e ele dirá o mesmo. O mar! O mar! No mar está a vitória.

E movida pelas próprias palavras aproximou-se do triúnviro a cujos pés se ajoelhou, cingindo-o nos braços.

— Meu amado, perdoa as palavras más duma criatura torturada, mas vê a verdade. Esses senadores romanos estão aqui pagos por Otávio. Tenho provas disso. A intenção é entregarem-te a ele. Vem tu a Actium ver minha esquadra. Depois de os batermos no mar estará chegada a hora do avanço contra Roma. Oh, meu amado, põe de banda por algum tempo os teus brinquedos. Depois da vitória serás tratado como um deus, terás todas as mulheres e festas sem fim, riquezas, tudo. E serás o regente do reino e reinarás sobre o Egito e sobre mim. Todos seremos teus escravos.

O furor do vinho de Antônio serenara e ele a atendia com os olhos fixos em seu rosto. Não era homem para resistir por muito tempo aos apelos duma mulher. Sua mão pesada pousou sobre ela com carinho.

— Pobre mulherzinha! Beija-me, eu te perdoo. Tua mimosa cabeça sabe ver coisas, quando não estás alterada pelo amor ou pela cólera. Sim, sei que esses romanos são agentes de Otávio. Estás certa nesse ponto...

— Eles conhecem o perigo em que Otávio se encontra e querem impedir que uses das minhas armas

— Há de ser isso. Não passam de insignes traidores. Qualquer dia os corro a todos daqui. Muito bem. Se agora voltares para o Egito eu ligarei as esquadras e no momento oportuno darei o golpe decisivo. Não aprovas a ideia?

— Como poderei deixar-te, eu que morro na tua ausência? Oh, meu amado, tu não compreendes a minha paixão. Tenho medo de que me abandones por amor dessas mulheres gregas. Foi o ciúme que me enfureceu. Desde que desembarquei nesta maldita ilha ainda não dormi em teus braços. Esta noite — deixa-me estar contigo e o mundo que definhe...

Cleópatra abraçou-o e beijou-o como gata amorosa. Assim lidava ela com a cera amoldável daquele homem.

À noite realizou-se uma festa na qual a rainha compareceu adornada de todos os atavios da sua majestade. Ao sentar-se no divã junto ao triúnviro ele acovardou-se, deixando entrever a desconfiança que lhe ia no coração. Cleópatra tomou uma taça e saudou-o.

— Nobilíssimo Antônio, bebo à tua saúde, à tua vitória e à inquebrantável aliança que nos une como esposo e esposa. Olha para mim. Vê que mergulho estas rosas nesta taça de vinho...

Cleópatra mergulhou as rosas no vinho e colocou-as no seio, oferecendo depois a taça a Antônio. No momento em que ele ia beber, ela arrancou-lhe das mãos e arremessou-a longe, como se contivesse morte.

— Não confiaste em mim, Antônio. Supuseste dentro de teu coração que eu conspirasse contra tua vida. No entanto que fácil me seria ver-me livre da tua presença! Estas rosas continham veneno e comunicaram a sua letalidade ao vinho da taça. Quem te impediu que bebesses o vinho mortal?

Antônio curvou-se para a rainha e beijou-lhe as mãos comovido.

Cleópatra, muito fraca, ergueu-se e saiu do recinto. Ao encontrar-se com Apolodoro disse-lhe:

— Quando a vitória estiver assegurada eu me libertarei de Antônio. Dar-lhe-ei riquezas e reinos, mas não me darei mais a mim mesma. Impossível a menor confiança num bêbedo louco.

Na manhã seguinte, ainda a arder de ira e vergonha, Cleópatra não procurou o triúnviro, mandou-lhe entretanto uma mensagem na qual reassegurava a vitória que os deuses na visão lhe haviam entremostrado. Depois recolheu-se a bordo da nave real para dali seguir as peripécias da luta.

As duas esquadras se preparavam para o encontro — os grandes e terríveis navios egípcios aos quais se somavam os de Antônio e os leves naviozinhos de Otávio. O resultado da luta só poderia ser favorável aos primeiros.

E travou-se por fim a maior batalha que ainda fora lutada no mar — batalha da qual dependia os destinos do mundo. Os deuses, porém, se colocaram do lado de Otávio, um homem melhor que o bêbedo Antônio. As naves romanas rodearam as egípcias e as puseram numa terrível confusão. Depois as abordaram, as invadiram e lhes chacinaram as guarnições.

Sentindo-se perdida, Cleópatra arrancou um grito do fundo da alma:

— Os deuses! Os deuses! Traíram-me! Para o Egito, naves! Para o Egito!

Sua ordem foi ouvida e breve todas as galeras escapas da fúria romana se puseram de velas para o Egito.

Apolodoro bateu palmas, contente.

E se agora Otávio dá cabo dele, estaremos livres, e o Egito de novo senhor dos seus destinos.

Cleópatra nada dizia. Como uma estátua à popa, tinha os olhos perdidos na imensidade oceânica — imensidade menor que a sua desgraça. Por fim falou:

— Quem pode lutar contra a vontade dos deuses? Nem a morte me libertará de Antônio!

É que vira a nau do triúnviro abandonar a luta e fugir também. Antônio lhe vinha empós como mendigo suplicante. O bote, em que tentou abordar a galera da rainha, foi repelido pelos egípcios.

Cleópatra havia dito que o não recebessem. "Não, não, ele virá tornar minha ruína ainda mais completa."

Depois, implorada, cedeu.

— Que venha! Por que não? Sou tão vil como ele e igualmente perseguida pelos deuses. Formamos um par perfeito — e o recebeu como criatura já perto do fim, à qual coisa nenhuma importa.

Quando as costas da Líbia foram avistadas Antônio desceu e ficou a errar pela praia sozinho. Não se sentia com ânimo de reaparecer em Alexandria. Cleópatra seguiu só.

CAPÍTULO XXV
O FIM DUMA RAINHA

CLEÓPATRA, livre de Antônio, estava absorta da visão de Luz do Horizonte.

— Interpretei mal — pensava ela em seu coração —, mas as palavras do homem foram: "A Morte é a Vitória" — e a morte os próprios deuses não nos podem arrancar. E, feliz, penetrarei na morte, logo que haja terminado a minha ação no mundo.

Isso dizia porque, havendo fugido com suas galeras diante do inimigo vitorioso, intentava ainda recompor seu poderio de modo que os romanos não pudessem gabar-se de ter-lhe dominado a alma. Depois de aconselhar-se com Apolodoro determinou meter as naves que ainda lhe restavam pelo Mar Vermelho adentro, atravessando o canal aberto por Dario na sua conquista do Egito trezentos anos antes. Esse canal achava-se em grande parte obstruído pelas areias, de modo que os navios tinham de dragá-lo. A tarefa, apesar de grande, não atemorizou aquela rainha da mesma índole dos faraós construtores de pirâmides. Também resolveu construir mais navios em Suez para demonstrar aos romanos a sua capacidade e persistência, agora que o Egito ia tornar-se presa de Roma. Reconstruída a esquadra, restava-lhe a Índia, a vasta e misteriosa região que poderia constituir um novo domínio para si e Cesarion. Isso se possibilizava, já que se libertara definitivamente do miserável Antônio. Os romanos haviam de saber que Cleópatra seria sempre rainha, jamais escrava.

Os deuses, porém, deliberaram de outra maneira. Os árabes atacaram e queimaram-lhe os navios. Terminou assim em fogo e cinzas mais um sonho maravilhoso de Cleópatra.

Na dura emergência, mandou Cesarion e os outros filhos para longe das garras de Roma. Enquanto Cesarion vivesse, o sonho de Cleópatra não morreria. Mandou-o pois de galera e com grande escolta para a Índia, sempre com a ideia fixa da fundação dum império. Em seguida deu-se à meditação sobre os Mistérios. A Vitória parecia-lhe ter duas faces — uma para o vitorioso, outra para o vencido, e ficou a refletir como espectadora do seu próprio destino, parte tragédia, parte comédia, cônscia de que breve deixaria aquele teatro para início duma vida nova.

Vendo que Antônio, já aparecido, mas sempre recluso de vergonha de que lhe vissem a cara, era agora uma espada partida e tão pouco senhor de si que num acesso de bebedeira poderia matá-la e matar-se, Cleópatra retirou-se para a pirâmide que havia construído para seu mausoléu, à moda dos faraós. Naquele palácio tumular, com recintos atochados de tesouros, poderia ficar em segurança até que uma composição qualquer com Otávio lhe permitisse o retorno ao mundo. Consigo levou Iras, Charmion e Apolodoro, aos quais disse logo que entrou:

— Isto é o fim. Já nada mais tenho com Antônio, nem com o mundo. Subsiste a esperança — uma esperança alada que nada tem com as coisas da Terra.

CLEÓPATRA

Nos últimos dias de julho os romanos marcharam sobre a cidade. Antônio lançou-se a eles numa sortida louca e conseguiu uma vitória parcial contra a cavalaria de Otávio. Em nada aquilo alteraria a situação, mas Antônio bazofiou orgulhosamente, já de ânimo levantado, e mandou a notícia a Cleópatra. A rainha sorriu sem nada dizer.

Naquela noite algo estranho aconteceu. Estava Cleópatra a uma das janelinhas mais altas da pirâmide em contemplação das estrelas que marchetavam o céu quando uma onda de sons lhe chegou aos ouvidos. Gritos festivos de homens e mulheres, músicas e danças em alegre tumulto. Mais uma festa de Antônio! — pensou ela, e pálida como a Lua, voltou-se para os seus amigos, dizendo:

— A minha última vergonha! No delírio da bebedeira Antônio sacode a cidade moribunda para celebrar vitória! Deuses do Egito, onde estão os vossos raios?

As duas servas afastaram-se da janela com arrepios e o siciliano falou.

— Vida eterna para minha rainha! Os deuses justificam a vossa repulsa pelo infame Antônio porque eles também o repelem. Esses sons não são sons terrenos. Vêm das regiões dos espíritos.

Apavorava aquilo. A planura ao pé da pirâmide dava a impressão de enxamear de multidões em delírio festivo e, no entanto, só os ouvidos ouviam — para os olhos só havia as sombras da lua na areia deserta.

— Que será isso? — exclamou Cleópatra assustada.

E Charmion respondeu:

— É o divino Baco, que Antônio sempre serviu e honrou. Abandona a cidade de rumo aos acampamentos romanos, seguido de todos os seus fiéis. Antônio é homem morto — e nós estamos no fim.

Qual estátua de mármore Cleópatra ficou de olhos postos naquele rumoroso vazio, povoando-o das criaturas que deviam estar em marcha festiva — em marcha para os romanos e de costas voltadas para ela.

Os deuses impiedosos! — foi tudo quanto exclamou.

O tumulto ia-se, apagando-se na distância. Morreu, afinal.

Naquela noite ninguém dormiu na pirâmide de Cleópatra, porque as trevas do mausoléu estavam cheias de fantasmas e o ar vibrante de antecipações da morte próxima. Pela manhã Apolodoro entregou à rainha uma carta que um homem de fora lhe passara pela janela. Vinha de Otávio.

"Grande Cleópatra, dizia ele, grande e jamais tão grande como nesta hora de infortúnio. Apenas Antônio, o degenerado, se interpõe entre nós — e será que sacrificareis o Egito e a amizade romana por amor de tal criatura? Sois cheia de sabedoria e da inspiração dos deuses. Mandai-me a cabeça de Antônio e não haverá desejo da rainha que Otávio, o sobrinho de César, não sinta gosto em satisfazer. Para vossa beleza e majestade grandes dias poderão abrir-se, porque Otávio, o conquistador, é também um conquistado."

Apolodoro leu-lhe a carta e disse:

— Nada mais fácil, Qlapetrat. Um sinal desta janela aos guardas que tenho embaixo e a cabeça de Antônio rolará aos pés de Otávio. E esta pirâmide contém tesouros mais que suficientes para propiciar a graça dos romanos. Também declaro que estais mais bela do que nunca — mais bela ainda que quando César vos viu pela primeira vez. Qual a vossa resposta a Otávio?

Cleópatra, sempre apoiada à janela, sorriu sem alegria.

— Queres que eu tenha o mesmo fim dos traidores? Ser-me-á possível confiar em outro romano, para ir como Arsinoe enfeitar um novo triunfo pelas ruas de Roma? Igualar-me a Antônio em falta de fé? No Egito jamais procedemos assim. Responde-lhe deste modo.

E a carta de resposta dizia o seguinte: "Ao conquistador. Uma coisa existe que não poderá jamais ser conquistada, e quem conhece Cleópatra sabe o que é. Se quereis a cabeça de Antônio tomai a cidade e procurai-a entre as ruínas. Essa é a minha resposta".

Outros que contem da derrota de Antônio e de como o triúnviro se atirou de peito contra sua própria espada, ferindo-se mortalmente. Direi apenas que depois de ferido foi levado moribundo para junto da pirâmide de Cleópatra. O horror, que no último momento, lhe encheu a alma ante o quadro de calamidades que trouxera para o Egito e sua soberana, impedia-o de fechar os olhos antes de obter o perdão de Cleópatra. Apolodoro. Opôs-se.

— Não o deixeis entrar, Qlapetrat. Nada mais perigoso. Há homens postados em redor que invadirão o mausoléu logo que a porta se abra para receber Antônio. O miserável quer cooperar no último momento para a captura da sua rainha e esposa.

Cleópatra, entretanto, não pensou assim.

— Por que não, Apolodoro? Podemos recebê-lo sem abrir a porta. Convenci a Antônio de que nada poderia nunca fazer sem mim e como agora repelir esse pobre rapaz? Tu e eu somos velhos e sábios velhos e sábios como a Esfinge — mas Antônio não passa duma criança. Temos de recebê-lo.

Cordas foram descidas pela janela para o içamento do moribundo. Horrível quadro apresentava a sua agonia — a agonia daquele corpo ensanguentado que entre golfadas rubras pedia o perdão de Cleópatra.

CLEÓPATRA

E Cleópatra perdoou. Conchegou ao seio sua cabeça como faz a mãe com o filho, e suavemente o confortou com palavras da mais alta beleza e tranquilidade. Também o beijou como se dele só lhe houvessem vindo bênçãos na vida.

— Tudo está no fim, meu querido, e se foste a minha ruína eu também em parte fui a tua.. Mas, quando os séculos futuros falarem de nós, dirão: "Amavam-se grandemente — e que é a morte diante de tal amor?". Foste realmente um grande romano e um grande homem. Nossos nomes viverão imorredouros.

O moribundo moveu os olhos baços.

— Amor! Jamais cri que me amasses — mas creio-o agora. E os deuses sabem que te amei, Cleópatra. Fui um indigno, apesar de em tempos haver sido um grande homem.

Nada mais pode dizer.

— Dorme, querido, dorme em paz — murmurou ela entre lágrimas.

Antônio ainda sussurrou algumas palavras ininteligíveis, depois, num arranco final:

— Vivi e vivi com grandeza. Provei todas as alegrias da vida e do poder. Amei a mais admirável das mulheres. E também não morro ignobilmente porque só fui vencido por outro romano.

Sua cabeça descaiu para o peito de Cleópatra. Seus olhos fecharam-se para sempre.

Duas horas depois a rainha chamou o siciliano e disse:

— Meu grande amigo, em muito pouco tempo Otávio estará aqui para tomar posse de mim e dos meus tesouros. Os romanos já penetraram na cidade. Chegou a hora da despedida. Vai, amigo, sai daqui enquanto é tempo...

Apolodoro deu um grito de desespero e caiu aos pés da rainha.

— Será que a crueldade dos deuses atinge a mim também?...

— Suspende, amigo. Não sou eu mesma deusa e não conheço a vontade suprema que rege os homens? Nada receies por mim e retirate com o coração em paz, sabendo que fico em seguro. Tenho comigo a gema do mercador Gomukh, a pedra da vida e da morte, e ficarei com Charmion e Iras. Para ti reservo uma missão. Toma este escrínio de joias e leva-o a Cesarion em Berenice. Dize-lhe de todo o meu imenso amor. O tutor de Cesarion é um hipócrita e um covarde — por isso zela tu pelo meu filho, Apolodoro. Entrego-o a ti. Conta-lhe também onde ocultei o melhor dos meus tesouros.

Como poderia o siciliano recusar-se aquela missão?

— Tudo será feito como Qlepetrat ordena. E agora a minha palavra final: através dos mundos, dos céus e dos infernos, hei de procurar minha rainha até encontrá-la.

Cleópatra pôs-se de pé.

— E nos encontraremos, ó meu sábio conselheiro e único amigo! Leva como amuleto o amor da tua rainha — e beijou-o nos lábios sorrindo — sorrindo um sorriso que fez Apolodoro baixar o rosto e lançar-se ao chão para lhe beijar em silêncio os pés.

E foram essas as últimas palavras trocadas entre Apolodoro e Qlepetrat.

Na planura, embaixo da janela de Cleópatra, o siciliano entreparou, de olhos para cima. Nada viu, e não soube que naquele momento a rainha dava graças aos deuses de que Apolodoro houvesse tido a prova do seu amor — do único verdadeiro amor da rainha do Egito.

O que Cleópatra previra realizou-se logo. De posse da cidade, os romanos vieram vê-la na pirâmide. Otávio entrou e fez-lhe grandes promessas, para ela e os filhos — caso Cleópatra lhe entregasse todos os seus tesouros e confiasse nele de modo absoluto.

— E não alimenteis nenhum receio, grande Cleópatra, de que eu deseje infligir a mínima humilhação a uma tão grande rainha. Agora que Antônio está morto, Roma sorri benevolente. Sob a tutela de Roma poderei reinar no Egito.

Cleópatra viu um brilho de olhar de raposa em seus olhos, e reunindo as últimas forças representou o seu último papel de atriz na Terra.

— Nobre Otávio, grande César, agradeço-vos a insigne mercê que me fazeis. Aceito as vossas promessas. Sinto-me muito fraca e com grande pavor da morte. É certo que não me sacrificareis, não é assim? Oh, mil vezes ser arrastada num triunfo pelas ruas de Roma do que morrer. Nada mais espero dos meus egípcios, porque eles sabem que fui transviada por Antônio. Cesarion, entretanto, merece ocupar o trono. Ponde-o no trono e eu vos obedecerei em tudo.

Seus olhos tinham a humildade dos olhos das escravas, coisa dolorosa de ver-se em tão grande rainha. O coração de Otávio encheu-se de alegria, porque seu sonho era passeá-la pelas ruas de Roma no seu triunfo, bem como apossar-se dos seus tesouros — e Otávio temera grandemente que Cleópatra lhe fugisse, matando-se por suas próprias mãos.

— Eu pediria que me fosse dada a vila de César onde tive dias de tanta felicidade, continuou a atriz, mas sei que essa vila foi doada ao povo de Roma. Aceitarei, pois, a moradia que a vossa magnanimidade se dignar indicar-me. Só quero que me poupeis a vida porque o meu terror da morte é imenso. Otávio tudo prometeu certo de que a tinha nas unhas. Cleópatra tirou do seio um papel.

— Eis a lista dos meus tesouros, que agora vos pertencem.

Otávio agarrou o papel com avidez, mas um dos escravos da rainha, Seleuco, que viera em sua comitiva, interveio:

— Grande César, ela vos está enganando! — exclamou. — Essa lista é falsa. Por ordem sua Apolodoro ocultou a maior parte dos tesouros em lugar não sabido.

Pela última vez na Terra a cólera da rainha fulgurou, e sua mão castigou no rosto o escravo.

— Que miserável coisa que esse infame me denuncie simplesmente porque pus de lado algumas joias com que pretendia mimosear vossa esposa e Otávia! De fato as pus de lado — mas verdadeira ninharia e com a intenção única de propiciar a Otávia e a vossa esposa Lívia.

Um soluço embargou a voz de Cleópatra, e Otávio, fazendo que o delator se retirasse, teve para com ela palavras ainda mais falsas que as anteriores, satisfeito de vê-la daquele modo aterrorizada com o medo da morte. Cleópatra não lhe sonegaria nada dos seus tesouros, pensava ele, iria enfeitar magnificamente o seu triunfo e depois — depois seria morta.

Quando a rainha ficou de novo com suas duas fieis escravas, ergueu os braços para o céu e respirou com imenso alívio.

— Venci! Venci! Otávio confia em mim. Podemos realizar nossos planos porque ninguém nos virá perturbar.

Charmion e Iras vestiram-na então com toda a majestade, e lhe puseram na cabeça a coroa dos antepassados, depois trouxeram uma taça de ouro com vinho, na qual Cleópatra deitou a opala negra de Gomukh, que trazia ao pescoço. Quando o vinho adquiriu a coloração necessária, retirou a gema e disse sorrindo:

— Abençoada gema! Se eles entram agora não poderão impedir que a rainha do Egito beba em honra dos conquistadores. Jamais suspeitarão do que se contém esse vinho e jamais se apossarão desse amuleto maravilhoso.

Aproximou-se da janela e arremessou a gema contra as lajes embaixo... Quebradiças como são as opalas, fez-se em mil pedaços.

Em seguida Cleópatra voltou-se para as duas servas e assumindo atitude majestática, de cetro em punho, indagou, sorrindo:

— Estou bela?

— Belíssima, Real Ísis! Ambas responderam a um tempo — e na realidade Cleópatra rutilava como algo divino, verdadeira gema humana que esplenderia pelos séculos afora.

Charmion disse:

— Os deuses exultarão de ver sua real filha reunir-se-lhes nos Céus!

Cleópatra sentou-se no leito de ouro e a visão de Luz do Horizonte desdobrou-se diante dela. Um sonho de paz. Charmion colocou ao seu lado uma pequena mesa e nela a taça de vinho e uma cesta de figos recobertos de folhas. Cleópatra provou um e disse:

— Entre estes figos está oculta uma áspide. Providenciei para isso por não saber o destino que nos aguardava. Apartando os figos descobriu a pequenina serpente, que tomou e colocou no seio, cobrindo-a com a mão como para aquecê-la.

Depois riu-se.

— Foi bom não confiarmos apenas neste animalzinho. A áspide gostou da quentura do meu seio e parece que adormeceu. Não morde.

Iras ajoelhou-se diante dela.

— Majestade, dais-me licença de partir?

Cleópatra beijou-a na testa e chegou-lhe aos lábios a taça de vinho. Iras bebeu um gole e imediatamente seus membros molearam. Teve morte rápida e feliz. Charmion aproximou-se, abraçou-se aos joelhos da rainha, com os olhos amorosos presos em seu rosto. Beijaram-se ambas e ficaram algum tempo abraçadas como duas irmãs. Depois Cleópatra tomou de novo a taça mortal.

— No momento de partir eu testemunho que os deuses agiram com justiça. Em outra encarnação saberei ser mais compreensiva dos seus altos desígnios.

Disse e bebeu parte do que restava do veneno. Seu corpo recaiu mansamente sobre o leito de ouro.

Charmion a dispôs na atitude de beleza duma divindade que, dormindo, sonha um sonho imenso de paz. Bebeu então o que restava do vinho.

Quando os romanos vieram buscar a rainha Cleópatra só encontraram três cadáveres.

O fim de Apolodoro ninguém o soube, como também ninguém conseguiu descobrir o esconderijo dos tesouros de Cleópatra. Traído pelo seu infame tutor, Cesarion foi morto por ordem de Otávio — e o Egito passou a ser uma província romana.